霊魂の足

角田喜久雄

上野駅地階の食堂で、眼鏡の男が隣の客の古トランクをすり替える現場を目撃した加賀美は、男を尾行して空襲の焼跡と闇市が混在する街へ。男の奇妙な行動に隠された動機とは……「怪奇を抱く壁」。暗闇の中、被害者は如何にして射殺されたのか。地方出張中に遭遇した事件「霊魂の足」ほか、昭和二十一年、敗戦直後の混乱した世相を背景に発生した事件を、冷徹な観察と推理で解決していく加賀美敬介警視庁捜査一課長の活躍を描き、戦後探偵小説の幕開けを飾ったシリーズ全短篇を集成。関連エッセー二篇を併録。

霊魂の足

加賀美捜査一課長全短篇

角田喜久雄

創元推理文庫

THE FOOT OF SPIRIT

and Other Detective Stories

by

Kikuo Tsunoda

1946, 1947, 1948, 1954

目次

霊魂の足

加賀美捜査一課長全短篇

緑亭の首吊男

午後六時、緑亭に灯がともった。

表戸の鍵のあく音がして、若い女中が戸口から一寸《ちよつと》顔を出したが、板きれにペンキ書きした小札を軒先《のきさき》へ引っかけると、直ぐまた奥へひっこんでしまった。

――唯今《ただいま》営業中、純良洋酒多量入荷いたしました……。

通りかかった二人連れの男が、足をとめて窓からのぞきこむようにしていたが、結局、中へははいらず、寒そうに首をすくめて歩き出した。

声をひそめて囁《ささや》きあっているのが風の中からかすかに聞えてくる。

「あの店だぜ。この間、人殺しがあったってなア……それから亭主が首をくってさ。……驚いたねえ、もう店をあけたじゃないか。ぶるるるッ、寒いなア。何と冷い風だろう……」

神田のA町――その辺りは、辛《から》くも空襲の災害をまぬがれたという、焼跡と隣りあわせになった一劃《いつかく》であった。焼残った幸運と、それに戦後の気違い景気にあおられて、その、自動車一台やっと通れる程のごみごみした裏通りも、この頃はぼつぼつと昔の繁昌をとりもどしはじめていたが、夜更けまで、其処此処《そここ》に色電燈の影が消えのこって、細々ながらも人通りがつづく。

ひどく冷えこむ晩であった。足音がとだえると、胸をしめつけられるような物悲しい風の音が酷い夜空の何処《どこ》かに鳴っていた。雨あがりのぬかるみ道は、その風の声を聞く度に、見る見る硬く凍《い》てついてゆき、緑亭の色硝子《ガラス》をはめた袖看板《そでかんばん》からあふれ出た鈍《にぶ》い光線が、その凍てついた道に陰気な蒼い隈《くま》を描き出していた。

行来《ゆきき》の人の幾割かは、大抵一度緑亭の灯の前で足をとめた。そして、眉をひそめて中をのぞきこみ、やがてまた、急に寒冷のきびしさを想い出したように外套の襟《えり》を深く立てては慌てて闇の向うへ消えていった。

しかし、当節、目のつぶれない酒を、とにかく、格安に飲ませてくれるということが、都民にとってどれだけ大きな魅力だったろうか。

ぽつりぽつり、その古びて重い戸を押して中へ姿を消す者もあった。勿論《もちろん》、中には、人殺しのあった家を一度見ておこう――そんな好奇心にかられて扉を押す物好きもたしかにあった筈だ。

六時三十分。

その店先に一人の男が立った。古ぼけた灰色ソフトをあみだに冠《かぶ》り、黒外套をひどく無造作に着こんでいる。背の高い肩の張った、見るからに重量感を思わせる後姿だった。

男は、窓から中を一寸のぞきこみ、そのまま肩先で扉《ドア》を突いた。古い、重い戸が、その重量に押されて、まるでけし飛ぶように口が開いた。

その男の名刺入れには、多分こんな肩書きの名刺がはいっているだろう。

警視庁捜査第一課長　加賀《かが》美敬介《みけいすけ》
だが、この辺りに、彼の顔を見知ったものは誰一人ない。


緑亭は八年来の古店だった。

以前の流行《はや》らない中華飯店を、ここの主人野田松太郎が、そっくり引受けて緑亭にぬりかえをやった。しかし結局、安っぽい裏町の酒場にすぎないのだ。

形も大きさも揃わないテーブルが十五六組。こわれて動かない電気蓄音器と、入口のかげに枯れかかっている棕梠《しゅろ》の鉢、天井の破れたままになっている安物のシャンデリヤに、それに、すすけて陰気な壁。

その壁には、いやに気取った装飾書体で、やたらにこんな貼紙がはりちらしてある。

高級ウイスキー
ジンもあります。

本日の奉仕品ビールと本物焼酎《しょうちゅう》（アルコール三十五度絶対保証）

それから、
　当店独特のハイボール
　カクテール各種是非一度お試しを！

加賀美は一番奥の、壁寄りのテーブルに壁を背にしてかけていた。

注文のビールを一口飲んで、それから、ゆっくりと燐寸《マッチ》をすって煙草に火をつける。

彼の位置からは、首を廻すこともなしに、店全体が一望のうちにあった。

客は彼を入れて五六組。大方のテーブルはあいていた。

「美代ちゃん。一寸見ない間に少し痩せたじゃないか。その代り、凄く綺麗になったねえ。どう？　今度の休みに、映画に附合わない？」

「おい、美代ちゃん！　ハイボールどうしたんだ？　早いとこ頼む」

「姐《ねえ》さん姐さん。ビール二つ……」

女中の森川美代子は、そのテーブルの間を歩き廻り、客とふざけ合い、阿呆のような声をあげて笑っている。

「井上さん、口がうまいのね。いつも、それで色んな人をだますんでしょう。ほほほほ……今度の休み駄目。ううん、ここしばらく外出出来ないの。うん、警察からね……はアい、唯今……ビールお二つ？」

　それから帳場の方を向いて、

「ハイボール三ちょうお早く……新規ビール二ちょう」

洋酒棚の前では、バーテンダーの飯島伸が、気取った手附きでカクテールのシェーカーをふりながら、近くの客に愛嬌をふりまいている。

「御冗談でしょう、メチールなんて……仕入れはとてもやかましくやってるんで……ええ、聞きましたよ、この間の演奏……ニューパシフィックは、流石《さすが》にいいですなア。ダンス結構ですなア、一つお供しましょうか、はアはア、砂糖ですか？　さア、今ん所心当りはありませんが、急がないでよければ心がけておきましょう。二三貫？　はア？　承知しました。それ！　ビール二ちょう、ハイボール三ちょう……」

だが、それらの空気の中には、何かちぐはぐな異常なものがひそんでいた。

客は、陽気に喋《しゃべ》りながら、その癖、目の一隅から、そこらに飛び散っているかも知れない血飛沫《ちしぶき》のあとをこそこそと探している。

女中は、げらげら笑ったあとで、急にぽかんと口をあけて何か考えこみ、そうかと思うと、入口のばたんという音に、ぎょッと顔色をかえて立ちすくんだりする。

陽気なバーテンダーとて同じ事だった。にこにこ笑いかけ、気取ってシェーカーをふる間にも、その表面の表情に似合わぬ、何かいらいらしたものが、その肉体の何処かにひそんでいた。

それから、奥にかくれたまま姿を見せない女あるじ、よし子の金切声だ。

「竹さん、竹さん！　風呂場の火、大丈夫かい？　それから、お店のストーブへも火を入れておくれよ。わかった、竹さん？　お店のストーブに火を入れるんだよ！」

忘れたような顔をして、誰一人、人殺しの話には触れようとしない。たった十五日前、この家の中で一人が殺され、一人が首を吊ったのだ。

それだのに、誰も彼も、妙にその話から身をさけようとしている。

そこには、何かがひそんでいるようであった。

何か、分らない。

何か分らないが、しかし、それは今宵の寒冷のように、直接皮膚へひしひしとくる鋭い一種の異様な雰囲気だった。

殆《ほと》んど同時に、二人の男がその部屋へはいって来た。一人は表の戸口から、一人は奥のカーテンのかげから。

この辺には顔のうれた地廻《じまわ》り、馬場留夫──それが、今戸口に立った男の名前である。派手なチェック縞のはいった外套を着、黒眼鏡をかけている。

彼は入口に突立ち、冷たい薄笑いをうかべながら、ゆっくりと、はじからはじへ店を見渡した。

とたん、バーテンダーは頬を硬張《こわば》らせて、女中は柱のかげで明かに戦慄した。

馬場は、落着きはらって店をよこぎり、加賀美の席に近いテーブルへ来て、腰をかけると一緒に太い低い声で怒鳴るようにいった。

「ウイスキー」

女中は、やっと勇気をとりもどし、柱をはなれながら、少し震えを帯びた声で注文を通す。

「ウイスキー一ちょう……」

だが、馬場の太い声が、それにおっかぶせるように荒々しく響いた。

「違うぜ、おいッ！　店中のお客さん方に全部一ぱいずつだ！」

バーテンダーの飯島は苦い顔をしたまま何にもいわなかった。

やがて、ウイスキーグラスが、店中の客の前に一つずつ並ぶと、黒眼鏡の男は、つと立ち上って気取った手つきで盃をあげた。

「どうぞ、皆さん、一ぱいやって下さい……」

だが誰一人それに応じる者もなかった。

酒盃を手にするには、その場の空気が異様にすぎたし、それかといって突っ返そうとする程の勇気もない。

一寸、鳴りをひそめ、薄気味わるそうに、その酒盃と馬場の顔を見較べているばかりだった。

馬場は、薄笑いをうかべたままの顔で、たった一人、気取り切って胸をそらせた。

「緑亭の首吊男のために、乾盃！」

一息にぐっとのみほすのと、椅子に腰をおろすのと、それにグラスの底でどんと一つテーブルを叩くのと、総《すべ》てが殆んど同時であった。

「おい、お代りだ！」

こうした一寸した出来事は下級な酒場にはありがちなことであったが、しかし、それにしても、この、変に息のつまるような雰囲気は何としたことであろう。

さて、その頃、一隅のストーブの前には、さっき奥のカーテンのかげから出て来た、もう一人の男が黙々とうずくまっていた。

一体、何年鋏《はさみ》を入れない髪の毛だろう。それに伸びるにまかせた髯《ひげ》が、殆んど顔の過半を埋めている、とげとげしく瘦せほおけた蒼黒い頰の色。

緑亭の主人松太郎の弟で竹二郎というのがその名前だが、近所ではバカ竹で通っている生来の白痴だった。

今彼は、ストーブの火種の上へ、薪《まき》を一つ一つ、その魯鈍《ろどん》な指先で投入れているのだが、恐らくは彼は今彼のなしつつある事の意味をさえ理解していないのであろう。

焦点の定まらぬ視線を、茫然と床の上へ投げ、崩れた一個の肉塊のようにぐったりとそこにうずくまっている。その姿は、まるで唯生きているという事以外何ものもない一匹の原生動物のような印象さえ与えるようであった。

「竹さん、竹さあん！」

奥で金切声がけたたましく呼んだ。

竹二郎は、ふらっと立ち上る。まるで、主人の口笛をきいた犬が、無意識にその方へ歩き出すように。

と――

ここで、突然、加賀美が異様な事をやった。

それまで、彼の手の中にあったハンケチ――それは、ひどく汚れて一隅には赤黒い大きな汚点さえついている奴だ――そのハンケチを、驚くべき素速さで、竹二郎の着ているボロボロなジャンパーの裾《すそ》のポケットへ押しこんだのだ。

誰も気づいたものはない。

バーテンダーはシェーカーをふるに忙しく、女中は客と顔をよせあってひそひそ話の最中だし、黒眼鏡の馬場は、煙草の火をつけるため両手で囲った燐寸の上へ顔をかがめていた。

竹二郎は、恐らくそうされたことの意味を、まるで気づきはしなかったであろう。

彼は、加賀美の方をちらりとも見なかったし、といって、ポケットに手をふれて見るでもなかった。

とぼとぼと歩いて行く。どんよりとした目をあらぬ方へ向けながら、何の意味も知らず、何の知覚もなく、とぼとぼ歩いて、やがてカーテンの向うへ姿を消す……

何というしんしんたる寒さであろう！

加賀美は煙草を一息、思い切り深く吸いこんで、やがて、それを勢いよく吐き出してから、丁度《ちょうど》此方へ顔を向けた女中の方へ、一寸手をあげて合図した。

「ビール！」

×

野田一家は、八年前この店を買いとって移りすんで来た。

亭主の松太郎は、でっぷりと肥った色艶《いろつや》のいい顔に、始終微笑をたやしたことのない男だし、しっかり者だという噂の細君よし子も、仲々近所づき合いがうまかったりして、この夫婦の評判は、先《ま》ず上乗《じようじよう》の方であった。

唯、近隣の注目と、併せて同情をひいたのは松太郎の弟竹二郎であった。

生来の白痴で、殆んど全く口もきけなかった。それに奇妙な性癖があって、他人から自分の身体へさわられることを、殆んど恐怖に近い感情で嫌うのである。この頃は時折風呂に丈《だ》けはいるようになったが、髪や手足の爪はまだ伸ばし放題という有様であった。

兄の松太郎が以前、一二度専門医の診察をうけさせて見た。しかし、その結果は、いつも判でおしたようであった。

「こりゃア、どうも……本当に、お気の毒ですが……」

しかし、性質は極めておとなしい。子供にぶたれても犬に吠えられても、全く無感覚だった。それが、彼にとってはむしろ倖せだったのであろう。というのは、やがて、反応のない悪戯にあきた子供達は、もう彼を見てもふり向きもしなくなったし、犬でさえも吠えかける興味を失ってしまったようであった。要するに、近所の人達は、彼に対する興味を失うと一緒に、彼の存在をさえとかく忘れがちになっていた。

彼の出来る仕事といえば、僅《わずか》にストーブや風呂の火の焚《た》きつけ、それに家のまわりの掃き掃除くらい。母家《おもや》の裏手にある物置の半分を仕切って、それが彼の住居にあてられていた。

二年前。バーテンダーの飯島と女中の美代子が前後してここへ住込むことになった。店の方も順調にいっていた。その後、戦争で、商売がやりにくくなった外は、別に何事もなく、先ず平和な一家であったろう。

すると、一年前――正確にいえば、昭和二十年一月六日のことだった。

突然。松太郎が、取るものもとりあえず、あわただしく旅行に出発した。

それより一週間前、大晦日《おおみそか》の爆撃でこの近所がやられ、俄《にわか》に疎開熱が近隣を狂いたたせていたが、松太郎の旅行の目的もその疎開準備のためであった。

郡山《こおりやま》市の郊外にあるK村に知人がいる。とにかく、行って打合せをしてくるから……。

だが、そういいおいて旅に出た松太郎は、如何《いか》なる事情があっての事か、そのまま異様な状態のもとに失踪してしまった。

当時の状況について、郡山の警察からの報告がこう語っている。

該当の人物が、駅前のM旅館に投宿したことは確実である。但《ただ》し、K村には一度も立寄った形跡はない。

尚、参考のため、旅館の女中S子の陳述を報告する。

S子は一月七日の午後該当の人物が投宿せることを証言し、更《さら》にそのあとで店先を掃除中、片目の人相わるき男に野田松太郎なる男が投宿しているや否や質問された。後刻その事を野田に話すと、野田は甚しく驚愕の面持《おももち》で、一泊の予定を変更し、愴惶《そうこう》として立ち去った由で、その後の事は不明である。

その後、松太郎は日本国中を転々と流浪して歩いた様子があるのだが、その間の事情については細君よし子が次の如く陳述した。

良人の行方が知れないので、一時はひどく心配いたしましたが、間もなく良人から手紙が来ましたのでほっと一安心いたしました。

たしか仙台からだったと思います。いえ、唯仙台にてとしてある丈で宛先は書いてありませんでした。文面は事情があって当地方へ旅行しているが、丈夫だから安心するように……そんな意味だったと憶えて居《お》りますが、唯変だと思ったのは、片目の男にはくれぐれも用心するようにという意味と、この手紙は読んだらすぐ焼いて了《しま》うようにとそんな事が書き添えてあった事でございました。

その後も、同じような手紙を、北海道、九州なんて、とても遠い思いもかけない方から時々送ってくれました。内容は大抵前のと同じようなもので、私も、気がかりは気がかりでしたけれど、何か事情があるのだろう、丈夫でさえいてくれれば近い内きっと帰って来てくれるだろうと思い、誰にも話さず、しっかり留守を守っていようと一生懸命やっていた訳でございます。

とにかく、松太郎の行動は不可解であった。何のための失踪であろうか？　片目の男とは何者なのだろうか？　その間の事情について知り得た事は何もなかった。

かくして、松太郎が家を出て行方をくらましてから満一年後——つまり今年の一月七日になって、彼は、また忽然と緑亭へ立ち戻って来た。当時の異様な様子について少しく事件調書から抜萃して見よう。

妻よし子の陳述

良人《おっと》は一月七日の真夜中に、何の前ぶれもなく突然戻って参りました。何と申しますか、その晩は妙に胸さわぎがいたしまして、寝つかれずに居りますと、その内、雨戸をほとほと叩く音がいたすじゃございませんか。

この夜更《よふけ》に一体誰だろうと不審に思いながら外を覗《のぞ》いて見ますと、何とまあ、それが、変りはてた姿の宅だったではございませんか、その時の私の驚きようと申しましたら……熊本から汽車にのりつめで来たそうで、暫《しばら》くはぐったりして物も云えない位疲れ切って居りました。

良人はすっかり人間が変ってしまったかと思う位ひどいやつれ方をして居りました。前には肥って色艶もよかったのに、顔も手足も骨と皮ばかりに痩せ切って、それに汗と埃《ほこり》で見るかげもない姿でした。前には随分お洒落《しゃれ》で、頭髪なども始終手入れをし油をつけて居りましたのに、戻った時にはすっかり丸坊主に刈ってしまっていました。余りの惨《みじめ》な変りように、私、思わず胸が迫って泣いてしまったんでございます。

変ったのは姿身体ばかりではありません。気質も神経まで、ひどく痛めつけられていると いう感じでございました。あんなに陽気だった人が、むっつりと黙って考えこんでばかりいるようになり、それに始終そわそわと何かを怖がっているようですし、どうかすると、急に私の手をつかんで涙をおとしたりするのです。いいえ、前には、唯の一度だって私になんか涙を見せた事のない人なんでございましたわ。

バーテンダー飯島伸の陳述

はい、旦那の帰って来た事は、知っていました。あの晩のたしか一時近くだったと思います。便所に起きた時、ふと二階で人の話声がしているのをきいたんです。私も美代さんも階下にねるんで、二階は内儀《おかみ》さんだけの筈なのにどうも変ですし、それに内儀さんの泣いているような声もするんで、何となく怪しいことに思ってそっと二階へ上って行って見ました。すると丁度内儀さんが部屋から顔を出した所で、私を見ると、いきなり、旦那が帰ったよ、伸さん！　と感極まったように叫びなさるじゃございませんか。でも、旦那は病人のようにひどく疲れていなさるから、今夜はそっとしておいて上げておくれ、と仰有《おつしや》るんで、私は部屋へ戻りました。

全く急なことなんで、私もすっかり驚いてしまったのです……ええ、そりゃもう、お世話になっている旦那が御無事に帰って来て下さったんですし、あんなに心配していらしたお内儀さんの気持を思うと、私も本当にうれしかったんでございます。

それから暫らくすると、裏の風呂場の方で火を焚いている音がします。行って見ると、竹さんが丁度風呂の火をくべている所でした。ああ、旦那がはいりなさるんだな、と思って部屋へかえり、少しとろとろしたと思うと、また目がさめてしまいました。矢っぱり、旦那のことが気にかかっていたという訳なんでございますね。

すると、風呂場の方からは、ざアざア湯をあびる音と一緒に、旦那と内儀さんの話声がしんみり聞えて来ました。ああ、いいなア家は……とか、一年ぶりでのんびりしたぜ、とか、そんな旦那の声がしみじみと聞えて来ましたが、その内、気分がよくおなりになったんでしょう。小声でお得意の追分《おいわけ》が始まったという訳でした。旦那の声の良さと節《ふし》の巧《たくみ》さとは有名なもんでして、殊《こと》に追分ときては旦那のおはこ中のおはこなんですから、私も思わず、泣きたいようなしんみりした気持にうたれながら蔭で聞き惚れてしまいました。流石に旦那の喉は前のまんまだなアと感心しました。

でも、その後も、とうとう旦那には会うことが出来ませんでした。旦那は妙に人嫌いになって、誰にも会いたがらないからそっとしておいてあげてくれ、と内儀さんが仰有るんです。そして、近所へも旦那が戻って来なすった事は内密にしといてくれとくれぐれも仰有るんです。

どうして秘密にしなければいけないのか、一寸は不審にも思ったのですが、何しろ、一年の間も失踪していた位ですから何か事情がおありなんだろうと考え、旦那のことは誰にも喋ったことはございません。

けれども何かの用で二階へいった時など、開きかけている戸の隙間から、旦那の御様子を見たことは二三度ありました。あんなに色艶よく肥っていた人が見るかげもなく痩せちまいなすって、それも、椅子へぐったりもたれたり、テーブルへよりかかったりして、しょんぼり何か考えていなさる御様子を見ては事情は知らないながら、本当にお気の毒な気がして、私まで考えこんでしまうようなことがありました。

その後も、二階でお二人は、よく額を集めてはひそひそ話をなすっていました。時には、声が高くなって、階下までもれて来たりして、旦那の声はよく耳にしました。

女中森川美代子の陳述

私、寝坊なもので、旦那さんのお帰りになった夜中の事はまるで存じません。でも、翌朝、お内儀さんからその事は伺いました。

旦那さんの御用は全部お内儀さんがなさるんで、私、直《じか》に旦那さんとお話しした事はありませんけれど、お内儀さんと話していらっしゃる声や、御自慢の追分なんかを小声で唄っていらっしゃるのをよく聞きました。でも私お懐しくて、時々御用があって二階へ行く時など、よく、そっと戸の隙から旦那さまのお姿見ましたわ。だって、旦那さまはとても私によくして下さったんですもの。そうした時には大抵旦那さまは、心配そうに黙りこんで、じっと天井の方を見つめていたりなさいました。余程の心配ごとがおありだったのですわ。きっと!

……

それから後、事件突発迄の一週間、一体、松太郎の生活がどうだったか。その身にどんなことが起りつつあったか。それは、もとより知る由もないのだが、よし子や飯島、美代子等の証言等を綜合すると、どうやら松太郎の身辺にひしひしと強迫者の黒い手が迫って来ていたらしい事は推察がつくのである。

彼は細君のよし子に、俺はひょっとすると片目の男に殺されるかも知れない等と妙な、しかし思いあたる予言的な言葉を漏らしたりした。

ここで問題になるのは、当時松太郎の口からしばしばくりかえされた片目の男なる怪しい人物のことだが、その男については調書にこう出ている。

片目の喬《きょう》こと、橋本喬一、神田附近の地廻りにて、恐喝にて前科一犯あり、彼は野田松太郎の失踪と時を同じゅうして神田より姿を消し、松太郎の帰宅後まもなく、再び神田へ姿を現わし始めたる形跡明瞭なり。性質兇暴にて、噂によれば殺人未遂等も一、二件ある模様なり。注意すべき人物。

さて、ここで、いよいよ殺人事件にうつるのだが、その事件が突発したのは、松太郎の帰宅後一週間たった一月十五日のことであった。

当日は緑亭の定休日で、飯島は横須賀の伯父の許へ遊びに行き、細君のよし子は美代子を伴って洋酒仕入れの相談のため松戸の闇屋某の許へ出かけた。家に残ったのは松太郎唯一人――いや、正確にいえば白痴の竹二郎も加えねばならぬ。

留守中、何事が起ったかは恐らく竹二郎の外に知る由もないであろう。

午後三時、よし子と美代子が帰宅した。勝手口から入ると、風呂場では何時《いつ》もの通り、竹二郎が魯鈍な手附で風呂の火を焚きつけていた。これは八年来の緑亭内に於ける彼の重要な職務の一つだった。

そのまま、よし子は一人二階へ上っていったのだが、さて一足中へふんごんだとたん、殆んど形容も出来ない悲鳴をあげた。

部屋の中央に血まみれになって死んでいる男がある。

被害者は、片目の男――橋本喬一であった。

検屍所見
致命傷は後頭部を鈍器を以て乱打せる打撲傷。外に外傷なし、推定死亡時刻、午後一時。

兇器はすぐ発見された。現場に血まみれになっていた青銅製の重い花瓶がそれだった。

所で、主人松太郎は何処へ行ったろう?

彼は当日、その家に居残っていた筈だ。外へ出た模様もなし、というし、何処にもその姿が見当らない。

すると、午後四時、係官が出張し、混雑の最中に、女中の美代子が物置へ薪《まき》をとりに行き、偶然そこで松太郎の死体を発見した。その物置は半分を仕切って向うは竹二郎の部屋にあてられていた。

松太郎は、梁《はり》に麻縄をかけ、その先にぐったりと下って縊死《いし》をとげていた。脚許《あしもと》には、踏台に使ったらしいビールの空箱が一つ転っている。

ポケットから遺書が一通、発見された。

よし子。私はどうしても死ななければならない破目に立ちいたってしまった。お前も薄々感附いていただろうと思うが、私は一つの秘密をもっていた。そして、それを嗅ぎつけた恐ろしい片目の男のために、本当に寿命の縮まるような恐ろしい強迫を受けて来たのだよ。突然家出をして、その上、お前にまで行先を知らせず、一年間も喰うものも碌《ろく》に喰わずに逃げ廻っていたのも、全くそのためだった。

私は、やっと片目の男をふりはなして家に戻って来た。しかし、何時かはまた、こんなことが起るのではないかと恐れていた。でも最後の時が何んと早く来てしまったことだろう。

今日、いよいよ片目の男と最後の出会いをやったのだ。

私としては、彼奴《きやつ》の強迫からのがれる事が出来るなら何をくれてやっても惜しくはないとさえ考えていたのだ。

所が、お前、彼奴が要求したものと来ては、とても、私にはどうにもならない莫大《ばくだい》なものだったのだ。私はもう、どうにもしようがなくなった。とうとう、最後は恐ろしい喧嘩になったのだが、結局、私は今まで受けた強迫に対する怒りや何かで、とうとう彼奴を殺してしまった。人を殺せば自分も死なねばならないことは私も覚悟している。唯、可哀そうなのは、よし子、お前だ。それ丈けが気がかりなのだが、許してくれるだろうね。私は、本当にどうにもしようがなかったのだから……。

では、最後にお前の倖せを、本当に心から祈っている。

松太郎

ひどく急いで書いたと見えて、走り書きであった。仲々書きなれた見事な筆跡である。次に、事件調査には、検死官の報告が次のように記されていた。

頸部に残存する条痕の外貌、方向、主に死体の外観、解剖所見よりして縊死と認む。右の条痕を除いて如何なる外傷もなく、また服毒の形跡もなく、これを要するに他殺と認むるべき何等の根拠なし。

死亡の推定時刻、午後一時より二時までの間。

以上、種々の情況よりして、事件の経過は次のように推定された。

松太郎は何等かの秘密をもっていた。それを知った橋本喬一は、一年にわたって松太郎を執拗に追跡恐喝した。松太郎は追いつめられ、遂に橋本と直接会わねばならぬ破目におちいった。恐喝に堪えかねた松太郎は、結局憤激、橋本を殴打死に到らしめた。が、その兇行直後、自責の念に責められて己《おの》れも亦《また》自殺した――。

事件はこれで自動的に終末に来たかの外観を示していた。

×

だが、妙である。

理由はない。ただ何となしに妙なのである。何か、そこにちぐはぐな異様なものがひそんでいるような、変に割り切れないものが感じられるのだ。

果して――間もなく、その異様な何ものかが、はっきりした疑惑の形となって表面へうかび上って来た。

事件当日から一週間目、松太郎の葬儀のすんだその足で、未亡人よし子は直接警察へかけこんで訴えた。

事件後も、誰かが自分の家をつけねらっているように思われてならぬ。というのは、松太郎が旅行からもってかえった鞄が、何時の間にか蓋《ふた》があき中がかき廻されていたり、何びとか家の其処此処を家捜ししたりする者があるようだ！

直《す》に、土地の地廻り馬場留夫がひっぱられた。最近、彼が片目の喬と二三度密談している処を見たものがあったからだ。

所が、色々調べてゆくうちに、彼には事件当日アリバイがあって、少くも当日の事件に丈は関係のないことが立証され、結局放免されることになった。そのまま、当局の捜査方針が行きづまるようであった。

一見、事件は終了し、解決された観になっていた。それでいて、蔭には何か妙なものが不気味にただよっているようであった。たしかに、何ものかがひそんでいる。唯それがはっきり、摑《つか》めないのだが……。

さて事件後十五日目。

加賀美がやっと公務旅行からかえって来た。

二十日間！

何という長い間だったろう。加賀美が曾《かっ》てこれほど長く課長室の机をはなれたままでいた事はなかった。

好人物ということの外は、司法警官としての如何なる才能をも持合せていないような地方警察の首脳部達との連日にわたる愚にもつかないやりとりは、加賀美の神経を滅茶々々にすりへらしてしまった。

彼等はそれだけでは、まだ加賀美を放免してくれない。夜は夜とて、理窟をつけて引張り出すのだ。

寝ようとすると、電話がじゃんじゃんかかってくる。

「課長、知事閣下が、地方警察の民主化について、その方面の偉大な先駆者でいらっしゃる貴方に、是非とも御高説を拝聴させて頂きたいという事で……一つ、これから、粗餐《そさん》を差上げたいと存じますが……」

民主化の先駆者だって？　糞ッ！

知らん顔をして寝こんで了うと、最後にはきっと彼等は大挙してその枕元へ迄押しかけて来るのだ。こうした愚劣極まる時間と体力の浪費ほど、彼の神経にこたえるものは外には絶対になかったであろう。

それから、最後に、あの殺人的な汽車！　死物狂いになって、その汽車を乗りまわさねばならないなんて……。

その二十日間の旅行は、鋼鉄のような加賀美の肉体をも、完全に叩きのめしてしまったようだった。

警視庁の玄関にはいった時の彼は、目の縁に蒼黒い隈《くま》を作り、物云うのも退儀《たいぎ》なくらい、がっくりと疲労し切っていた。

彼は課長室へ入ると、帽子をデスクの上へ抛り出し、外套のまんまぐったりと椅子へ身体を投げ出しながら、日頃の彼らしくもない元気のない嗄《しやが》れ声でいった。

「おい、何か、事件はあったかね?」

五十嵐警部は、心配そうに課長の顔色を見やりながらつとめて何気ない調子で投げ出すように云ったものである。

「はあ、五つ六つ……が、つまらん事件です」

彼は事件報告の目録を簡単に読み上げてから、もう一度、投げ出すような調子でくりかえした。

「つまらん事件です。どれもこれも……課長、今日はお帰りになって御静養なすっちゃどうですか? ひどい旅行だったのでしょう、まるで病人みたいに疲れていらっしゃいますよ。とにかく、今一日丈でも……今日まで旅程の中にはいっている日なんですし……」

所が、その言葉の終らないうちに、加賀美は既にむっくりと起き上り、煙草を一本くわえて火をうつしながら、俄かに生気をおびて光りはじめた両眼を、ぬうっと警部の方へつきつけた。

「その緑亭事件の調書を見せてくれたまえ」

それから三時間！

加賀美はそのまま異常なる熱意をもってその事件ととっくんだ。尨大《ぼうだい》な調書をこくめいに読み返しながら、関係係官に片っぱしから質問する。所轄署を電話口に呼ぶ。部下に命令を下す。どなる。報告をきく。検屍官を電話で呼ぶ。

「では、松太郎は完全に自殺だったのですな。縊死だったんですな。絶対に他殺の形跡はなかったというんですな。つまり生ける人間を、薬物か外力かによってその自由を束縛をすることなしには、その自由意志にそむいてああした自然的な縊死状態は作り得ないというのですな。絶対に縊死！　わかりました……」

それから、部下を呼び、電話口でどなり、遂《つい》には若い部下たちをふうふう云わせながら、彼自身、今やその五体の何処にも、微塵《みじん》も疲労のかけらさえ残してはいなかった。

結局、それらの集計の中で、最も彼の興味をひいたと思われる事柄が五十嵐警部の報告の中にふくまれていた。

「私が、どうも合点がゆかず妙に思われてならなかったのは、片目の喬――つまり橋本喬一ですな。あの男の、一見何でもないと見えて、その実何処か奇妙な処のある死にざまでした。というのは、彼は青銅の重い花瓶で後頭部を乱打され即死していた訳ですが、その死顔は、全く不意を打たれたように何等特異な表情をうかべてはいなかったのです。彼としては、少くも下手《へた》をすれば命にかかわる危険な事も承知だった筈でしょう。何しろ、命をかけて恐喝に乗り込んでいった訳ですから……だから彼は相手の松太郎から片時も注意をそらさなかった筈でなければなりません。その松太郎が、どうして彼に——しかも後頭部に不意打ちを喰らわすことが出来たんでしょうか。誰か松太郎の相棒が物かげにかくれていて、うしろから不意打ちをやる……が、それもどうも不可能です。附近へとび散っていた鮮血の状況から、兇行は、何等の障害物のない部屋の中央辺でやられたように推測されるからなんです。附近に一人かくれるような所なんて何処にもありません。ただ、ここに……これは私の私見ですが……たった一つ、その兇行の可能性の成立する場合が考えられると思うのですが、つまり、被害者の相棒です。被害者橋本が相棒をつれて来たという仮定です。仲間ですから自然安心して隙を見せるでしょう。その相棒が、何かの理由で……例えば、仲間割れとか獲物の独占慾とか……そんな理由から、他を裏切って突如兇行に出ます……これなら、如何《いか》なる場所に於ても不意打ちを喰らわせることが出来る訳でしょうが、課長、その仮定に立つとどうも私にも分らん矛盾が生じて来ました。というのは、松太郎の自殺ですが、彼が加害者でもないのに、何故、告白の遺書をのこして自殺したのだろうか？　そういう問題が出来てくるのです。告白の遺書は、第三者の強迫によって無理に書かせる事も出来るでしょうが、だが、その意志にそむいて松太郎に自殺させる事は出来ません。松太郎は、他殺ではなく自殺だったからです……

しかし、結局のところ、何者か、第三の人物が、その現場に足をふみ入れた事だけは別の証拠から明瞭だと思っています。というのは、このハンケチですが……御覧の通り、使い古した奴で、ほらこの一隅には、こんな黒い大きな特徴ある汚点が出来ています。この汚点は鑑識では醤油《しょうゆ》のよごれだといっていました。これが、橋本殺しの現場におちていたのを私が、証拠品の一部として押収して来ました。当時つづいて松太郎の自殺が発見され、一見事件は落着のように見えたので、このハンケチも無用と考え片隅へ突込んだまま忘れてしまっていたのですが、後になって、ふと想い出し、調べて見たという訳です。被害者橋本は、ちゃんとポケットに頭字を縫取りしたハンケチを持っていたから、それ以外の人物のに違いありません。松太郎の細君——よし子というあの女に見せた時、自分のでも松太郎のものでもないというのです。見覚えもなし誰のものか分らんという訳ですな。もし課長のお帰りがなければ、今日、このハンケチの出所《でどころ》をしらみつぶしに調べてみようと思っていた所でした。如何《いかが》でしょう。課長？　このハンケチ、何か手懸りになると思うんですが、……といって、どうも分りません。この事件の蔭にある妙な、何か気に喰わん空気の正体が、私にもどうもよくのみこめずに弱っとるんです」

加賀美は、そのハンケチをポケットへねじこみ、無造作に帽子を頭へ抛り上げ、むっつりと黙りこんだまま警視庁を出ていった。

かくして、彼は十五日ぶりで開店した、酒場緑亭へふらっと姿を現わしたのだ。

×

午後八時。

緑亭は七分の入りだった。

客はぽつぽつと循環して、少しずつ、目立たぬ間に入れかわってゆく。じっと眺めていると、それは一つの流れにも似ていた。そして、美代子と飯島は、その流れをひらりひらり泳いで渡ってゆく金魚と鯉《こい》だった。

「映画？　見たいわ。この頃、一寸も出られないんですもの。アメリカもの、いいのかかってる？　ええ、是非切符頂戴ね。なるべく松竹がいいわ……あら、斎藤さんお帰り？　これ頂いていいの？　何時もすみません。さようならーッ、またお近いうちにどうぞ……あら、あたし、斎藤さんなんかに惚れてやしないわ。だって……あら、いやよ。人が見てるじゃないの。ふっふっふっ……あ……いらっしゃい。あちらがあいて居ります――レモネードですって、うち、洋酒専門なんですけれど……はアい。ビールですか？　新規ビール三ちょうッ」

「そりゃ正直にいやあ、当節の洋酒で、カクテールづらアありゃしませんが……まア、そこは何とか技巧で少しは昔の面影《おもかげ》をしのばせるという訳です。如何？　一寸いけるでしょう？

ヤア、川田さん、いらっしゃい。お久しぶりですな。石鹸《せっけん》ですごく当てたってこと伺いましたけど……浦山《うらやま》しいですなア。いいや、とんでもない、われわれの商売と来ては、ほんのおこぼれ頂戴という奴なんで……第一、私ア、まア奉公人ですし……やア、お帰りですか、高木さんまた、どうぞ……え？　何？　はアはアあれですか。承知しました、三貫目ですな。心掛けておきますから……、そうそう、川田さん。貴方んところで砂糖が手に入りませんですか？　はア、三貫目……冷えこみますなア今晩は……ストーブがちっともきやアしねえ。おーい、竹さアん、竹さアん……」

間断なく循環して流れている客の流れの中で、底に根をうちこんだ棒材のように、じっと腰をすえて動かない二人があった。

加賀美と黒眼鏡の馬場がそうだ。

馬場は既にウイスキーを一ダースもあけ、少しく坐って来た目で、例の薄笑いをつづけたまま、じろりじろりしきりなしに店内をねめまわしていた。

加賀美も、五杯目のビールをやっている。

だが、一体、彼は何を期待してまっているのだろう？

竹二郎が姿を現わした。

ぼろぼろと伸びるにまかせた髪と髯。長くのび切った両手の爪。

魯鈍な動物に見かけるような、腹立たしいばかりな哀れなものが、その全体に流れていた。

この男こそ、兇行当日、この家に居合せた唯一の目撃者であった筈だ。彼こそは、犯人を見、或いはその声を聞いた唯一の人間であった筈だ。

が、彼の目は何にも語らないし、彼の口も何事もつげはしない。

ジャンパーのポケットには、さっき加賀美がおしこんだ古ハンケチが半分ばかりだらっと外へ垂れ下っていた。彼が押しこんだままだった。一隅についた、特徴のある赤黒い汚点をむき出しに見せている形まで……。

さて、加賀美は考えている。

このハンケチは兇行の現場におちていた。何者か、第三者がそこへ落していった筈のものだ。それには特徴がある。

が、これが、警察の手へはいったことを知っているのは、ここの女主人だけだ。そして、今、それが白痴のポケットから現われている。

その第三の人物は、それに気がついた時、どう考えるだろう？

勿論、現場から、この白痴が拾って今迄ポケットしていたものと考える。

そして、それには著しい特徴があるのだ。もしこれがしかるべき者の手にはいれば、彼が兇行当時現場にはいった重大なる証拠物件となる。

さて、それから、彼はその白痴のポケットにあるハンケチに対して、一体どんな行動をとるだろうか？

片目の喬は殺され、松太郎は自殺した。残っているのは、松太郎の細君よし子に、バーテンの飯島、女中の美代子、それに白痴の竹二郎だけだ。いや、それにもう一人、当日のアリバイをもった黒眼鏡の馬場だ。

よし子は奥で怒鳴り、飯島は陽気にシェーカーを振り、美代子は、阿呆のように笑い声を立てている。黒眼鏡の馬場は既に酔が廻って舌なめずりしているのではないか。

彼の求めるものはこの内にいるのか？

それとも……

竹二郎はストーブの前へかがみこんで、薪を一本々々鈍《にぶ》い手つきで投げ入れた。全く腹立たしいくらい、鈍い愚かしい男……

その時、加賀美は、漠然たる目附で握ったコップへ目をやっていた。いや、その実、彼は、その目の隅から、この店内にある凡《あら》ゆる人物の視線の動きを、一瞬のゆるぎもなく、じっと凝視しつづけていたのだが……

竹二郎は立上った。

彼は戻ってゆく……

だが、途中で突然変化が起った！

馬場のテーブルの前まで行った時、不行儀に通路へ投げ出していた彼の足に竹二郎が危くつまずいたのだ。コップが倒れ、水がテーブルにあふれて馬場の外套にまでしたたたった。

「この、阿呆……」

彼は、兇暴に喚《わめ》きざま、竹二郎のジャンパーのポケットからはみ出しているハンケチを乱暴に引ったくり、足をあげて相手をはげしく蹴とばした。

一寸した、悲しい悲鳴が白痴の唇をついて出る。

しかし、竹二郎の示した抵抗はそれだけだった。彼はよろけた身体を立直し、蹴られた犬程にびっこを引き、そして哀れにも愚かしい、無感覚な姿でとぼとぼと奥へ消えていった。

馬場は——

外套をふき、テーブルを拭《ぬぐ》ったハンケチを無造作にテーブルの一隅へ抛り出したまま……

×

何故、加賀美は、特にこの事件を選んで異常な情熱を示したか？

昨年の大晦日《おおみそか》。

Y銀行K支店勤務の小使某が、八十万円の現金行嚢《こうのう》をもったまま突然行方不明になった。その某の一人息子が警視庁で給仕をしていたのだが、その少年は事情を加賀美に訴え、父親の行方捜査を哀願した。

手配して調べて見ると、某が神田のA町を通り、折からの空襲サイレンに、この緑亭に程近い町角の公共防空壕にはいった事だけは分った。だが、それっきり、あとは何処へ行ったかかいもく分らない。その夜、空襲のため、その附近は徹底的に焼払われてしまったのだが、すると、三日目崩壊したとある建物の蔭から、某の死体が偶然にも発見された。

残念ながら、他殺か、空襲による死亡か、それも判明してはいない。唯分ったのは、八十万円の行嚢がその身辺から姿を消してしまったことだけであった。

緑亭――その時、捜査に出張中、ふと、一二度見かけただけのその緑亭の袖看板が、どういう訳か、後々までも強く加賀美の記憶に残っていた。今度の事件を耳にした時、彼を刺戟し、異常な情熱をかき立たせたのは、正《まさ》にその記憶の復活そのものに外ならなかったのだ。

時刻と共に、寒さはいよいよきびしさをまして来た。床にこぼれた水は、何時の間にか氷に変って、歩く人の足を危くすくおうとした。風が、けたたましい叫び声をあげては窓硝子を叩き、その度に、刺すような冷気を部屋の中へ吹き込んで来た。

九時十分。

突如、馬場が立ち上った。

肩をふり、酒くさい息を吐きつつ、のそりのそりバーテンダーの方へ歩みよってゆく。

美代子は、ぽかんと口を開け、恐怖にふるえる目でじっとその姿を見守った。

「おい。大将！」

飯島によびかけたその声には、こうした生活になれきった、板についた凄味があった。

飯島はふりむき、二人は台をはさんで睨みあった。

下等な酒場である。ゴロツキ客はちょいちょい出入りするし、時にはタンカの相手にもならねばならない。いざとなれば、一寸目を据えて、片手にビール瓶を握りしめる位の度胸がなくてはつとまらんであろう。

二人は、小声で何か云い争っているようだったが、加賀美の耳まで聞えて来ない。やがて、

「ふん」

一声、馬場の声が高くなった。

「首吊男が化けて出るぜ、おい大将！」

憎々しげに云いながら、落ちていた落花生《らっかせい》の皮を馬場は飯島の鼻柱《はなばしら》へ、指につまんでぴーんと弾きつけた。

「何でも、いいんだ。内儀さんにそういっとけ、阿呆！　飲ませるだけじゃア承知しねえぞ」

そのまま、くるりと踵《きびす》をかえした。

彼の通りすぎる側に彼のテーブルがあった。そしてその隅に、例のハンケチがのっている。馬場はハンケチをどうするだろう。所が――彼はその方を、ちらりとも見ずに、どすんと扉《ドア》を蹴り開けて、外の闇に消えていった。

殆んど入れ違いに、その戸口に、峰刑事がちらっと姿をあらわした。

小粋なハンチングを前さがりに冠って、明るい煉瓦《れんが》色の外套を深々と襟《えり》を立ててまとった彼は、その若さや男振りのせいもあって、こんな遊び場にうってつけな大店《おおだな》の若旦那とでもいった感じであった。

彼は課長を一目で見つけ、真直にそのテーブルへ来た。

加賀美は、部下を微笑で迎えた。

「ビール？　ウイスキー？」

「そうですな、ビールを頂きましょう。四五時間、駈けずり通しなので、すっかり喉がかわいちまいました」

ビールがくると、峰はぐうっと一息にのんで報告にうつった。

「ここの未亡人よし子から、重要な資料を提供して来ました。捜査本部から即刻転送して来たんです。内容はまだ見ません。自殺した松太郎の日記帳だそうです。同じなら何故もっと早く提供してくれなかったんでしょう。尤《もっと》も……未亡人もその日記帳のことは今日迄全然知らなかったんだそうで……今日、自分の箪笥《たんす》をあけていたら思いもかけない所から、松太郎が死んだ日の朝したためたよし子宛の遺書が出て来たんだそうです。その遺書も日記帳と一緒にとどけて来ましたが……私も、さっき一寸読んで見ました……。私がもし急に死ぬようなことがあったら、それは私が殺されたものと思ってくれ。その時は、店の壊れた電気蓄音器の中をさがしてくれ、私の日記帳をとり出し、直ぐ警察へ届けてくれ――大体、そんな意味だったと思います。課長、その遺書と日記帳、持って来ていますが、ここへ拡げてよろしいでしょうか」

しかし、加賀美の両眼は、その時、煙草の煙のかげから何物かを凝視しながら、明らかに緊張していた。

今迄、馬場のいたテーブル。そこには、ハンケチがまだ丸めたままのっている。

そのテーブルへ、今、女中美代子が近づきつつあったのだ。

加賀美は、峰から渡された新聞包みをときにかかりながら、目は、またたきもせずハンケチの方をみつめていた。

所が、美代子は至って無造作であった。

手の盆の上へ、コップもグラスも、それからハンケチも、さっさとつまみ上げて、酒売台《カウンター》まで運んでゆきそこへのせた。

一方小声で鼻唄をうたいながら、ビールの泡を切っていた飯島は、それを終ると、何気なく盆のコップを水桶へつまみ入れ、つづいてハンケチをとりあげて側の屑籠《くずかご》へ抛りこんだ。

いや、しかし、そのとたん、彼は素早い目附きで、さっと店中を見まわしたのだが……勿論、加賀美がそれを見落した筈はない。

「峰君、それから?」

加賀美の顔に満足の色が流れている。

彼は、包みをとき、とり出した部厚な日記帳の頁をぱらぱらめくって見た。どの頁も、細い字で克明に記入されている。

峰刑事は、加賀美のケースから煙草を一本もらい火をつけながら、その報告を結んだ。

「で、ここのバーテンダー飯島についての調べですが、当日、彼は横須賀の伯父の所へは全然姿を見せて居りません。つまり、当日、横須賀へ行ったという彼の言葉は全然嘘だったという訳ですな。いや、それればかりか、丁度正午頃、この酒場の近所で彼を見かけたという証人が一人見つかりました」

×

午後九時三十分。

緑亭は軒燈《けんとう》を消し、表の戸口にカーテンを引いた。

女中が、一々テーブルを廻って歩いている。

「もう、看板でございます」

尤も、加賀美を入れて、もう四組しか残っていなかった。

「あばよ、美代ちゃん。おやすみ、大将……」

最後に、唯一組、加賀美のテーブルだけが残った。

女中がよって来た。

「すみません。もう看板なんですの」

加賀美の返事は無愛想だった。

「君、戸口に鍵をかけたまえ」

そして、そのあと低い声でつけ足した。

「僕は警視庁の加賀美だが……」

つづいて、峰が、彼の目くばせをうけて、カーテンから奥へ消えてゆく。

瞬間、酒場の空気は一変していた。

加賀美は、もとのまま、むっつりと壁を背にしょっているだけだった。だが、そのテーブルを中心にして、俄に息づまるようなものが、急激に部屋中へ拡がってゆくのがありありと感じられた。

入口の扉に鍵をかけて、恐る恐る戻って来た美代子の額は、もういくらか蒼ざめていたし、洋酒棚の前をはなれた飯島も、少しく強張《こわば》ったような表情で、柱の前に突っ立っていた。

峰に伴われて、よし子と竹二郎とが入って来た。

自然、一同は加賀美のテーブルを囲んで半円を作る形になった。

この事件に終始まつわりつづけて来た、目に見えぬ一種異様な何ものかが――この時に至って、息ぐるしいまでの濃度に圧縮されつつある感じであった。

加賀美は誰をも見ていない。が、それでいてすべての人物を一時にその視線の中に感じていた。

やがて、加賀美が、口をひらいて真先にいったことはこれだった。

「飯島のポケットから、丸めたハンケチをとり出したまえ」

飯島はギョッとしたように、思わずポケットをおさえて、二三歩うしろにたじろいた。彼は、詰めよってくる峰の顔を睨みすえ、一寸抵抗しそうな険悪な形相を見せた。

しかし、結局何事も起らなかった。

彼は、己れの真向を凝視している加賀美の両眼にふれると、くたくたと肩をおとし、観念したように、自らポケットのハンケチをとりだしてテーブルの上へ抛った。

加賀美は、その一隅に赤黒い汚点のある古ハンケチを叮嚀《ていねい》にテーブルの上にひろげ、よし子と美代子の方へ目を向けた。

「誰か、これが飯島の所持品である傍証をして下さる方はありませんか？」

二人の女は黙っている。

「何か見覚えはありませんか？　この一隅の黒い汚点にでも……」

すると、もじもじしはじめたよし子が、やがて、一歩前へ進みながら、ためらいがちにいった。

「私、何だか、想い出して来たような気がするんですよ。前には、まるで気がつかなかったんですけれど……これ、たしかに飯島さんのものだったと思います」

「ありがとう。よく想い出してくれましたね。さっき、飯島が、屑籠へすてると見せて、古雑巾《ぞうきん》の玉とすりかえたのを、私は見逃していない。だが、確実な傍証がほしかった訳でした。これは、この事件の中心をなしている重大な事柄なんだから……」

よし子は勢いづいたように、あとをつづけた。

「ええ、私、もうはっきり想い出しました。御覧なさい。そら、その角にある小さな焼けこげの跡……何時だか私、煙草の火をおとして帳場においてあったハンケチをこがしてしまったことがありました。あとで、それが飯島さんのだときいて、その内新しいのを買って返して上げようなどと考えていたもんですから……ほら、御覧下さい。そのこげ跡、何だか犬の顔に似ているでございましょう。だから、私はっきり想い出したんですよ！」

その時の加賀美の態度ほど、奇妙なものはなかった。

彼の様子はその瞬間を境にして、がらっと一変した。

彼は急に、むずかしい、不愉快極まりない顔つきになり、むっつり黙りこんだまま両手の上にひろげた野田松太郎の日記の最後の頁に目をおとした。

まるで独り言のように、その一節をよんでいる彼の声が低く流れ出す。

――一月七日午後九時。昨夜、俺は、奴に恐迫《きょうはく》されてとうとう心にもないものを書いてしまった。俺の、この松太郎の遺書！　俺に遺書を書けとは何の意味だろう。分りきっている！　あとで、俺が殺される。俺は自殺したものとして葬むられる。ああ、何ということだ！　恐しい敵。そやつが、俺の身近に、俺の目をかけた奉公人の中にいるなんて……

「バカな！　バカな！　バカな！」

　加賀美の声は、突然起った飯島の悲鳴に打消されてしまった。

「そんな、そんな！　出鱈目《でたらめ》だ！　うそっぱちだ！　皆出鱈目だ」

　恐らく、こんなにも急激に狂い立った男の顔というものを見たことはないだろう。

「私はあの時、二階の部屋へはいった。ハンケチもおとした。だけど、何にもしやアしない！　橋本はもうその時殺されて死んでいたんだ。私はただそれを見ただけだ。私は逃げ出した。旦那が、旦那が、死んでいなさることだって、その時アまるで知りゃアしなかった。私じゃない。出鱈目だ！　出鱈目だ！」

　加賀美は陰鬱《いんうつ》に立ち上った。

　彼は、その時まで、その場の異様な雰囲気の中にあっても、まるで全然別個の存在の如く、うつろな目をあらぬ方へ投げながら、意志のない動物のように棒立ちになっていた竹二郎の方へ歩みよった。

「ここに、一人確実なる証人がいる。その日、終日現場にいあわせて、誰にもとがめられず、あらゆるものを聞いていた一人の男がこれだ。この男こそ、犯人を知っている。この男こそ、総ての謎をときうる唯一人の人間だ」

　この事件のこれが奇妙極まる雰囲気の最高潮に達した瞬間であった。

すぐあとに最後の幕が迫っていた。

加賀美は、軽く白痴男の肩を叩き、そしてむしろ物憂げな調子で次の言葉をいった。

「今度の事件の、真犯人がここに立っている……」

一瞬、あらゆるこの世の怪奇に慣れて来た峰刑事でさえ、加賀美の言葉の意味を、よくは理解出来なかった。

「見ろ！　この指を！」

加賀美は、つかんでいた竹二郎の右手をそのままぐっと高く突きあげ、その中指を灯火の下にきっと指し示した。

「毎日日記をしたため、しばしば書きものにふけっている男の指がここにある！　この中指のペンダコは、生涯唯の一度すら筆をとった覚えのない白痴の指には絶対あり得ない特徴だ。峰君、野田松太郎夫妻を、橋本喬一並に野田竹二郎殺害犯人として捕縛しろ！」

女の金切声と一緒に、加賀美の手をふりもぎって、椅子をふり上げざま猛然と突立ち上る兇暴な男の姿が見えた。

加賀美の顔に、かっと怒りの火が燃え上がる。

「じたばたするか！」

彼は、その鋼鉄のような肩を突立てて、正に一間《けん》の余を跳躍した。

瞬間、男は床にはねとばされ、ふっとんだ椅子は壁にあたって微塵に砕け散った。

刑事部長に対する加賀美の報告次の如し。

×

事件の発端は、一年前にさかのぼります。銀行の小使が八十万円の行嚢をもっている事を知って、それを殺害し、金をうばったのが松太郎でした。が、その秘密を知った橋本喬一の執拗な恐喝がはじまります。松太郎は、一年間転々と所々を逃げ廻りましたが、しかし彼のその逃亡は、尚外に重大な意味があったのです。彼は、自分の秘密がもれたと知った瞬間、直ちに白痴の竹二郎を、己れの身代りにする計画を考えました。恐らく、以前から竹二郎が髪鬚《かみひげ》をとり自分がもっと痩せ細れば、二人の顔全体が思いもかけぬ程極似していることに彼はよく気づいていた事でしょう。そして、前々から、万一の時には竹二郎を利用する目的で、彼の癖、表情その外を細かく研究していた形跡もあるのです。

彼は失踪後、先ず髪鬚爪に鋏を入れず伸びるにまかせておくことにしました。それから極度に食量を減じて痩せる工夫をすると一緒に、又、日一日と竹二郎になりすます練習です。こうした彼の変身には、転々たる移動が何より便利だったに違いありません。

一年後、自分の姿に絶対的自信をもった彼は、深夜を選んで帰宅し、先ず細君にその計画を打ちあけます。以後、彼女は彼の共犯者となりました。帰宅後、まずやったことは、竹二郎を二階に押しこめ、髪や鬚を一斉に整理し、そして風呂へ入れることでした。飯島が、風呂場からもれてくるのを聞いたという松太郎の声や唄は、既に竹二郎になりおおせて、釜の焚きつけをやっていた彼が、まことしやかに唄ってきかせたものにすぎません。どんどん二階へも行きました。そして、時々細君と台詞の交換をしたり唄をきかせて、そこにいる人物の松太郎なることを、奉公人達に信じこませていったのです。

いよいよ、兇行当日です。予《あらかじ》め、家内が留守になるようにしくんでおいたのも計画のうちでしょう。午後一時彼の呼出状によって橋本がやって来ます。彼は部屋へはいると松太郎にのみ注意し、そこに居合せた白痴男など全然無視していたことでしょう。白痴になりおおせていた彼は、巧みに橋本のうしろへ近より突然頭を乱打します。かくして、橋本は全く不意を打たれ、あっけなく死んでしまったのです。そのあとで、すぐ、自分の身代りになっている竹二郎を物置につれこみ、縊死させせました。

竹二郎は、自分のされつつあることを、一体、それが何を意味するかなど全然意識する筈がありません。台の上に立たせられ、首に縄がかけられてやがて台は蹴倒されてしまいます。その上、彼は、その哀れな縊死者のポケットへ、予め自分で書いておいた遺書を突込み、悠然と風呂の火をたきにかかります。

始め、恐らく、彼の計画はこれで全部だったのでしょう。

恐るべき恐喝者をのぞき、その下手人として竹二郎を自殺させ、これでもはや何等の気がかりも残らない筈ですから……あとは、折を見て店をたたみ、どこか遠い所へいって、白痴の仮面を脱ぎすてるばかりです。

所が、ここへ邪魔がはいりました。それは、飯島です。何か、かぎつけたらしい……実際は、飯島のかぎつけたことは大したものではなく、彼は何となく妙な予感と好奇心から、主家の秘密をかぎ出して見ようと企てただけでした。この結果、彼は、兇行直後の二階へ踏みこみ、吃驚《びっくり》仰天してハンケチを落したまま逃げ出しました。所が、竹二郎になりすました松太郎は、その様子を残らず見ていました。飯島の出現は可成《かなり》うるさいと感じたのでしょう。

そこで、第二の計画にはいります。

彼は、細君から当局が、飯島のハンケチを拾ったことをききこみます。勿論、彼は、それが飯島のものに違いない事をしっていますから、これを利用しようと考え出したのです。先ず、細君を使って、事件後も、家の中が何者かに荒されると、暗に第三の犯人があるような空気を匂わせておき、それから日記の細工をしました。最後の頁は、後になって、その目的から彼が書き足したのでした。勿論、彼もそれだけのことで、飯島がうまく殺人犯人として処罰されるなどとは思っていなかったのでしょう。唯彼としては三月でも四月でも飯島が警察へひかれていれば、その隙に自分たちは完全に彼の目のとどかぬ所へ姿をかくすことが出来るという胸算用だったに違いありません。

私が白痴の存在に、まず注意をひかれはじめたのは、松太郎が帰宅した当時の、奉公人たちの陳述からです。彼等は、松太郎の声をきいた時にはその姿を見ず、その姿を見た時には声を聞いていないのです。これは単なる偶然とは思えぬ異様なことに私にはひびきました。声の主と姿の主とは、少くとも別個の人物であると考える余地がありうるのです。

第二は、橋本の死体の状況です。後頭部を乱打されて死んでいる。誰が彼のうしろに廻り、その不意を襲撃し得たであろう！

それには、二つの場合が考えられます。一つは橋本に共犯者がいて、それが橋本をうしろから殴打する……もう一つは、全然橋本の無視しているもの――例えば、猫――例えば白痴です。白痴の竹二郎がその場にいたとしても、恐らく彼はまるで一片の注意さえ向けはしなかったでしょう。が、共犯者の仮説は周囲の状況から有力ではありません。といって、本当の白痴にそんな兇行が行えるでしょうか。出来る場合を無理に仮定すれば、それは外見白痴であって、その実、白痴ならざる人物の存在です。

第三に、あの縊死者の問題です。これが実に奇妙でした。なぜなら、今申上げた私の仮説通り、松太郎が橋本を殺害することは殆ど不可能に思えるからです。橋本を殺さぬとすれば、縊死の原因がなり立ちません。とすると、他殺説が成立するのです。しかし全くそれは自殺と同一の外見でした。自殺と同一の外見をもたせて絞殺を行い得る場合は、どういう条件が揃っていなければならないか？　薬物でか、暴力でか、緊縛でか、そのどれかで相手の抵抗力をうばうか、又はその人物が生来抵抗力なき場合です。前の場合は、検屍上の所見から成立しません。すると、もし他殺とすれば、後者の場合——たとえば抵抗力のない白痴が相手ならば、成立し得ると考えられるのです。

結局、私は、それらの考えの決定点を得るために、あのハンケチのトリックを利用しました。あれは、ハンケチの所持者を探し出すというよりも、あの白痴が、天性のものか、それとも仮相せるものか、そして、細君よし子は確実にその共犯関係にあるかどうか、それをつきとめる目的でやったものでした。

当時の情況から、どうも何者かが、ハンケチの所持者に嫌疑を向けたがっているという予感があったものですから、そこに一つの罠をもうけておきました。ハンケチの片隅に煙草の火で小さな、しかし特徴のある焼焦《やけこげ》を故意に作っておいたのです。そのハンケチを、白痴のポケットにつっこんでおきます。すると——やがて、その所持者が飯島だということが分りました。そこで、私は傍証が是非いるということを強調して、彼に嫌疑を向けたがっている人物の食慾を刺戟して見たのです。果してよし子がひっかかって来ました。彼女は前に、そのハンケチに見覚えなしと証言している以上、今度それを飯島のものだと主張するためには、何か特徴をあげてそれを言わねばなりません。ハンケチには著しく大きな汚点がありますが、知能のすぐれた犯人は、そんなものは使わず却って小さな——つまり、今まで見落していたといっても言い訳のたつ特徴を探し出すでしょう。果してそうでした。

彼女は、ろくにハンケチを見もしないくせに、すぐ、その小さな焼けこげを指摘し、先に自分が煙草の火をおとして作ったものだという巧妙な証言をやりました。所が、これは私が故意に作っておいたものです。偽証にきまっていますが、しかし、その場で咄嗟《とっさ》に作れるような偽証ではなく、たしかに前からよくよくハンケチをしらべて見て、その上で考えておいたものに違いありません。が、彼女にはそんなチャンスはなかった筈です。ここで最もその時間があり、そして彼女にその入智慧の出来たものは何者でしょう？　たった一人、それをポケットに入れて奥へ出入りしていた白痴の外にはあり得なかった訳です。これで、二人の共犯者がはっきりして来ました。

馬場は、恐らく橋本の共犯ではなかったでしょう。狡猾な恐喝常習者橋本が、こんなうまい金のあり所を、他人に知らせるようなことは先ずない筈ですから……

ただ馬場の方では、橋本の行動や何かから、何かありそうな気がして、それとなく接近していた形跡があります。そのうち、橋本が殺され、自分迄ひっぱられる。彼はこれを種にケチなゆすりを始めるつもりだった事は確かと思います。

一年前に雲がくれした八十万円の行方ですか？　目下松太郎を追及中です。勿論、奴が奪ったものに違いありません。それを橋本が感づいて、強迫がはじまったという順序です。

いや、まだ手つかず、どこかにかくしてあるに違いありません。なアに、絶対泥を吐かせずにはおきませんから……

怪奇を抱く壁

其処《そこ》では、将《まさ》に着目すべき事件が起りつつあった。が、しかし、加賀美の外に気づいた者は誰もなかった。

上野駅地階のC食堂には暗い電燈が陰気にともっていた。

巨大な荷物をもった男や女が、ひしめきあいながら、しきりなしに出入りする。それから、絶え間なくそこらをさまよい歩いている痩犬《やせいぬ》のような浮浪者の群れ。

誰かの荷物から落ちた葱《ねぎ》や白米が、続く人の流れに踏みにじられ踏みにじられ散乱したまま誰一人かえり見る者すらなかった。

塵埃《じんあい》と汗と異様な悪臭に、空気は極度に溷濁《こんだく》し、唯《ただ》さえ暗い照明をいやが上にも鬱陶《うっとう》しくしていた。

午後二時十分。

二人の男が相前後して食堂へは入《い》り、加賀美の席に近い片隅のテーブルへ、夫々《それぞれ》隣り合せに席をとった。

一人は三十七八、陽に焼けた肉の厚い顔に、小さな眼が一寸《ちよつと》気にくわぬ坐り方をしている。茶色の外套に、同じ色のベロア帽。彼は、ビールを注文して断られ、レモンスカッシュをとりよせた。

もう一人は、二十八九、乙号国民服に同じ色の外套を、深々と襟《えり》立てて、眼鏡をかけた顔を半分かくしている。何となく、ベロア帽の男の視線をよけでもするように、その方へ背を向けて席をとると、これはソーダ水を注文した。

ベロア帽の男は、レモンスカッシュをぐうっと一息にのみほし、ほっと吐息《といき》をついて額の汗を拭《ぬぐ》った。何ということなく、全身に疲労のあとが濃くにじみ出ている。

それから五分。

彼は、一つ欠《あく》びをし、煙草に火をつけ、女給をよんで百円紙幣を三枚両替した。手の切れるような紙幣でずっしりした紙入れ——

中から十円紙幣を一枚ぬいて女給にわたした。

「釣銭はいらん!」

が——その時であった。

彼が、金をわたすために女給の方へ身体をねじむけた瞬間、隣席にうしろ向きになっていた眼鏡の男が、驚くべき速さで片手を動かしたのは……

自分のもっていた古トランクを、ベロア帽の男の古トランクと——それは、極めてよく似ている代物《しろもの》だったが——その二つを素早くすりかえてしまったのだ。

だが、加賀美の外に誰一人気づいたものはない。

ベロア帽の男は、紙入れをポケットに仕舞い、トランクをとると、そのままそそくさ立ち上って食堂から出ていった。

二時二十分。

三十分おくれた東北線の上り急行がやっとホームに到着した。

その列車からはき出された群集の足音が、怒濤《どとう》のように地下道へなだれいってくる。

何気なく眼鏡の男が立上った。

彼の手には、今すりかえた古トランクがさげられている。唯、どことなく物憂げな表情が見える丈《だけ》で、その顔には如何《いか》なる種類の動揺も現われてはいない。

彼は、真直に前を見たまま、今しがたベロア帽の男の出ていった同じ戸口を、落着きはらって表へ出た。

加賀美は一寸時計を見、それから断念したようにやおら立ち上った。

ええ糞、バカバカしい！

地方警察部から出京する同僚を迎えに来て、もうかれこれ小一時間も待ちあぐんでしまったのだ。

地下道から路面へ出ると、眼鏡の男が真直に車道を横断して行く姿が見えた。

現行犯だった！　即時にとりおさえて、被害者にトランクを引きわたしてやるべきではなかったか？　何故《なぜ》、俺はそうしなかったのだろう？

加賀美は漠然とそんな事を考えている。

眼鏡の男は、車道を横切りおわると、そのまま駅前郵便局へ姿を消した。

×

蒼白い皮膚をした頬骨の立った顔。

妙に暗い憂鬱なものがその全身をベールのように包んでいて、その姿を見つめていると、加賀美でさえ、異様にひきこまれていきそうな気がしてくる。

その眼鏡の男は、局のソファの上へ問題のトランクをおろし、中から一尺角ぐらいの新聞紙包みをとりだすと、今度は、ポケットから古いハトロン紙と紐をとり出し、叮嚀《ていねい》に小包を作った。

それから、局に備えつけの筆で宛名をかき窓口へ持ってゆく。

「はア、書留にして下さい」

局員が受領証をかいている間に、加賀美はすばやく近よって、金網越しに小包の宛先を見た。

瞬間、加賀美の顔が異様に強張《こわば》った。

およそ、驚愕という事を知らない——少くも、そうした表情を面にうかべたためしのない加賀美が、何と珍らしいことだったろう。

もう少しで、危く驚きの声さえあげるところだった！

加賀美のよんだ宛名はこうかいてある。

警視庁捜査第一課長　加賀美敬介殿

何と、此奴《こいつ》は、かっ払ったトランクの中味を、俺あてに送ろうとしているんだ！　だが、俺は、絶対此奴を知りゃアしないぞ！

受領証をうけとった眼鏡の男は、そのまま、振向きもせず局を出た。

加賀美は、煙草をくわえて火を点じた。

今や、彼は少からず緊張していた。

これは、当節あり勝《がち》な単なるかっ払いではありえない。何故なら、奴はベロア帽の男を尾行して一緒に食堂へは入って来、そして計画的に隣りへ席をとった。そして、すりかえる為に寸分違わぬトランク迄《まで》用意して来ていたじゃないか。かっ払った後で、その中味をどう処分するか、それも前々から予定してあった筈だ。奴が、真直に郵便局へは入り、小包用紙まで用意していたことがそれを何よりもよく証明しているだろう。それから、奴は一瞬のためらいもなく、まるで自分の母親の許《もと》へでも送るように、警視庁あて、それを発送した！

変っている！　素晴しく変っている！

加賀美は、相手を十五六間《けん》やりすごし、局を出た。警視庁切ってと評判のある見上げるようなその上背と、それによくバランスした逞《たくま》しい肩巾が、こうした場合、彼のねばりつくような執拗極まる強靭さを何よりもよく表現していた。

眼鏡の男は、唯の一度もふり向かなかった。落着いた足取りだ。片手に、他人の名刺をつけたトランクをさげていながら、デパートの買物帰りの人でもこの男ほど無造作ではあり得ないであろう。

焼跡をぬけて闇市場へ出る。やっぱり片手には例のトランクをさげたまま……闇市の中をあちこち歩き廻るが、さて、別に店先を覗いて見ようでもない。

松坂屋前から黒門町までゆくと、そこでまた踵《きびす》をかえして戻りはじめた。

尾行に気づいた様子はないし、といって、何処《どこ》へ行こうとするのか見当もつかない。

が――広小路から切通しの方へ曲り、更にとある路地を池《いけ》の端《はた》の方角へ折れたと思うと、とたん、その姿はとある店の中へ消えた。

つづいて加賀美も、『喫茶と洋酒ミカド』とかいた看板の下をくぐって中へは入る。

×

焼ビルを改造したものであろう。所々、荒々しいコンクリートの地膚《じはだ》がぶざまに露出して、それがひどくけばけばしい壁紙の色と一緒に、妙にちぐはぐな、そして物淋しげな影を作っている。

ぎしぎしすりへった音をやかましくまきちらしているレコード。どうも聞き覚えがあると思ったら、十年も前にはやったパソドウブル、アルフォンゾだ。

若い女ばかりの三人連れ。恋人らしい少女を伴った学生。真昼間からこれ見よがしにウイスキーのコップを並べてオダをあげている闇屋風の二人。それに、例の眼鏡の男――加賀美の視線の中にある人物はそれで総《すべ》てだった。

眼鏡の男は、ここでも復《また》、ソーダ水を注文する、トランクはテーブルの片隅へ無造作にのせたまま。

加賀美は、ここで、いやでもその男を観察する段取りになった。

蒼白い、病身らしく痩せている。それから、憂鬱そのもののような眼附《めつき》。着ている国民服も外套も、すっかり古びて垢《あか》づいている。その上、だぶついて身体にまるで合っていない。恐らく、もらい物か、借着でもあるのだろう。履いている軍靴《ぐんか》も、すっかり古びて、真白く埃《ほこり》にまみれている。

彼は、加賀美がは入って来た時、例の窓越しに外の焼跡へぼんやり目をやっていたが、その後も――ソーダ水が来た時でさえも、その姿勢を崩そうとはしなかった。いや、それ所ではない。その後、たっぷり一時間! 彼はそのままの姿勢で身じろぎさえしなかった。

客はとうに入れ換り、彼のテーブルではソーダ水が完全に気が抜けた。そして、加賀美は既に三杯目のビールをやっている。

が、遂《つい》に、変化が来た。

彼は、やっと我にかえったように視線を戻し、のろのろした仕草でポケットから新聞をとり出すと、拡げてそれを読みはじめた。いや、読みはじめた、というよりは、そのまま視線を、ぼんやり一点へあつめている、といった方が正しいであろう。

表情には何等の動きもあらわれない。

やがて、彼はポケットから古びた赤鉛筆をとり出すと、新聞の一個所へ、ぐうっと一本傍線をひいた。

正味一時間二十分——この間に、彼のやった顕著な仕草といえば、新聞へ赤線を引いた事、たったそれ丈だった！

それから彼は、のろりと立ち上り、女給の方へ首を向けて訊ねた。

「便所は？」

奥です、と指されて、彼はそのままカーテンの陰へ消えてゆく。

トランクと新聞はテーブルの上へおいたままだ。

加賀美は、そのチャンスを絶対にのがしはしなかった。

僅《わずか》に、片手をのばす丈で充分だった。

新聞をとり上げる。

彼の赤線をひいたのはどの記事だろう？

すぐ分った。広告欄だ。

読んで、畳んで、もと通り彼のテーブルの上へ戻しておくまでに、総てで一分とかかりはしなかった。

加賀美は、新《あらた》に煙草を一本くわえ、火をつけてから大きく喫《す》いこんだ。彼は十分満足していた。少くも、彼の興味は次第に高まりつつある。

新聞の広告欄に赤線をひいた個所にはこうした文句がのっていた。

尋ね人
井手洋子の居所又は彼女常用のワニ皮のハンドバッグの所在御通知下さった方に金三万円進呈す
中央局々留　井　手　隆　一　郎

眼鏡の男はまだ戻って来ない。新聞も、トランクも、テーブルの上にのっている。

所で、その新聞広告が、何故加賀美の興味を惹いたのであろう？

彼は、その広告が既に一カ月前から、全国有力紙数紙にわたって何回となく反復掲載されていたことを知っていたからである。

文面は何時《いつ》でも同じ。但し賞金の金額が違っていた。最初は二千円だった。それが五千円になり、八千円になり、一万円になり、今日は遂に三万円にはね上ってしまった。広告料だって、実に莫大な額にのぼることだろう！

眼鏡の男は、まだ戻って来ない。

ふと、加賀美は不快な予感に襲われた。

おそ過ぎる……戻りがおそい！

立ち上ってつかつかとカーテンの側までゆく。女給に、

「今、ここへ便所をかりに来た男は？」

女給はぽかんとして加賀美を見上げた、それからぶつくさと半分口の中で返事する。

「今お勘定して、お帰りになりましたわ。裏口から……あら！　どうしたんでしょう！　あの人、トランク忘れていったわよ」

×

この奇妙な事件の性格は、今や加賀美の異常なる興味をひきはじめていた。

表面、この事件は、強盗でも殺人でもなく、ただ単なる置引きにすぎなかった。一人の犯人が、一人の被害者のトランクをすりかえた。事件といえば、たったそれ丈のことだったのだ！

だが、それにもかかわらず、異様なちぐはぐなものが、時のたつにつれて、いよいよ、この事件を奇妙な色彩で塗りつぶしていった。

眼鏡の男が上野から発送した小包は、翌日午後、無事加賀美のもとへとどいて、即座に開封された。

新聞紙をとりのぞくと、出て来たのは、手の切れるような百円紙幣束だった。

しかも、その額は、何と、六十万円！

そして、その小包の何処にも、一言の断り書きさえかき添えてない。

一人の男が、大金をトランクに入れて汽車にのった。第二の男がそれをつけて来て、うまうまと奪取した。所で彼はそれをどうしたか？　何等の躊躇なく警視庁あて送り出したのだ。何と、六十万円の大金を！

それとも、彼は、その内容がそんな大金とは知らなかったのであろうか？　いや、そんな筈はない！　彼の行動は、総て前以て用意周到に計画されていたと考えられるからである。

だが、彼はこの大金を警視庁へ送りつけて、一体、何をどうしろというのか？　間もなく被害者から届出がある。勿論《もちろん》、警察では渡してやる。それで終りだ――一体、犯人は何のために危険を犯してトランクのすりかえまでやったか？　愚劣だ、実に愚劣極まる話だ！

さて、その一方では、注目すべき新聞広告が出ている。

井手隆一郎という人物が、井手洋子という人物の行方を尋ね、或は又、その婦人の常用していたハンドバッグの行方を尋ねて三万円の賞金をかけているのだ。全国の新聞に既に何回にもわたって反復執拗に掲載された。広告料も恐らく数万円にのぼっていることだろう。

事情はわからない。而《しか》し、そこには異常極まる執拗さが感じられる。

ここで、注意すべきことは、問題の小包の差出人――つまり、トランクすりかえの犯人が、自ら名乗って出た名前だ。小包の差出人欄にこうかいてある。

井手隆一郎

彼は、喫茶店ミカドで、加賀美の面前に於《お》いて、その井手隆一郎の名前をもって掲載してある広告に、わざわざ赤線をひき、それを加賀美の面前へおきすてて姿を消した。まるで、その仕草は、故意に、己れの広告に加賀美の注意をひきつけんとしたかの如くではないか。

加賀美は、むっつりと黙りこくってこれらの事柄を考え合せていた。彼はひどく不機嫌だった。何か、そこに、犯人の愚弄をさえ感じるような気がする。

だが――

と、結局、加賀美は結論した。

奴は、絶対に狂人ではない。とすれば、その行動には必ず何等かの目的がなければならん！

所で、もう一つ、加賀美を当惑させたのは、トランクの被害者の不可解な行動であった。あれからもう一昼夜経過した。今迄トランクを開かずにいる筈はないであろう。開けば中味の紛失にすぐ気附く筈だ。六十万円！　狂人のように盗難の届出にやってくる――いや、来るべき筈なのだ。

所が、全都内の署へ片っぱしから問い合せても、どこの答えも判でおしたようであった。

「六十万円の盗難！　いいや、届出はありません。絶対に！」

被害者の行動も奇妙といえば正に奇妙だ。一体、あのベロア帽の男は、古新聞一枚おとした程に、あっさり六十万円を断念してしまったのだろうか？

但し、被害者の氏名丈は判明した。井手と名乗った眼鏡の男が、『ミカド』へ置きすてていった被害者のトランク――中はからっぽだったが、名札入れに次のような名刺が挟んであったからである。

陸軍大尉　田所軍治《たどころぐんじ》

×

その後、一週間の事件経過は次の通りであった。

陸軍大尉田所軍治は、終戦当時九州小倉《こくら》の部隊にいたのが判明した。直ちに、この身許《みもと》並に東京に於ける宿所を電報照会する。井手隆一郎並に洋子なる人物に就ては全然手がかりがない。

しかし、喫茶『ミカド』に張込んでいた峰刑事から次の報告があった。

「たしかに井手と思われる国民服に眼鏡の男が、ミカドに現われました。一人連れがあったのですが、それは色の黒い、一寸眼附のいやな男で、ベロア帽をかぶっていました。額を集めてのひそひそ話なのでその内容は分りませんでしたが、眼鏡の男が時々、田所さん田所さんと親しげによんでいるのを耳にしました。間もなく二人はそこを出て左右に分れたんで、私はとりあえず眼鏡の方を尾行しました。所が、どうやら尾行に気づいたんでしょうか、どうも危いぞ、と思っているうちに、上野の闇市の中でうまうまとまかれてしまったんです。いやはやどうも……まるで、だらしなくてお話にならん始末なんですが……」

井手と田所が、額を集めてひそひそ話をしていた？　バカな！　被害者と加害者が……

「いや、でも、絶対に間違いではありません！　たしかに、井手と田所でした。課長、それは絶対です！」

この事件の異様さは、まだそれ丈の出来事ではとどまらなかった。

五日目に加賀美の所へ、また小包がとどいた。

先日と同じハトロン紙の包装。そして、井手隆一郎と差出人の署名がかいてある。

あけると、出て来たのは、現金で、一万八千九百二十三円！

外に何一つ添書きも見つからない。

同日、新聞には、また、重ねて例の尋ね人広告がのっていた。

井手洋子の居所、又は同人が常用せるワニ皮ハンドバッグの所在御知らせ下さった方に
金五万円進呈す

中央局々留　井　手

五万円！　たった一個のハンドバッグの行方捜索に五万円！

注目すべきことは、この一連の広告が、井手洋子という人物を探すよりも、寧《むし》ろ一個のハンドバッグの捜査に重点をおいているかの如き印象を与えることだった。

そうだ！　この広告の主は、たしかにハンドバッグ丈を探している。井手洋子の所在をつきとめるということも、終局に於て、その女の所持するハンドバッグの行方を知りたいという意味だ！

加賀美が、この広告からうけた疑点はまだそれ丈ではなかった。

この尋ね人広告には、一般的慣例にしたがった何等の記述もない。

例えば、洋子は、何時何処から行方知れずになったのか？　彼女の容貌は？　身長は？　年齢は？　服装は？　そして、問題のハンドバッグの顕著な特徴は？

それなくして、一般人が、何を手懸《てがか》りにその懸賞に応じられるだろう？

だから、この広告は、決して一般人を対象として行われたものではない筈だ。その目当としたのは、それ丈の広告内容で、井手洋子なる人物も、そのハンドバッグの実体をも、はっきり理解しうる特定の人々でなければならぬ。例えば、彼女と近しくしていた人々、友人、親族、或は又、彼女自身だ！

だが、加賀美が、最も深く関心を抱き、そして疑惑にみちていたのはそれらのことではない。

「眼鏡の男が——もし、それが井手隆一郎なる広告主であれば尚更《なおさら》だが、何故、その広告欄に赤線を引き、俺の前へ、これ見よがしに残していったのだろう？」

×

七日目。

この奇妙極まる事件は、一挙にその進行を早め出した観があった。

先《ま》ず、当日の朝刊に、次の如き広告文がのっている。

SS氏に告ぐ

中央局留貴書拝見。絶対間違いなし、安心せよ。ハンドバッグの所在お明《あか》し頂くと同時に即金にて五万円呈す。本日午後七時、上野池の端ミカド。当方左胸部に赤き薔薇《ばら》をつ

井手

く。

次に、峰刑事が重大な報告をもたらした。

「どうやら、井手洋子の素姓が分って来たようです。課長、御存知じゃないでしょうか、岡本洋子っていうソプラノ歌手を？　尤《もっと》も、数年前、大して名前も知られぬうちに引退して了《しま》ったそうで、ほんの少数の人しか、その名を憶えちゃいないようですが……仲々美人だったそうで……ええ、洋子を知っている連中は、優しいいい気立の女だって、皆ほめているようです。数年前、引退して、そして結婚しました。その相手が井手某……突込んでしらべて見たら、果して、井手隆一郎という人物でした。茨城の資産家だったそうで、尤も、結婚と同時に、東京へ出て来ました。上野池の端にいたらしいですな。と、分って、さては間違いなし！　私は確信がついたという訳です。

結婚生活の具合はさっぱり分りません。両方共親戚らしい親戚もない上、隆一郎という人物がひどい厭人癖があって、友人や近隣とも殆んど交際がなかったからです。それに、池の端のあの辺、空襲でやられてしまったでしょう、奴の住居もお多聞にもれずです。三人いた奉公人も二人焼死という有さま、あとの一人は、何処へ行ったか行方がわかりません。で、問題の洋子ですが、その空襲のあった日から、全然行方が分っていません。何しろ、昨年半年の空襲期間に、一体何万人が行方不明になっているでしょうか。とても、これは望みうすです。が、恐らく、間違いのない所、焼け死んだものに違いありますまい。ハンドバッグ——どうも、そいつがさっぱり分らんのです。いや、こいつにゃアすっかり手古《てこ》ずっちまいました……は？　隆一郎ですか？　ああ、奴は一昨年応召して中支にいっていたそうです。中支派遣A部隊……今年の始め復員したそうです。これは、復員省の調査ではっきりしとる訳です。が、それからあと、奴がどうしたか、誰も知りません」

小倉の警察署から、殆んど同時に返電があった。

田所軍治——陸軍大尉。昭和十七年三月より中支派遣A部隊所属。昨、昭和二十年一月小倉五五部隊に転勤。終戦後の行動不明なるも、目下当地方にて検挙中の軍需物資横領事件に関係あるやの嫌疑濃厚にして、目下身辺探査中なり。

これらの報告によってようやく、事件のある一部が明かになって来た。

先ず、隆一郎、洋子、田所の身許。そして、隆一郎と田所の関係だ。二人は、同じく中支派遣A部隊に所属し、先に田所が、一年おくれて隆一郎が内地の土をふむ。だが、事件の核心は相変らず不明瞭なとばりの彼方に模糊《もこ》たるありさまだ。

隆一郎は何故、田所のトランクを盗み、六十万円の大金を警視庁へ送りつけたのか？

その六十万円は田所の軍需物資横領による不正の金かも知れぬ。或は、正義感に燃える隆一郎が、それを摘発し、加賀美の許へ送って来たのだろうか。が、それは可怪《おか》しい。田所の不正を摘発するなら、直接、当局へ訴え出ればいい。予《あらかじ》め、すりかえ用のトランクまで用意し、盗賊の真似をやる必要など何《ど》うしているだろう。

第一、彼は、その後田所と『ミカド』で額をつき合せ親密に話しあっていたではないか！

更に、井手から送って来た第二回目の小包の金、一万八千余円はどこから出たのか？

井手は、高額の賞金をかけ、何故あんな広告を出しているのか？　しかも、彼は妻の行方を求めるより、むしろハンドバッグの所在に重大なる関心を有しているようだ！

そして最後に、彼は何故、広告へ赤線をひき、ことさら加賀美の注意をひくようなことをしたのか？

加賀美はむっつり黙りこんでいた。それは、いつもの彼の癖だ。彼が何を考えているか？　それは誰にも分らない。

午後六時三十分。

彼の巨大な影は喫茶ミカドに現われ、衝立《ついたて》をもった片隅のボックスの中にかくれた。

つづいて、六時五十分。

二人の男がは入って来て、席をあちこちと物色していたが、やがて、加賀美の席に隣接したボックスには入った。

一人は、肉の厚い真黒く陽にやけた顔に、目附の一寸不快な男。茶色の外套を着、ベロアの帽子をかぶっている。もう一人は、眼鏡をかけ、乙号国民服の左胸部に真紅《まっか》な薔薇をさしていた。

×

「じゃア、本当に君は五万円の賞金をくれてやる気かね？」

「それは、勿論です。五万円！　あの、ハンドバッグに較べれば、何と安い値段でしょう。あれさえ手には入るなら、本当は十万円だって安いというものです」

「ふうむ……十万円！」

店はかなり混んでいた。

かわるがわる誰かが喚《わめ》き声をあげ、その合間には食器と足音とがけたたましく騒音をまき起した。それに、給仕女は狂人のようにしっきりなしにげらげら笑いつづけるし、すりへったレコードは飽きることを知らぬように無限にパソドウブルを我鳴りつづけていた。

それでいながら、奇妙なことに、隣席の低い声は、たった一枚の衝立を越してありありと加賀美の耳に響いてきた。十万円！　そうささやきながら、ふっと吐息をついた田所の些細な気配まで。

「井手君……」

田所の声だ。

「その君の持金の中から、ほんとに何がしかでもいいから、僕に貸してくれんかなア。実ア、その……僕には実に不運な月だった。僕はひどい目にあいつづけたんだ。僕は、まるで、踏んだり蹴ったりの目にあったんだよ。六十万円盗まれてしまった。君、六十万円だぜ！　いや、それればかりじゃない。旅館で、またやられた！　随分用心に用心はしていたんだ、が紙入れごとそっくりやられてしまった。一万八千余円！　何たる事だろう。それで、僕は全財産をなくしてしまった。全く、文字通り文無しになってしまったんだ。恥をいうようだが、友人の所を借り歩いては、やっとその日の宿料にありついている。まるで、宿無し犬だ！　何という惨《みじ》めさだろう！　だがね、九州へ帰れば、また何とかなる。五万や十万の金はどうでもなるんだ、唯、それまでの金さ、ほんの汽車賃と、それに少し……一寸事情があって……君、黙っていてくれよ。警察にだって訴えられない始末だ。尤も、警察なんぞ何の役にも立ちゃアせんが……僕は、ふと、新聞の広告を見た。五万円の賞金！　そうだ、君は金持だったね。会って話したら、少しぐらいは……ほんの、少しぐらいだったら何とかしてもらえるだろう……今夜、ここへやって来たのも、あの広告を見て、君に何とかすがって見たいと思ったからだ。井手君！　何とかならんかね、五万円の中から……」

「六十万円！　その上、一万八千円！」

井手のほうっと吐息のつくのが聞こえる。

「どうしたって訳です、田所さん、六十万円！　へえ、六十万円ですって！　田所さん、貴方には前線で随分お世話になりました。この、何の役にも立たない半人前の伍長を、貴方は本当によくかばって下さいましたね、その御恩はよく知っているのです。勿論、お役にたてればうれしいのです。何かの形で、きっと御恩がえしをしよう。そう思って私はかえって来たのです。そうだ！　私の留守宅をたずねて、色々家内の面倒を見て下さったそうですねえ。ありがとう！　でもそれが、田所さん。困るんです。実に、今の所こまるんです。それは、私はかなりの金を持っていました。が、それは出征前に、ある形で、秘密に、処理してしまいました。かえって見ると、家は焼けてる。家内は行方知れず……多分、空襲で死んだのかも知れません。私に残されてあったのは、ほんの僅ばかりの金……その金も、例の新聞広告費に殆んど使いこんでしまいました。ここには、もうぎりぎり五万円しか残っていないのです。これは、賞金です。あのハンドバッグの所在を知らせてくれた人に渡す、とっときの金です。今のところ、私にとっては命につづいて大事な金なんです。一文でもへらすこと出来ない金なんです。今にも、ＳＳという手紙の差出人がここへくるでしょう。そうすれば、直《す》ぐに引渡さねばならん金です。田所さん、本当に……恩知らず、ケチ臭い野郎！　どうか、そんな事丈はお考えにならずにいて下さい。今は駄目でも、一日か二日か、長くても五六日すれば、貴方が損なさった六十万円位、大丈夫差上げることが出来るようになると思うんです。絶対にです！　誓って、絶対にです！　それには、この五万円がもとでです。この金で、ハンドバッグのありかさえ探りあてることが出来れば！」

七時。

壁にかけた、古ぼけたボンボン時計が、にぶい音をたてて時を報じた。

瞬間、二人の話声はとぎれ、じっと息をのんで戸口の方を見る気配がきこえた。

戸があいて、客がは入ってくる。但し、三人連れだ！　彼等は、よう！　と給仕女の方へ声をかけ、向うの隅へ陣どって、すぐさまえらい景気でのみはじめた。

「違う！」

井手の低い溜息だった。

二人とも、深い沈黙に引入れられたように黙っている。

客は、三組出て行き、また二組は入って来た。

が、紅薔薇の男に声をかける者はない。

加賀美は、ビールのお代りを注文し、煙草を一息深くすいこんだ。

彼の目には、衝立の向うに向いあっている二人の姿がまざまざと映っているようだ。

一人は、真黒く日やけし、ベロア帽をかむり、そして、妙に気にくわぬ目附で、きょときょと前を見、天井を見、からになったウイスキーグラスを意味もなくいじり廻している。

もう一人は、青白い顔に眼鏡をかけ、憂鬱そのもののように目を戸口へやっている。

だが、彼等は何と異様な芝居をやっていることだろう。少くも、その内の一人は、相手から六十万円と、更に一万八千余円を盗んだ男なのだ！

七時三十分。

胸の紅薔薇に声をかける男はまだ現われない。

「田所さん、信じて下さい。本当に信じて下さい……」

井手はまたはじめた。

「もう五六日……せめて、三四日です。そうすれば、私は、本当に、貴方にどうとでもしてあげられるのです。ただ、この金丈は……全く、この金丈は、田所さん。決して、ケチでも恩知らずでもないつもりです。この私は……ああ、どうしたんだろう。まだ、やって来ない。もう四十分もすぎた！　たしかに、七時と約束した。ねえ、そうでしたね、新聞の広告に……田所さん、信じて戴けませんか？　そうだ。御無理もない事です。どうして、ハンドバッグなんかに五万円を投じるのか？　ねえ、田所さん。貴方だからお話します。そうしたら、きっと、私の話を信じて戴けるでしょう。私は、戦争直前に、遠からず、日本に悪性インフレのくることを予想したんです。それで、五百万円の全財産を……殆んど全財産を宝石類にかえてしまいました。それは、私と家内二人丈しか知らん秘密でした。その内、私は召集が来て出征しました。戦争は、どんどん悪化して行きます。東京に居た家内も、ようやく危険を感じ出したのでしょう。真先に、全財産をかえた宝石類をどう始末するか、戦線の私に相談して来たのでした。私は、爆撃の危険のない、どこか、遠い地方の銀行に依託保管するようにいってやりました。間もなく、家内から手紙が来ました。総て手続きがすんだ、詳細は後便で知らせます。ところがどうでしょう。その後便というのが、待てどくらせど、いくらたってもやって来ません。調べて見ると、どうやら、この最後の便船は、家内の手紙をつんだまま、海底の藻屑《もくず》と化してしまったらしいのでした。帰って見れば、家は焼け、家内の行方が知れんという有様です。一体、家内はどこのどの銀行へ依託保管したのでしょうか。唯、私のわかっている事は、家内のハンドバッグ……それは、家内がいつでも貴重品を入れ、片時も手離さなかったものですが、そのハンドバッグの中に、その銀行の保管依託証が、たしかに入っていなければならぬということなのです。が、外の人には、一寸見てもその所在は分りません。ハンドバッグの中に、秘密の内かくしが作ってあって、貴重品はそのなかに、入れることになっていたのですから……五百万円の宝石。……今では、恐らく五千万円の価値があるでしょう！　おい、姐《ねえ》さん、ウイスキー二つ……」

また、隣席の話がとぎれた。

黙々として、ウイスキーを苦そうに飲んでいる二つの顔が加賀美の目にうかぶ。

「なるほど……それでは、その五万円から無理には借りられんだろう。だが、井手君。一つ頼む！　その、宝石とかが手には入ったら、一つ頼む！　二十万円丈。いいかね、頼む、二十万円丈！」

×

八時。

薔薇をおとずれる客は、まだ現われなかった。

田所は大儀そうに立ち上った。

「君、どうする！　まだ、待って見るかね？　来ないんじゃないか。誰かの悪戯《いたずら》だったんじゃないかな」

「一人で、もう少し、待っていて見ましょう。まだ、私はあきらめません。九時迄……いや、閉店まで、待っていて見ましょう。もし、あとで行きちがいにでもなったら取りかえしつかんですからなア」

田所は、一寸ベロアの縁へ指をかけ、疲れ切った足取りで、やがてとぼとぼと戸口の向うへ消えていった。

一人、あとに残った井手の気配に、見る見る憂鬱なものが濃くなってゆくのを、加賀美は、じかに両眼で見てとるように想像していた。

彼は、今何を考えつつ、一人あとに残ったのだろう？　SSという男を待つためか？　いや、断じてそうではない！

果して、彼は、つと立ち上った。

手にウイスキーのコップを持ち、加賀美の席へ来ると、彼は慇懃《いんぎん》に一礼した。

「加賀美課長でいらっしゃいますね。お邪魔してよろしいでしょうか？」

彼は、席へかけると、給仕女を目でよんだ。

「ああ、課長はビールでしたなア……おうい、ビールとウイスキー……」

それから、シガレットケースを取出すと、自分で一本とり、加賀美にもすすめた。

「一本、如何《いかが》ですか？ 上海煙草です」

「結構！」

加賀美は無愛想だ。相手のすすめるのを断って、自分のシガレットケースから、手巻きの不恰好な奴をとりだした。

井手は、一寸微笑して見せた。が、その努力は長く続かない。二人とも、むっつりと口をつぐんで、それっきり黙りこんでしまった。

加賀美は、休みなしに煙草の煙をあげながら、何等の遠慮もなく、相手の眼の中を真向から見据えていた。こうした時には、彼の一徹な容貌は無慈悲なくらい冷酷に見える。相手にとっては、たえがたい威圧だった。

加賀美の視線を見かえしていた井手の目が、突然、下におちたと思うと、その蒼白い眉のあたりに、悲愁に似た影がさあっと流れた。

「今日の招待状は、僕に対してなのか、それとも田所になのか？」

だしぬけに、加賀美がいった。

相手を凝視している彼の目は、殆んど瞬きを知らぬようである。

「SS氏なんて出鱈目《でたらめ》な存在だ！　君がそんな男から中央局留の手紙をうけとった筈なんか絶対ない。局へは僕の部下が張込んでいたんだ。それだのに、嘘っぱちな今日の広告！　おい、あれは、田所をここへ呼ぶためなのか、それとも僕を引張り出すためなのか？」

「両方です！」

井手の声には、一つの宿痾《しゅくあ》のように灰色な憂鬱がまつわりついていた。

「田所と、それに貴方にもここへ来て頂きたかったからです、あの広告は……」

「よし！」

加賀美は喫殻《すいがら》を灰皿へねじつけ、むっくりと立ち上った。

「どうするんだ？　田所をどうするんだ！」

一瞬、井手の目に驚嘆の色が流れた。

「貴方は……貴方は、もう御存知なんですか？」

加賀美の唇は石のように固くとじられている。巨大なその肉体からは、目に見えない威圧がのしかかるように発散していた。

が、井手の表情に、突然、きっとした決意の色がうかんだ。

彼は、コップの酒を、ぐうっと一息にのみほすと、勢いよく立ち上った。

「出ましょう！」

×

三月の夜風は、まだ辛辣な寒気の名残を含んでいた。突然、雲が切れてこうこうたる月光が道をてらした。

「貴方はもう……、貴方はもう、皆、御存知だったんですか？」

井手は、またくりかえした。

「何もかもでたらめだ！」

そういった加賀美は、まるで怒ったような表情で真直《まっすぐ》前方を見つめていた。巨大なその影は、並んだ男より、少くも肩から上丈、月光の中に抜出ていた。

「皆、でたらめだ。ぴんからきりまで芝居なんだ。君は、田所から、六十万円盗み、また一万八千余円盗んで警視庁へ送りつけて来た。だが、警視庁へ送りつけた事なんかに意味はありゃアしない。少くも、その本当の目的は、田所を文なしにするためだったんだ。田所を、金に困らせ、その日の食物代にさえ当惑させるために、根こそぎ、奴からかっぱらったんだ。新聞の広告だって、ありゃア大がかりなお芝居にすぎやせん！　あの広告の目当はたった一人の田所だったんだ。文なしになった田所が、いやでもあの広告に喰いついて、おびき出されてくるのを、手ぐすねひいてねらっていたんだ。ハンドバッグの行方を、唯一人知っているのが田所なんだ。田所は、今夜、ミカドへ現われた。所が、奴は五万円の賞金でさえ、その行方を話そうとしなかった。奴は何処かへ消えていった。何処へ？　勿論、奴はハンドバッグの所在を知っている。それ一つで、巨万の富を着服出来るかも知れん……おい、そうだろう？　さア、喋ってしまえ。全部だぞ！」

「その通りです、全く、その通りです」

井手は、明かに興奮していた。興奮のために、声がかすかに震えを帯び、異様な熱気がその五体から発散していた。

さんさんたる月光をあびて、焼跡の残骸が怪しい隈《くま》を作りつつ、二人の行手にひろがっていた。

突然、井手は足をとめた。

一度、死んだようにひそめた息が、すぐ、低い異様なうめき声になってその唇をもれた。

矢庭《やにわ》に、彼は加賀美の腕に、しがみついた。

「課長、あれです！」

そこは、荒廃した何処かの屋敷のあとであったろう。累積した残骸の向うに、まだ一画建物の名残が黒い影を作ってたっていた。

加賀美は、すぐ発見した。

そこに、誰かいる。その建物の残骸に向って何かしている。鎚《つち》で何処かを叩いているような音が聞えてくる。それから、コンクリートのざらざらざらざらくずれおちる音が……

「私は、妻を愛していました。限りなく愛していました。妻の方でも、そうでした。全く倖せな生活でした……」

囁《ささや》く井手の声には異常な興奮がこもっていた。

それでいて、その響きの何処かに、物憂げな悲愁のかげが蔽《おお》いようもなくこびりついている。

「私は召集をうけ、出征しました。すくわれぬ厭人癖をもった私……何の役にもたたない半人前の兵隊。上官であった田所大尉は、ほんとによくしてくれました。彼は、私の家柄や資産についてもよく知っていたようで、それは親切に、かばってくれました。どんなに、私が感謝し、力になった事でしょう。課長、貴方は軍隊生活の経験がおありですか。中年から兵卒として、そんな生活へ抛《ほう》りこまれた経験がおありですか？　私の気持は、軍隊生活をした経験のあるものでなければ絶対、わかって貰えません！　私は、何でも田所に打明けて話しました。愛する妻のことも、それから、彼女の写真を見せたりなどして……私は、その頃、田所という人物の本当の正体が全く分っていなかったからです。でなければ、どうして、私の妻にあんなに興味をもちだした彼に、あんなに迄あけすけに彼女の話をするでしょう。田所が、昨年内地へ転任になって出発する時には、家内への手紙をたくし、その上、くれぐれも頼り少い家内のために親切な助力をさえお願いしたのです、あの田所に！

私は、今年のはじめ、内地へ復員し、はじめて我家が戦災にかかり、同時に妻の行方が知れなくなっている事を知りました。私は、この、私の屋敷の焼跡に立って、どんなになげき悲しんだことでしょう。何度、ここへ立ち、何度、この辺りをさまよった事でしょうか！　が、その内、偶然な機会から、私は、この世のものとも思われぬ恐ろしい秘密を発見するに至ったのでした。私は、焼跡に、まだ一個所、崩れのこっている建物の一部があるのは前から気づいていたのですが、ある時、その一部に、ふと、奇妙な見なれぬ個所のあることに気づいたのです。それは、二階に通じる階段の下で、小さな物置になっていた場所ですが、前から、がらくたを押込んだまま扉へは鍵をかけ、普段は、ぼろかくしの意味で、その扉《と》の前に更にカーテンを引いてかくしてあったのです。所が、その、カーテンの焼け失せたあとの、当然扉の露出していなければならぬ個所が、どうした事でしょう。一面にコンクリートの壁に変っていたではありませんか！

私は、怪しんで、そのコンクリートを突崩して見ました。もとの扉が現われました。更に扉を開けて見ました。すると……すると、課長。そこに、妻が……何ものにも代えがたい愛する妻が、無残な姿で死んでいたのです。首に縄が幾重にもまきつけてありました。絞殺されたのです！　妻は、既に白骨と化していましたが、着ていた衣服で明瞭でした。いや！　何がなくても、一瞬、私にはそれが妻である事ははっきり分りました。妻が呼んでいるのです！　訴えているのです！　その声が、はっきり私に聞えたのです！

どうして、何者に、妻は殺されたのでしょう？　それも、すぐ、私には分りました。妻は片手にハンドバッグを持っていました。その中から、何が出て来たと思います。私あての、戦地にある私あての、一通の書面でした。恐らく、妻は、思い余ってその手紙をかき、ハンドバッグへ入れ、投函するために外出しようとする所を、何者かに襲われて殺されたのでしょう。その手紙の中で、妻は、私にたいする綿々《めんめん》たる愛情と一緒に、思いもよらぬ、恐ろしい田所大尉の所行を訴えているのでした。田所は、前から、妻の舞台姿を見、恋慕していたのでした。そして、私の留守宅へ乗込んできた時には、もう既に真赤な邪恋の火を燃やしていたのです。彼は、しばし、東京勤務であったチャンスを幸いとして、お為《ため》ごかしにしばしば妻に近づき、次第にその毒牙を露骨に現わしはじめたのでした。妻は、私あての手紙の中で、その次第に高まる恐怖をはっきりとかきしるして居ます。遂に、最後が来ました。彼が、いよいよ小倉詰めとなって東京を去らねばならない日が来たからです。彼は、その日、妻の許へやって来ましたが、奉公人達が留守と知ると、殆んど野獣のように直接行動に出、その必死の抵抗にあって、遂に妻を絞殺してしまいました。その直後、彼は己れの犯行をかくすため、妻の死体を階段下の物置へ押込み扉の上からコンクリートでぬりかため、更にその上をカーテンでかくしてしまいました。いえ、分るのです！　私には、それがはっきり分るのです！　私は、後に、唯一人生残って知人のもとに身をよせていた女中の一人を探しあて、その口からこんな事をきき出しました。この女中が外出から戻った時、田所が慌てて玄関から出てくる所へ行きあったのですが、その時、田所は、いよいよ明日小倉へたつのでお別れに来たが、奥さんはお留守のようだから、帰ったらよろしくつたえてくれ……奴は白々とそんなことをいったのです。女中も、その後、妻の帰宅がないので、多少気にかかってはいたのですが、その夜の空襲が、火と破壊をもって、あらゆる秘密を閉じこめてしまいました。私は、どうしたでしょう？　いや、一体、どうしたらよかったのでしょう！　警察に訴えるか？　いや、それは、むざむざと田所に無罪の証印をおしてやるようなものです。妻の手紙にある事位では、絶対に、彼を絞首台にはおくれません！　彼は、完全に云い開きして了うでしょう。証拠が不充分です。全く、不充分です。そうです！　私のすることは、明確なる、絶対、云い開きのならぬ証拠をつきとめて、彼を正しい法の裁きの座にすえてやる事です。彼を絞首台に送ってやる事です！　私は殆んど狂人になりました！　妻を愛慕し、田所を呪咀《じゅそ》し、全く狂人に化してしまいました。

私の先ずやった事は、物置の扉を、再びもと通りコンクリートで塗りかためることでした。それから、田所をつけはじめました。私は、奴の、軍需品横領の秘密をかぎつけました。私は、つけてつけて、つけ廻し、遂に、彼から、その不正の結晶である六十万円をすりとりました。その時まで、私は、その金は、そのまま戦災遺児の救済資金にでも送って了うつもりでいたのですが、あの時、地下鉄食堂で貴方が、私のやった事をじっと見て居られるのに気づきました。私は、貴方をよく知っていましたから……私は、そうだ、課長にこの金を送ろう、と思いました。課長は、その不正の金を最も正しく処分してくれるだろう。そして、私は、貴方に、じっと私のやる事を注視していてもらいたかったのです。邪魔をされず、しかも、じっと注意を向けて見ていてもらいたかったのです。ミカドで、新聞の広告へ赤線を引き、貴方の前へそれを残していったのもその目的からでした。

新聞広告は、芝居でした。ただ一人の田所の注意をひくための芝居でした。やがて、私は再び彼を襲い、この最後の所持金全部盗って貴方のもとへ送りました。彼は文無しになりました。その日の生活にも困るようになりました。いやでも、彼は私の広告に注意を向けねばならなくなりました。そして、私に資産のある事を知っていた彼は、五万円で交換されるハンドバッグの真の意味がその資産に関係があるかも知れぬと考えついた筈です。その秘密をかぎ出す為には、是非ここへやって来ねばなりません。それに、今夜は、のっぴきならぬ事情があります。それは、もしかして、SSなる人物がハンドバッグの所在を私につげて了えば、総ては終りだと考えたからです。前には、已れに秘密あるがため、私から遠ざかっていた彼も、もう今夜こそ、のっぴきならなくなったのです。彼は、遂に、今夜ミカドへやって来ました。その彼に、その慾望を刺戟し、いやでもつられて来なければならんような、まことしやかな話をしてやったことは、もう課長もお聞きになった事でしょう。御覧なさい、課長、あすこに奴がいます！　あすこに殺人犯人が立っています！」

月明りの下でコンクリートの壁のくずれ落ちるのが見えた。黒い人影が、扉をあけ、その奥へ消えた。

とたん、井手の、うめくのが聞えた。彼は先に立って狂人《きちがい》のようにその方へ突進していった。

かくして、一分後、総ては、終った。

井手は、物置の中で、大島飛白《がすり》の防空服をつけた白骨の手から、無慈悲にハンドバッグをもぎとっている田所をはったと指さし、狂ったような歓喜の絶叫をあげた。

「課長！　こいつです。私の妻を殺したのはこいつです！　こいつは、失踪した妻と一緒に姿を消したハンドバッグのありかをちゃんと知っていました。こいつは、この白骨の死体を見ても、些《いささ》かの不審も躊躇も示さず、平然とハンドバッグをもぎとりました。これが、こいつの犯人である何よりの確証です。こいつは罠にかかりました。課長、こいつです！　こいつです！　こいつを、絞首台へ送って下さい！」

加賀美は、むっつりと立っていた。彼の顔には如何なる種類の感動も現われてはいなかった。

彼は、煙草を一本とり出し、口にくわえてゆっくりと火を移した。

それから、半ば茫然と、半ば戦慄しながら立ちすくんでいた、憎悪すべき殺人犯人の方へぐいっと一歩進みより、その体へ、むんずとその太い指先をかけた。

「おい。手数をかけるなよ！」

霊魂の足

一

霊魂の足！　君は何て愉快な形容をする男なんだろう。所が、その霊魂の足はとうとう死んだよ。留置所で一寸《ちょっと》した隙をねらってね。自殺さ。まア、仕方がなかったといえばそれ迄《まで》だが、しかし、一寸、後味はよくないね。

当地には、梅雨《つゆ》がはれたと思ったら、一度にどかっと夏がやって来た。君は梅雨が嫌いだといったが僕のように肥《ふと》ッちょには、この暑さという奴がとてもこたえるんだ。どんな兇暴な殺人事件だってこの暑さ程にはこたえはせん。全くたまらんね。

どうだね？　もう一度やって来んか。今度こそゆっくり話でもしよう。霊魂の足を肴《さかな》に一ぱい！　悪くなかろうじゃアないか、君……

最近、N県警察部の泉野刑事課長から来た手紙の一節に、こんな後書《あとがき》がついていた。

所で、霊魂の足だって？

そうだ、そんなことを云ったような気もするのだが……

何しろ、まだ四十日余りしかたちはしないのに、当時の記憶はぼんやり薄れて了《しま》っていて、何一つはっきりとは想い出せないような気持だった。

第一に、大嫌いな梅雨にたたられ通しだった。じとじとと湿気をふくんだ、眠くなるように生ぬるい気候。それに、あの忍冬《にんどう》の匂いだ！

加賀美は親友に返信を認《したた》め、その末尾へこんな数行をつけ加えた。――

東京にも素晴らしい夏がやって来たぜ。膚《はだ》をぴりぴりと灼きこがしそうな強烈な太陽。素晴らしいね、実に！　これからが僕の書き入れ時さ。とても多忙なんだ。行かれるものか。君一人で、勝手に一ぱいやってくれ。霊魂の足でも何でも好きな奴を肴にして……

二

梅雨に東京をたった加賀美を、N駅で迎えたものはやっぱり梅雨のじめじめした空模様だった。

彼は駅を出ると、真直に駅前の交番へとびこみ、電話をかりた。

どだい、加賀美は、大して意味もない公務旅行という奴が大のニガ手だったのだ。満員の汽車。目まぐるしい名刺のやりとりと、きまり切った挨拶の文句。それから、手紙ですむ他愛もない事務上の話も傾聴しなければならぬ。

「課長、予算が余って来ました。何処《どこ》か出張なさいませんか？」

「出張だって？　ああ、つまらん！」

まして、この大嫌いな梅雨期と来ている。この季節になれば、彼は妙に眠気《ねむけ》ばかりもよおし、日頃の半分も能率があがらないのだ。こんなときこそ、雨の中をうろうろ歩きまわるより、警視庁の捜査一課長室にがんばって、ぼんやり煙草でもふかしている方が、どんなに増しかも知れなかったのだ。

だが、而《しか》も尚《なお》、彼に、この旅行に興味を感じさせたのは——そうして、とうとうここまで出て来て了ったのは、親友泉野と会えるという唯《ただ》一つの理由からだった。

もう三年会わん。突然現われたら、奴め、どんなに驚喜するだろう！

それにしても、いやな気候だった。じめじめして生ぬるい空気。それに——

何だろう？　妙に甘ったるい匂いが交番中にたちこめているじゃアないか。

気がつくと、傍のテーブルの上に、一枚の忍冬をさしたコップがのっていた。

「はアはア、こちらは県警察部です。泉野さん？　刑事課長ですか？　今、お留守です。F町のマドモアゼルという花屋へ……はア、仕事で……お帰りは何時になるか分りません」

加賀美は憂鬱《ゆううつ》な顔をして交番を出た。

疲れ切っていた。汽車が滅茶々々に混んで一睡もしていない。霖雨は降りつづいているし、片手にさげた小さな旅行鞄まで気味わるくじとついて、妙に重たく感じられる。それに、町中へ出るまで、長い橋を渡って更《さら》に大分歩かねばならないのだ。何て気だるい天候だろう……

町角に雨をさけながら夕刊売りが怒鳴っていた。

「夕刊！　夕刊！　殺人事件！　殺人事件！」

前に提げた紙に赤インキで大きく、

「F町の花屋『マドモアゼル』事件に新事実現わる！」

加賀美は一枚買ってポケットへねじこんだ。

それから——何処をどう歩いたかはよく覚えていない。気がつくと何時《いつ》の間にかF町の裏通りへ出ていた。

F町ビルと聞いてきたが、探しあてた建物は三階建の小さな古びたものだった。

一階を占領して侘《わび》しげな運動具店と洋品店がショウウインドを並べ、その窓の前に、中の品物をのぞきこみ乍《なが》ら一人の男が背を見せていた。

「マドモアゼルという花屋は？」

加賀美に声をかけられて、その男は振り向き乍ら、建物の片隅を、無愛想に顎でしゃくった。

鳥打帽を目深《まぶか》にかぶり、特色のあるきつい目附をしている男だ。

加賀美には直ぐその正体が分ったようだ。この男が刑事でないとしたら、俺の目はよっぽど、どうかしているんだぞ……

「まだいるかね。泉野君は？」

流石《さすが》に相手も、加賀美から同類の匂いをかぎとったのであろう、一寸調子を改め、

「先刻お帰りになりました。御用がおありなんですか？」

加賀美は途方にくれていた。

ここまで来て会わずに行くということはないにしても……しかし、何にしても、欲も得もなく疲れ切っていた。雨は降りつづいていることだし……

彼は、むっつりと其処《そこ》をはなれ、地下室へおりる戸口までいった。

い、すり硝子《ガラス》に、金文字で、

花と果実　マドモアゼル

と書き、その下に小さな紙切れが貼ってある。

どうぞコーヒーを――

扉を押し、重い足取りで五六段下へおりると、もう一面の花の色と、そして匂いだった。

上品な臙脂《えんじ》色のワンピースを着た少女がよってきて、美しい微笑をかしげ乍ら声をかけた。

「いらっしゃいませ。何か、お花でも？」

「いや……」

加賀美は、傍の椅子へ、鞄と一緒に崩れるように身体をおとした。身体の節々が、抜けるようにだるかった。

「コーヒーをくれたまえ」

三

今の少女の外に、その兄らしい、そしてこの店の主人である青年が、調理台の向うに。それから、花売場には、兄妹の母親らしい五十年配の肥った婦人が——

明るい照明の下に果実と花の芳香が、むせかえるばかりに満ちわたっていたし、壁の所々に品よく貼られた貼紙の文句は、優しい女の筆跡であった。


美しい花束で貴方の生活を豊かに……

どうぞ季節の果実を……

コーヒー　二円

椅子は落着いた臙脂色の布で貼られ、壁は渋いマホガニー塗り——総《すべ》てが、果実や花とびったり融け合う調和の中に統一されていた。いや、部屋の造りや道具の好みばかりではなかった。その中に動いている三人の母子の、服装や立居や言葉つきまで、何と総てがよく調和し、上品で美しく温かい感じであったろう。

少女は、テーブルの前に微笑をかしげ、客の少女達と話しあっていた。

「まア、演奏会にお出なさいますの。素晴らしいですわ。何時？　何処で？　是非、聴かせて頂きますわ。ええ、是非ね……あらア、わたくしに？　とても駄目。とても演奏会に出るなんて、わたし……そりゃア、バラード位ひけることはひけますけれど、ほほほほ……」

それから、うしろを向いて、

「お林檎《りんご》でございますか？　さア、まだ季節が少し早うございますから……は？　御進物でございますね。では、アレキサンドリヤとメロンと、それに苺《いちご》か何か……いいえ、よろしいのでございます。お熨斗《のし》や包紙はお代を頂戴いたしませんでも……はア、かしこまりました」

花売場ではマダムが肥った身体を小まめに動かし乍ら、愛想をふりまいていた。

「御結婚でございますって？　飯田さまのお嬢さまが？　まア、あのお嬢さまが、もうねえ、奥さま……知らない間に、わたくしなんかもどんどん年をとって了うんでございますわ。いいえ、奥さま。唯もう年ばかりとりましてね、ほほほ……きっとお綺麗な花嫁さまがお出来になることでございましょうねえ。お洋装でございましょうか？　お服のお色は？　では白系統がよろしゅうございますわね。承知いたしました。せいぜい勉強して立派にお造りいたします。ありがとうございました。あら、奥さま。お傘お持ちじゃないんでございますか？あら、そう？　ほほほ、失礼申上げました。ありがとうございます。またどうぞ、お坊ちゃま達とお茶でも御一緒に……」

何と、美味いコーヒーだったろう。それに、値段もバカに安いではないか。

加賀美は、何ということもなく立上り、調理台へ歩みよって、代りを注文した。

「お気に召しましたでしょうか？」

主人は、笑顔を向けた。

「東京でいらっしゃいますね？　あちらではコーヒー等は？　はア、私共砂糖の手持が少しあるものですから…… いいえ、喜んであがって頂ければそれでもう……勿論《もちろん》、もうけになっているのです。少し畑をもって、自家栽培をやって居《お》りますもので……休みには家中出かけていってその手入れをやるのが、また、何より楽しみとなりましてね……ええと、ミルクはお入れしましょうか？」

おだやかな柔和な目附。そして、コーヒーを出すと、今度は女のように巧みな手附で、綺麗に梨《なし》の皮をむきはじめる。

「もとはここで公衆食堂をやって居りましたが、終戦後、急に思いたってこんな店を始めたという訳です。御覧の通り、親子三人、ほんとの水入らずで……幸い、皆さまの御贔屓《ひいき》を頂きまして、どうやらこうやら形がついて参りました。さア、どうぞ、梨をお一つ…… いいえ、よろしいんです。これは売物ではないんでして……屑《くず》はどんどんはね出して了います。しかし、本当のことを申上げると、少しいたみかかった、こうした奴の方が美味《おいし》いんでございますがね。さアさアどうぞ……いえ、何ね。こうした店を作りましたのも、荒《すさ》んだ戦後の生活に、少しでも温いうるおいをと思い立ちまして……家庭の延長として、散歩の序《ついで》に気軽く寄って頂ける店……もう一ぱい？　コーヒーですか？　ありがとうございます。こうして心から喜んで召上って頂けると、それがもう何より私達のうれしいことなんでしてね」

　上品で明るくて家庭的——正《まさ》にその通りだった。

　優しく愛想のよい肥った母親、美しく上品な娘、それからこの柔和な兄、三人は、花と果実の芳香にうもれながら、微笑をたたえて小まめに働いている。来る客も、皆顔馴染みで、まるで温い家庭に迎えられる客人のようだ。総てが上品で明るくて家庭的……

　この戦災をうけなかった平和な町の中でも、恐らくこの店以上に平和な所を、見つけうるだろうか。

　所で、一ケ月前、この店で人殺しのあったことも、亦《また》厳たる事実だったのだ。

四

　事件直後、N県警察部から上京したある警部から、加賀美もその事件の大体は聞いて知っていた。

この『マドモアゼル』には前述のように三人の母子がいた。母親の大滝加代に長男の隆平、妹のマユミ。その外に、兄妹の中間に生れた二男の正春という男。その二男の正春が、事件前一ケ月、南方から復員して来た時から、この事件ははじまるのである。

正春は戦傷で両眼を失明していた。一緒に連れ立って、二人の戦友という男達がこの店へ姿を現わした。服部吾一と石原門次郎がそれである。正春はもと主計大尉で、外の二人はその部下だったということであった。

帰還すると同時に、殆んど正春の強引な要求によって、服部吾一がこの店で働くことになった。何も出来はしないが、要するに、雑用や店の手伝い位である。彼は、石原門次郎と共に此処《ここ》から二十分ばかりの距離に下宿し、通勤することになった。石原も、連日のようにマドモアゼルに現われ、何するということもなくぶらぶら油を売って行く。

このマドモアゼルの、その平和な家庭的な空気に一抹《いちまつ》の不愉快なものが混じりはじめたのも、全くその三人の出現に原因があったようだ。三人は、何かいらいらといがみ合っているかと思うと、今度は額を集めてひそひそと長いこと話し合ったり、また三人そろってふらっと何処かへ出かけていったりした。

その内、弟の正春が、突然、この店をキャバレーに改造することを云い出した。勿論、母子三人は反対する。しかし、正春はいさいかまわず勝手に人夫をつれて来て、隣りの空部屋から改造工事に着手した。

戦争中、隆平が食堂をやっていた頃、この地階の片側半分をそっくり借りて店にしていたのだが、終戦後今の店を始めるにつき、それでは余り広すぎるというので、真中に隔壁を作り、奥の半分は空室のまま抛《ほう》っておいた訳である。

その改造工事は、服部や石原の興味をひどく惹いたと見え、二人ともちょいちょいとそれを覗きにいったりした。

その内、どうしたことか、突然、正春は興味を失って了ったように、工事を抛ったらかしたまま中止してしまった。穴は掘りっぱなしだし、コンクリートの屑は山積みにしたまんまである。雨の日等よくここを物干場《ものほしば》に利用していたものだが、ある時など、母親の加代がそれをとりこみに行った拍子に、穴へ落ちこんで足に怪我《けが》をしたりした。危くて抛っておけないので、隆平が穴の縁にそって入口から奥の壁際まで、杭をうって縄を張り、一直線に囲いの柵を作った。

何故、この間の事情を詳《くわ》しくのべたかというと、その後一週間にして突発した殺人事件の現場が、実は、その空室の中であり、そして、その危険な穴の縁だったからである。

今から云えば約一ケ月前。遂《つい》に事件が突発した。

その夜のことにつき、隆平は次のように陳述している。

「前夜、店をしまったのは、何時もの通り九時きっかりでした。母と妹は、先に二階へ帰って行き、私と服部君とは店の跡始末をしてから、彼は上着を着かえて帰り支度をし、一緒に廊下へ出て通用口まで行きました。するとこ、彼は急に思い出したように『そうだ、うっかり傘を忘れるところだった。先刻マユミさんに、空室の方へ乾かしにおいといてもらうよう頼んでおいたんだが……』そう一人言のように呟《つぶ》やいて、慌てて戻っていったのです。隣りの空室へは、よく洗濯物や濡れた傘など乾かしておいとく習慣があるものですから……

それから、私はそのまま二階の部屋へ帰りました。戦争中、火災でH町の住居を焼け出されてから二階に二部屋かりて、一部屋に母と妹の女達が、もう一部屋に私が住んでいた訳です。弟が復員しましてからは、弟も私と同じ部屋に寝起きすることになりましたが……

私は、毎晩の習慣で、母と妹にお休みを云いに行きそのまま部屋へ戻って、しばらく本をよみ、十時頃には眠って了って、朝まで何事にも気がつかなかったのです。え？　銃声ですか？　そんなものはききませんでした。何しろ、二階の部屋までは距離がありますし、扉が幾つもあるという訳ですから、それはどうも……ああ、そうでした。私が部屋へ入って二三分してからですから、多分、九時十五分頃と思いますが、停電がありました。尤《もっと》も、消えたかと思うと二十秒か三十秒で直ぐまた点《つ》いたので、大したことはなかったのですが、その時、窓越しに向うを見ると、前のビルでは電燈がついたままなので、うち丈《だけ》の停電とするとヒューズでもとんだのかな、とその時ぼんやり思ったのです」

このビルの一階は、運動具店と洋品店が店をかりているが、日没と一緒に帰って了い空家になるので、結局、この建物の中で銃声を聞いた者は誰一人なかった訳だが、他に証人があって、その二三十秒間の停電中に地下室で惨劇の行われたことが確実となった。

それに、その時の隆平の証言中、その停電がこのビル丈に限られていたということが、間もなく重大な意味を持ちはじめて来るのである。

弟の正春は？　ときかれて、隆平は俄《にわ》かに暗い顔をし、少しためらってから答えた。

「弟は、八時半頃店を出て行きました。何処へ行ったかは知りません。私が眠りにつく少し前頃……ですから、十時一寸前と思いますが、部屋へ戻って来て、何もいわず寝てしまいました。もとは快活な男だったのですが、復員後、まるで人間が変ったように無口で怒りっぽい剛情な人間になって了い、私にだって滅多に口をきかないような有様で、別に、その夜とて、特にどうとか、態度が変っていた訳では決してありません」

母親の加代と妹のマユミの陳述も、殆んど隆平のそれと同一で、唯隆平の陳述を裏書きする程度に過ぎなかった。店を仕舞って、部屋へ戻ってから、二人ともずっと部屋にいたというのである。停電に関する陳述も、隆平の話の通りであった。唯一つ、マユミが服部の洋傘について行った証言は、次第に重大な意味をもつことが分って来た。

マユミはこう答えている。

「六時頃、外出から戻った服部さんが、傘を乾《ほ》しておいてくれと仰有《おっしゃ》ったので、隣りの空室へもって行き、乾しておきました。置いた場所は、入口の扉のすぐ側でございました」

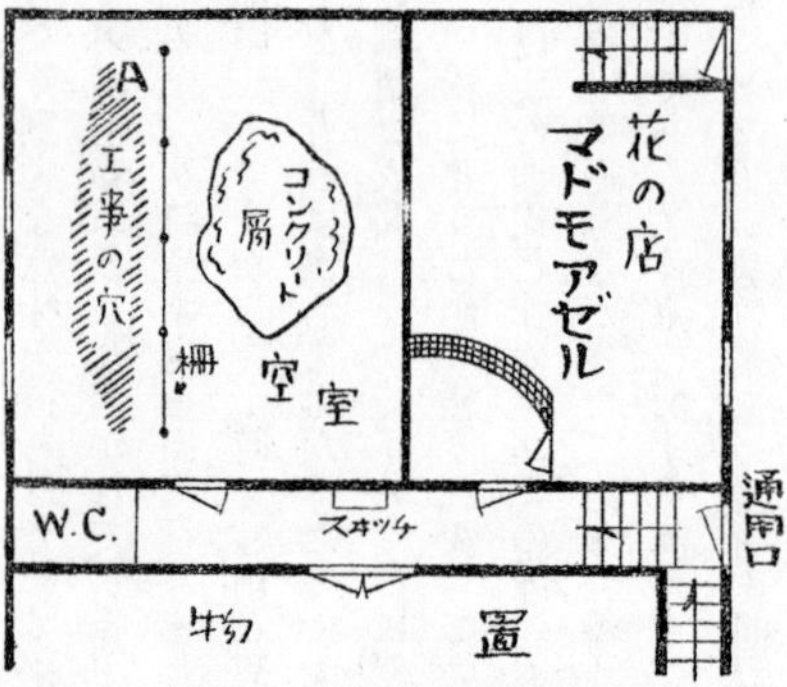

【A…死体の位置】

所が、入口の扉のすぐ側においたという傘が、少なくも服部がそれをとりにいった時、一番奥の、突きあたりの壁際に置かれてあったという歴然たる確跡が確認されたのである。

事件は、翌朝、洗濯物を干しに行った母親の加代によって発見された。

現場は、前にも述べたように、キャバレーに改造しかけたまま、工事中絶の状態で抛り出してあり、戸口をはいって左手には、壁に添って三尺位の深さに穴が掘られっぱなしになっているし、その掘り屑が、右手一帯に乱雑に山積みされているという有様であった。入口から奥まで穴に添って危険防止の柵が張ってあるが、これが出来る前、母親の加代が穴へおちこんで怪我をしたのももっともだとうなずかれる。

被害者の服部は、奥の壁際から、低い柵縄を乗りこして、前のめりに穴の中へ落ちこんで死んでいた。

額に一発と左肩部に一発。拳銃弾をくらって、その何《いず》れもが貫通し、背後のコンクリート壁にめりこんでいる外、四発の拳銃弾が、前の二発の弾痕の周囲二三尺四方の壁面に射ちこまれていた。

検屍所見によると、兇行時刻は、前夜の九時から九時半頃迄の間。停電の時刻とぴったりあっている。致命傷は勿論、二個所の銃創で、その外、左のこめかみに可成《かなり》の打撲傷があり、顔面に擦過傷《さつかしょう》があったが、これは仆《たお》れて穴へのめりこむ拍子に、コンクリートの突起に打ちつけて生じたものと推断された。

その外、現場から発見されたものは、被害者の足許におちていた畳んだ洋傘と、同じくその附近に散乱していた一箱分の燐寸《マッチ》。それに、入口の近くにおちていた一挺の軍用拳銃――これは調査の結果、被害者服部が不法所持していたものと判明した。六連発。その全部が発射されつくしていた。

ここで、注目すべきことは、現場に散乱していた一箱の燐寸だが、その燐寸の棒が全部燃《もえ》殻《がら》になっていたという事であった。それも、普通に使用したのではなく――つまり、普通に使えば、幾らかでも軸木《じくぎ》が燃える筈であるが、それらは何れも、頭の、発火薬丈が燃えて黒くなっているという点であった。

最後にもう一つ、最も重要なる証言が、ある屋台店の親父によって行われた。それは、重要であると同時に、またすこぶる異様な意味をもっている言葉ではあったけれども。

兇行現場である空室に面している路上に、毎夜屋台店を出すてんぷら屋があった。その親父が捜査本部へ出頭し、こんな陳述を行ったものである。

「私は、毎晩あの部屋の外へ店を出しているんですが、昨夜の、丁度《ちょうど》九時十五分頃でした……いいえ、それははっきり覚えている訳があるんです。丁度店にお客様が一人いらして、十時半の汽車に乗るんだが、僕の時計は合って居るだろうかっておききになるんで、私の奴を出してくらべて見たら、両方きっかり合っていて、丁度九時十五分だったからです。で、その時計を見合せていた時だったんですが、足許の明り取りの窓――つまり地下室の、あの部屋の窓ですな。あすこからぱっと灯火《あかり》がさして来たんです。何しろ、あすこへ店を出してから一ケ月、一度も灯火なんかついたことのない所なんで、おやっ？　というような気持がした訳でした。

それから、ものの一分もたったでしょうか。今度はその灯火が消えまして、それから、さア……どの位の時間だったでしょうか、何せ、数をかぞえる位の短い間だったと覚えていますが、急に、ぱっぱっぱっと何か光ったような具合に明るくなって、それと一緒に、ぱんぱんぱん……と五六発銃声がつづけざまに聞えてきたんです。いいえ、その時に、そうはっきり銃声だなどと分った訳じゃアないんです。唯、変な音だなア位に思った訳ですが、お客さんが、子供の奴花火をやってるな……なんて仰有るんで、私もそのつもりになり、そのまま忘れてしまっていたという次第でした。え？　灯火がついている内に銃声が聞えたんじゃないかって？　いいえ、そんなことありませんとも！　決して出鱈目《でたらめ》なんかいやしません。旦那、何しろ、明りとりの厚いすり硝子を透して見ていたんですよ。もし灯火がついてたとしたら、ぱっぱっぱっと火華《ひばな》の出る位のこまかい光が、それとははっきり分る訳がないじゃアございませんか」

なるほど、その通りだ。

しかし、そうすると、犯人は、戸口に立ち、向うの壁際に立った服部を――つまり、八九米《メートル》の距離をおいて、しかも電燈の消えた真暗闇の中で射殺したことになるのである。わざわざ暗闇の中で……

当局は、種々の状況から、被害者に近密なもの、マドモアゼルに関係ある者、そうした中に犯人ありと睨《にら》んだ。

隆平母子も取調べをうけた。だが、三人は、停電時刻に二階の部屋にいたことは確かだと思われた。それに動機が全然見あたらない。服部が復員し、マドモアゼルに働くようになってから、たった一ケ月しかたちはしなかった。それ以前は、名前さえ知らない間柄だった。一体、たった一ケ月で、ああした平和な生活を楽しんでいる柔和な母子に、そんな謀殺を行うような動機が生じるものだろうか！

マドモアゼルに出入りする関係者や客人の中にも、疑わしい者はないか、厳密な調査が行われた。しかし、この場合とても、隆平達と同じく徒労におわるのが落ちであったろう。マドモアゼルは、大体が、上品で、平和で、そして家庭的な店だった。恐らく、あらゆる犯罪的なものとは正反対の存在だったのだ。

弟の正春は相当きびしい取調べを受けた。八時半から十時まで何処にいたか？　その訊問に対し、彼は、その間に石原を訪問したが、不在で会えなかったと答弁した。但し、その傍証となるべきものは何一つなかった。

唯、当局では、彼が完全に失明していることを知っているのだ。しかも、生来の盲人とは違って、甚だかんの鈍い俄《にわか》めくらと来ている。そんな盲人が、一体、八九米もはなれて人を射てるだろうか？

石原にかかった嫌疑は最も濃厚であった。初め、当局では、てっきり彼奴と、おさえ切っていた位である。ところが、彼には、実に巧《うま》すぎる——と当局ではいっている。——アリバイが見つかったのだ。

現場から十五丁程はなれた地点で、九時十五分、彼は友人と一寸立話をしたと申立てたのだが、結局その友人という男が現われ、それを傍証してしまった。

きっちり、九時十五分に！　しかも、その友人たるや三年前戦場で分れたままその時偶然に、その地点でひょっこり出会ったというのである。之《これ》は実に、巧すぎる！

事件は迷宮に入り、遂に泉野刑事課長直々に乗出す仕儀にまで立ちいたった。

加賀美はコーヒーの茶碗をかかえながら、ぼんやりと、それらの記憶を辿《たど》っていた。しかし、何も彼《か》も茫漠《ぼうばく》たる霧の彼方にとじこめられているようで、何一つはっきりしたものがうかんで来ないのだ。

考える事自体が既に億劫《おっくう》千万だった。

上品で平和で明るい雰囲気。部屋中にみちみちている花と果実の甘い芳香。そして眠くなるような生ぬるい気温。

彼は、ポケットから夕刊をとりだして、うっとりとした視線をやった。

大した記事も出ていない。

花屋マドモアゼル事件の新事実――

それだって、たった二行で片附けてある。

事件の再調査に乗出した泉野刑事課長は遂に重大な新事実を発見した。間もなく犯人の逮捕を見るであろう。

読みながら、加賀美は、われ知らずにやにやっと笑ってしまった。

泉野の奴、あくせくとやっとるわい! 所で、俺は傍観者だぞ。何時もと違って今日は見物人なんだ。奴のあくせくを、唯ぼんやりと眺めていれば用がすむんだ。こいつは、何たる楽しいことだろう……

それに、ぼんやりと見物人になっているには、この店の雰囲気は実に素晴らしいじゃアないか。明るくて、平和で、家庭的で……

一人の男が店には入《い》って来た。

瞬間、ここの雰囲気ががらっと一変した。

五

レインハットにレインコートをまとった若い男だった。

一瞥《いちべつ》したとたん、加賀美は何の理由もなしに、これが石原門次郎だなと思った。

それにしても、この店の空気の変りようはどうした事であろう。といっても、誰一人声をあらげたり、眉を釣り上げたという訳ではなかった。

マダムは花売場で白薔薇《ばら》を束ねているし、マユミはテーブルの間を静《しずか》に歩き廻っているし、隆平は調理台の向うでシロップの壜を拭いつづけていた。ただ、加賀美が見たのは、三人の顔から一斉に微笑が消え、唇が重く閉じられてしまった丈だった。それだのに、たったそれ丈なのに、『マドモアゼル』の今迄の雰囲気はあとかたもなく、微塵《みじん》に砕け去ってしまったではないか。

石原は、無言のまま、椅子の一つにぶッ坐り、果実台からアレクサンドリヤの大房を一つ引ッつかむと、テーブルも床も見さかいなく、喰い千切った皮をぷッぷッと吐きちらした。何処か気に喰わないふてぶてしい表情。しかも、内心のいらいらしたものが蔽《おお》うべくもなくその眉の辺りに露出している。

奥から、調理台を抜けて、目盲《めし》いた男が一人、手探りしつつは入って来た。

隆平は、その弟の方へ、一寸声をかけそうにしたが、そのまま思いあきらめたように脇を向いてしまった。

正春は石原のテーブルにまでゆくと、その前に坐った。二人の表情には、何処かよく似通ったところが見えていた。互に、相手を猜疑《さいぎ》しあい、忿怒《ふんぬ》しあい、その上、いらいらと何物かをぶちまけ合おうとしあっている。

間違いないところ、何か一寸したはずみさえあったら、二人が野獣のように組打ちをはじめるだろうことは火を見るよりも明らかなことだった。

そのくせ、今二人は額を合せて、熱心に何事か話合っているではないか。

石原と来たら、その間でさえ、葡萄《ぶどう》を吐き散らすことをやめはしなかった。あの美しかったテーブルも椅子のクッションもそれから床も、忽《たちま》ち見る影もなく不潔によごされてゆく。

突然、石原は話を打切った。そして、立ち上りかけた姿勢をそのまま、通りすがったマユミの身体を、いきなり自分の膝へ引ッ抱えた。

一瞬間の出来事ではあったが、見るにたえないやり方であった。マユミの顔へ自分の唇をもって行こうとし、少女の必死の抵抗に会うと、今度は葡萄の房を、相手の口の中へぐいぐいと押しこんだ。

マユミは、口もきけず、紙のように蒼ざめてよろよろと立ち上った。

石原は、帰りしなに、残った葡萄の粒をマダムの顔へまで抛りつけた。げらげらとけたたましい笑い声を立てながら……

まるで、絶望に狂い立った野獣の咆哮《ほうこう》そっくりじゃないか……

加賀美は、ちらっとそんな事を考えた。

ああした時には、人間はどんな兇悪なことだって出来るだろう。

所で、その直ぐあとに、悲劇の終幕が迫っていた。

石原と入れ違いに、鳥打帽の男――さっき、加賀美が入口に張りこんでいるのを見かけた刑事がはいって来て、立ちかけていた正春の肩へむっつりと手をおいた。

「警察の者だ。一寸、署まで来てくれたまえ」

一瞬、正春の顔に、兇暴なものがちらっと流れるのが見えたが、しかし、結局、彼は何も云わず、刑事に手を引かれたまま歩きだした。

マダムとマユミと隆平と――殆んど失神せんばかりに蒼ざめた三人。

今や、ここは平和な花と果実の店マドモアゼルではなく、明らかに殺人事件につながる悲惨な家族達の住家にすぎなかった！

「この子は決して決して！　皆、仲間の人達がわるいんです。仲間の、あの人達が！」

マダムは――いや、母親は、突然堰《せき》を切ったように叫びはじめた。

「ねえ、貴方。この子は、こんなに目が悪くて……せめて、私一緒に……この子は、――この子は……」

二人の姿が消えると、母親は、わっと声をあげて泣き、続いて、突然、狂ったように喚《わめ》きながら、奥の方へ走りさっていった。

「あの子は、もとはいい子でした。本当にいい子だったんです。それを、あの外の二人のお友達が……いいえ、悪いのは、皆戦争のせいです。皆戦争がめちゃめちゃにしてしまったんです。あの子も、このお店も……私達で作った、折角の楽しいお店！　あの子供達が帰ってきてから皆駄目になってしまいました。皆、滅茶々々になってしまいました。皆、戦争のためです！　戦争のためです！　戦争のためです！」

隆平が深い吐息をつき、それから途方にくれたように呟やくのを加賀美は耳にした。

「本当に、何も彼も滅茶々々だ！　マユミ、店をしまおう、戸口へ終業の札をかけておくれ」

マユミは、よろめくような足取りで、戸口へ終業の札をかけにいった。その、すんなりした細い指先が、とめどもなく震えつづけているのを加賀美は見た。

それにしても、今加賀美のどんよりと濁《にご》った目は何を眺めているのだろう。

彼は、手をふって少女をよびとめた。

「勘定……それから」彼の視線は、漠然と、片隅の椅子の上におちていた。

「あの、椅子が外のと一つ丈違っているね。どうしたのかね」

この場の空気と余りにもかけ違った質問であった。しかし、少女は愛想よい応対をしようと懸命の努力をつづけている。

「前にあった揃いの椅子の一つが、多分、何処かが少しいたんだのだと思いますわ。修繕に出したのだろうと存じます。はア、二三週間前頃から……そうした事は母がやって居りますので……ありがとうございます。コーヒー三ばいでございましたわね、六円頂戴いたします」

本当に、優しいいい娘だ。

さて、加賀美は、気だるい足を引きずり、また鞄をさげて、雨の中へ出て行かなければならない。

梅雨の街には黄昏《たそがれ》が迫っていた。

六

県警察部の刑事課長室で、泉野は素晴らしい上機嫌で椅子に反《そ》りかえっていた。

「来たな、加賀美君！　突然現われて俺を喫驚《びっくり》させようという魂胆だろう。うん、まさしく喫驚した。素晴らしく愉快に喫驚したぜ！　どうも、嬉しいことが二つあったから、もう一つ何かなきゃならんと思っていた所だ。第一に、県警察部の将棋大会に僕が優勝したことだ。第二に、『マドモアゼル』事件に目鼻がついたことだ。そして、第三が、加賀美敬介という飛んでもない怪人物の出現だ。どうだ、これで三つ揃ったろう！　何？　九時半の汽車でここをたつ？　馬鹿を抜かせ。ここまで来て、一晩くらい泊って行かんという法があるか！　そんなの、絶対に意味ないぞ。ふむ……帰りによる？　近県を一廻りして、その帰りにもう一度？　そうか、そんならまア許しといてやるが……君、どうかしたか？　元気がないね。疲れたんじゃないか？」

疲れもある。だが、それよりも皆気候のせいだった。

マドモアゼルの華やかさと違って、この部屋にあるものは、テーブルでも椅子でも壁でも、皆古《ふ》ぼけた見すぼらしいものばかりだったが、しかし、やっぱりここにも、じっとりと湿気を含くんだ、眠くなるような生《なま》ぬるい温気と、それに、甘ったるい花の匂いが満ちわたっていた。

そうだ、泉野のデスクの上には、九谷焼の大花瓶に、忍冬がごてごてと生けこんであるじゃないか。

「所で、君、聞いてくれ。今度の事件では、一寸君に自慢出来ようというものなんだ。難事件だったよ。所轄署が匙《さじ》を投げ、僕がよし来たッと引きうけたものさ。一瀉千里《いっしゃ》、という程にはいかなかったが、とにかく解決近くにまで漕ぎつけたんだ。音に聞えた名探偵加賀美一課長殿、聞いて頂けましょうか。頂けますとも！ ねえ、君……」

「うん、うん、聞くともさ」

加賀美の答えは、せいぜいがそれだった。

とにかく、この友人の元気な声をきいている丈でも楽しくないことはない。

「さてと——何から始めようかな。先《ま》ず、僕の推理をたぐりだす基礎的注意事項にアンダーラインを引かずばなるまいて……

第一、現場に落ちていた燐寸の問題だ。あれは明らかに被害者の所持品だ。彼は非常に煙草好きだから、ポケットには燐寸はたやさず持っている。洋傘《こうもり》をとりにいった時、電燈が消えた。そこで、ポケットからそれを取出してすりつけて見た。所が、全部燃殻で、役に立つ奴が一本もないので床にすてた……さて、その燐寸の状況に疑問があるという事になる。

第二、マユミが入口に乾しておいた洋傘が、被害者がとりに行く迄に一番奥の壁際に移動していたのは何故だろう？

第三、被害者の頭を射抜いた弾丸の射入角度の問題だ。

君、聞いているかい？ どうも、疲れているようだね。一ぱいぐうっとやると良くなるんだが……さて。と……

第四は、二三十秒間の停電の問題だ。これがすこぶる重要なんだぜ。

第五は、何故被害者が驚愕の表情をうかべていたかという件だ」

「何だって？　今、君は何といったんだね？」

突然、加賀美がだしぬけに、ぽかんとした表情で親友の顔を見た。

「驚愕の表情？　誰がだね？」

「はッはッは、きまってるじゃないか。被害者だよ。服部吾一だよ。彼の死顔に、驚愕の表情がうかんでいたということなんだよ。え？　分ったかね？」

加賀美は立ち消えしていた口の煙草に、思い出したように火をつけたが、湿気《しけ》た煙草は一向に美味しくなかった。

「所で、以上の五項目について、僕の基礎的考察から述べて見るとしよう。第一の燐寸の問題だが、よく、火をつける時に、中へ引火して爆発的に火がうつり、とたんに消えて了うことがあるだろう。そうした場合には、軸木はこげずに頭薬丈《とうやく》が燃えきってしまうものだ。あの、燐寸の状況によく似ているね。しかし、そうした場合には、燐寸の箱の方へ、必ず焼けこげのあととか、白い暴発の煙のあととか、何かの痕跡が残るものだ。所があの燐寸の箱にはそんな跡は微塵もない。完全無欠なものだ。だから、あれは、自然的暴発などによって生じたものではなく、何者かが、予《あら》かじめ軸をとりだし頭薬だけを燃え切らせ、改ためて箱の中へ入れ、そして被害者のポケットの奴と掏《す》りかえておいたものなんだ。断っておくが、被害者は働く時上着をとりかえ、帰る時また着かえをやる習慣があったそうだから、脱いで柱にかけてある時、何時でもその掏りかえはできる筈だろう。

さて、何故、こんな面倒なことをしたんだろうか？　勿論、理由がなくちゃならん。それは、次に起るべき停電事故の時——犯人は、それを予定していたんだからね。その時、被害者が、燐寸をつけようとしても、それが無効に終るように、——つまり、停電によって生じた暗闇に光がささないように、企図するためだったんだ。もう一つ云いかえると、犯人は絶対的な闇がほしかったんだ。いいかね、この辺一寸ややっこしいのだが……

次は、入口にあった洋傘が奥の壁際に移動していたことだが、これは、被害者に奥の壁際まで是非とも行ってもらいたかったからだ。これは簡単だろう。

第三は被害者の頭を射抜いた弾丸の射入角度だ。これがね。前額の中央部から背後のボンノクボへ抜けているんだよ。云いかえると、額からうしろ下りにやられているんだね」

え？　何だって？

加賀美は、うっとりとしていた顔をひょいと上げた。

しかし、泉野は、加賀美が何にもいわぬ先に、どんどんつづけた。

「この射入角度がすこぶる問題になる。水平に射たれたとすると……多少角度はあっても、八九米の距離があったんだ。自然、発射角度は水平に近いものと考えていいだろう。すると、こうした銃傷をうけるには、被害者は、どうしてもお辞儀でもしかけたような、うつむき姿勢だったといわねば説明がつかなくなる。どうしてこんなことになったのだろう？　この問題は、あとでひっくるめて説明するよ。

次は停電の件だが、これは、故意になされた停電であることは一目瞭然だろう。何故といって、あの停電は、あのビルディング丈に起ったことで、しかも、あのビルディング全部のメインスイッチはあの空室の外側の、戸口に近い廊下の壁にとりつけてあるからだ。あのスイッチを開閉しなければ、ああしたあのビルディング丈の、そしてあのビルディング全部の停電は起り得ないからね。そして、それは、犯人以外の者にはやり得ない状況にあるんだ。所で、どうして犯人はそんなことをやったのか？　勿論、それが必要だから、やったのさ。暗闇が必要だったから、電気を消したって訳さ。

最後は、被害者が驚愕の表情をうかべていた問題だが、これは、以上ひっくるめて一つにして説明するとしよう。では、一体、犯行はどういう経路をとって、どういう状況のもとに行われたか？　その根本問題にぶつかって行くぜ。よく聞いてくれ給えよ。

先ず、犯人は、予《あら》かじめ用意した問題の燐寸と、被害者のポケットにある奴と掏りかえた。勿論、その前に洋傘を部屋の奥へ移しておいた筈だ。さて、被害者服部は、洋傘を忘れていることを思いだし、空室へそれをとりには入っていった。部屋の奥で、それをとりあげ、畳んでから戻りにかかろうとする。とたんに、電気が消えたんだ。犯人が時をはかってやった訳だね。被害者は、ポケットから燐寸を出して見たが、勿論つかないので棄てて了う。

さア、ここで彼はどうしたろう？　部屋は真の闇だよ。そして、片側には危険極まる穴があるし、もう一方の側にはコンクリートの屑が散乱している。間の道路の幅ときたら三尺あるかなしだ。所が、彼は、穴の縁にそって、戸口まで一直線に柵がもうけてあるのを知っている。それを伝わって行けば安全だ！　そこで、彼は手さぐりで柵の縄をもとめ、それをたよりに歩きだそうとする。その時彼はどんな姿勢になったろう？　あの柵は、高さ二尺ばかりの低いものだからね。どうだい？　分るだろう？　彼は、自然、前かがみにならざるを得んじゃないか。だが、その時、犯人は戸口に忍びよっていた。彼は、暗闇の向うにその怪しい気配を感じたんだね。だから、ぎょっとして驚愕の表情をうかべたんだ。とたん、闇をついて弾丸の雨がとんでくる。彼はやられて、前のめりの姿勢のまま、柵を越して穴の中へ落ちこんで仆れたのだ。

で、ここで問題になるのは、暗闇の中で、八九米もはなれ、犯人はどうして正確な射撃が出来ただろうかという点だ。所が、これは明確に解決済みだよ。あっけない位、簡単な方法だったんだ。実は今日になってそれがはっきりしたんだが、あの柵の縄だね。あれの戸口に近い部分を調べた所が、明らかに銃器の発射に伴う火焔の放出からうけた焼けこげのあとが確認されたんだよ。簡単にいうと、犯人は、あの柵の縄に銃身を平行させ、あの縄を方向探知器に利用して発砲したものなんだ。だからこそ、彼には暗闇が必要だったんだ。暗闇にして、被害者に是非とも柵の向う端に――つまり方向探知器の照点の中には入って貰わねばならなかったという訳なんだ。壁の弾痕の位置が、また明確にその事実を証明してくれている。どうだね、捜査一課長さん。この辺りの我輩の推理ぶりは？　え？　はッはッは……」

面白い推理だ。だが、間違いはないだろうか？　その通りだろうか？　矛盾は感じられないだろうか？

何しろ、加賀美の頭の中は借りもののように茫漠たるものだった。

何という甘ったるい匂いだろう……

忍冬？　すいかずらという名もあった筈だ。そういえば、昔は同じ名前の美髪水もあったということだが、こんな甘ったるい匂いを頭につけて歩き廻っていたという人間は一体どんな奴だったろう。それで、平気で仕事ができたのだろうか？

何にしても、眠くてたまらん……

所で、泉野の方は、調子づいて尚も盛んに喋りつづけていた。

「さて、加賀美君、以上で、終ったようなものだが、もう一つ、ここに疑問の残っていることに気づいただろうね。それは、何故、わざわざ八九米もの距離をおいて射撃をやったか、という点なんだ。これが、実は、仲々喰えない意味をもっているんでね……あ——九時半の汽車だったね。もうそろそろ出かけなきゃなるまいが、とにかくもう少しだ。喋って了う。一緒に駅まで行くよ。何、どうせ僕も帰り道だからね。

以上、仲々見事な推理をやったろう？　だがね、正直に打明けると、一寸、よそからの助力があったという訳なのさ。それをいうと、僕の手柄話に少し割引きがつくんで残念なんだがね。実は、昨日甥の奴が遊びにきてね。うん、先頃南方から復員してきたんだ。その甥がね、僕の家内をつかまえて色んな話の末、向うにいた頃隊で出していた雑誌の事を喋ったのさ。その雑誌に出ていた、小説の話なんか色々やっている。ふと聞いていると、探偵小説の事を何かいっているんだ。その雑誌に出ていたという奴だね。それを耳にしたとたん、迷宮入りをしかけていた今度の事件に、はっとインスピレーションが来たんだよ。

その小説の筋を簡単に話すとこうなんだ。ある盲人が殺人を計画するんだね。彼がどんなことをやったかというと、丁度その家で絨氈《じゅうたん》の取りかえをやっていたんだが、被害者が一人でその配置の寸法を色々苦心している所へは入っていって、お手伝いをしましょうというんだよ。外の事では役にたたんが巻尺の端を持ってる位のことはできますから……却々《なかなか》うまいことを云うじゃアないか。長い距離をはかるのに巻尺を一人で使うのは実に不便なものだからね。勿論、被害者の方では喜んで手伝いをたのむ。盲人は、巻尺の一端をもって立っていて、相手が十米ばかりさがって巻尺が一ぱいに伸び切った時、かくして持っていた拳銃を巻尺にあてがい、つまり巻尺を方向探知器に利用して発射するという訳だ。そして、その後、その巻尺を巻きおさめてかくして了うと、あとに残るのは、十米の距離で射殺されたという事実だけなんだ。十米！　盲人には絶対不可能だ。そこで、彼は完全に嫌疑をまぬがれる……犯罪がどうして発覚するに至るのか、その点は、ききもらしたが、そんなことは、今の場合どうだってかまわんのだ。問題は、その小説の殺人方法のもつ重大な暗示にあるという訳なんだ」

加賀美は傾聴していただろうか。少なくも、外観はそうだった。

だが、しかし、奇妙なことに、その時彼は、一九二四年アメリカ合衆国のボストン市に起った著名な『クランドン事件』のいきさつを、何故ともなくぼんやりと思いうかべていた。それは、とにかく異様な、そして皮肉極まる事件だったといえるだろう。神霊学史に特異な一頁を占めている筈だ。

同市に住む外科医クランドン氏の夫人が、亡弟の霊魂を招きよせることによって、種々奇怪な神霊現象を実現して見せると云い出したのがことの始まりであった。

夫人は、着物を脱ぎゆるやかな下着一つになり、素足にスリッパをはいて椅子に腰をかける。立会人達は、その夫人の頭や肩や手に指先をふれじっとしていなければならない。その状態で燈火を消すと、やがて暗黒の中に、目に見えない霊的触手と呼ぶ何物かが現われ、夫人の位置を中心とし、様々な怪奇現象を引きおこすのだ。例えば闇の中を何物かがはね廻るような気配がしたり、テーブルの上の本が空中を移動したり、時には、立会人の頰を何物かがつるっと撫で廻したりするというたぐいである。立会人達が夫人の身体に指先をふれているのだから、夫人が身じろぎ一つしても分る筈だが、夫人は勿論微動だにしない。

科学雑誌サイエンチフィック・アメリカンは、その現象を重大視し、専門の調査委員会を組織した。その調査委員中には、ハーバード大学の心理学教授ウィリアム・マクドウガル氏を始め著名な学者三名が加わっているし、不世出の天才といわれた奇術師ハーリイ・フージニや同じく奇術師のニード等もは入っていた。

本当に神霊的現象なのか？　それとも詐術か？　賞金五千弗《ドル》がかけられ、もしそれが信ずるに足る神霊的現象と決定した時には、クランドン夫人に賞金が与えられるというのである。

精密極まる科学的実験が、実に九十回もくりかえし行われた。而も、意見はまとまらず、後には委員を更新して実験のやり直しまで行った。

所で、彼等が霊的触手とよんだその怪異現象を起す実体の、科学的調査の結果はどうだったか？

一、電気的抵抗試験の結果、その霊的触手なる現象の実体は半良導体である。

二、力の働く範囲は夫人の身体を中心に、その前、右、左三方に約八十糎《センチ》。

三、引くより押すことが巧みである。

四、鋭俊な天秤によって夫人の身体ぐるみ重量をはかって見ると、本が空中に浮かんだ時等はその本の目方丈重量が増すが、触手それ自身の重量は零《ゼロ》である。重さがないのだ。

五、仕事量は〇・〇五馬力。

六、固体を貫き滲透《しんとう》する力はない。

七、長さは約二十糎、幅は七糎半。そして丸味を帯びている。
八、立会人が触れることを非常にいやがるが、不意に向うから触れて来た時の感じでは柔《やわらか》い革のような触感がある。

申分ない測定であった。実は、これで十分だったのだ。しかも、この実験は九十回もつづけられているではないか。何故、分らなかったのであろう。ここに一つ丈、云えることがある。真相の分らなかった連中は、それは、神霊現象というものに対する甘美な期待が――つまり、誤った先入感があったからだ。それが、彼等の正しい判断を誤らせてしまったのだ。若《も》し、そうした先入主をすて、冷徹な観察にのみたよったなら、何人《なんぴと》にも、その正体を見抜くことは決して不可能ではなかったであろう。


奇術師フージニとニードとは、相前後して、見事にその正体を見抜いているのである。

さて――一方、泉野課長は、時計を見乍ら、結論をいそいでいた。

「そこで、早速今日、僕は正春の所属していた部隊を調査して見たのだ。すぐ分ったね。僕の甥の奴と一緒の部隊に、一度は、属していたことがあるんだ。そして、その小説ののった雑誌の出たのもその頃のその部隊のことだったのだ。彼は勿論、それを読む機会があったろうではないか。いいかね、盲人にも、八九米の距離を置いて人を射殺することが可能になって来たんだよ。もう一度、始めから考え直して見ることにしよう……このヒントを得てから、あとはすらすらと一瀉千里に解けてしまったね。何故、犯人が暗闇で発砲しなければならな被害者に柵の縄につかまらせ、発射方向を正確に覚知しなければ射ちようがなかったからさ。分ったろう？　犯人には、是非ともそうしなければ射てなかったからなんだ。勿論、盲人だって、相手に接近していれば、そんな苦労はしなくったって簡単に射つ事は出来るよ。しかし、彼がどうしても八九米の距離をおいて射ちたいと思えば、簡単にはいかんからね。そして、彼はどうしても八九米の距離がほしかったんだ。不可能と見える殺人方法をとりたかったのだ。不可能と見えれば見える程、先刻の小説の場合と同じく、盲人である自分を嫌疑の外におくことが出来るじゃアないか。そして、その通り、その距離の理由から、彼は、つい昨日まで完全に嫌疑の外にいたんだぜ。小説の殺人と今度の事件――こんな類似した方法が単独にそうざらに起りうるだろうか。二つは偶然の暗合なのだろうか。いや！　少くも、この場合、その小説を読んで知っている人間に先ず疑いを向けるべきだ。所で読んだ人間は被害者とその同じ部隊にいた石原並に正春の三人丈なんだ。三人とも復員後、その小説の話を喋ったことなど絶対にないのは確かだ。色々調べて見た上でね……つまり、隆平母子は全然聞くチャンスはなかった訳だ。そして、三人の内、一人は被害者であり、また石原は……考えても見給え。目の開いている奴が、そして、あの石原のような粗雑な頭の男が、どうしてこんな混み入った面倒臭い計画をやるだろう。彼なら、一思いにぶっ殺して了うことだろうね。すると、残るところ、歴然と正春一人ということになる……

うむ……正春の奴、逃《ず》らかったよ。今日、僕があの店へいった時、何処かへいったまま姿を見せなかったんだ。それで、刑事に張り込みをさせて、捕まえて拘引してくる途中……石原が、畜生め、ぐるだったんだね。待ち伏せていやがって……その後、まだ、行方が知れん。だが、なアに、もうこうなった以上君……

おっと、もうそろそろ切り上げて出かけるとするか。一寸早目に出て、途中でビールでも一ぱい……それとも、興味があるならマドモアゼルの店にでも寄って見ようかね」

泉野は立ち上り、帰り支度をすると、一寸待ってくれ、といいながら、一本、煙草をくわえて火をつけた。

加賀美は、うっとりとそれを見やりながら、重そうな腰をあげた。

「君も、そうやるか。帰り支度をしてから一服やるんだね」

「きまってるじゃアないか。仕事を終っての帰り際の一本！　こいつア煙草喫《の》みにはこたえられん楽しみだからなア」

加賀美は、気《け》だるそうに欠《あく》びを一つした。

「被害者服部も、煙草好きだったと云ったんじゃなかったか？」

「そりゃアその通りさ。だが、それがどうしたというんだい？」

「一寸、奇妙だと思うんだが……何しろ、頭がぼんやりしていやアがって、さっぱりどうも……はて？　何を考えていたんだっけかな。うん、そうだ。霊魂の足だった。一体、この事件の足は何だろう？」

「足？　足だって？　何だいそりゃ？」

クランドン現象の霊魂の正体は、分って見れば、何のことはない、実はクランドン夫人その人の足だったんだ。夫人の素足が様々の、大学者達をなやました怪異現象を生み出し、その上、学者諸先生の頬ぺたを迄なでまわしていたろうとは！

とにかく、この生ぬるい気温と甘い匂いと来ては、ただ、やたらにうっとりと眠気をさそうばかりではないか。

加賀美は、鞄を片手にとりあげ、もう一度欠伸《あくび》をしながら呟やくようにいった。

「結局、分ってることは唯一つしきゃないのさ。つまり、事件はまだ片附いちゃいないということだ……」

丁度、そこへ電話報告が来た。電話にかかった泉野の表情が、突然さっと変るのが見えた。

「何？　正春の死骸が発見されたって？　本当か？　間違いなしだな？　ふむ……Sの堀川の中で……自殺か？　自殺じゃないのか？　頭部に打撲傷がある？　よし、分った！」

電話を切って加賀美の方を向いた泉野の顔からは、さっきまでの上機嫌さがあとかたもなく消えうせていた。

「君、正春が殺されたよ」

七

「駅へ行きがけに、正春殺しの現場へ一寸廻って見ようじゃないか？　車で行けば、何、大した廻り道じゃないよ。いいかね」

「うん？　ああ……」加賀美の返事は、どうでもいいといった投げやりな調子だった。

この町は、柳と堀川の美しさで名が通っている。兇行現場のSの堀川というのもその一つだった。

とっぷりと暮れていた。風の加減か生温い潮の匂いが、息苦しく闇の底に沈んでいた。

全くよく降る雨だ。家も流れも人影も、皆じっとりと濡れ切っていた。

懐中電燈を光らせながら、右往左往していた係官達の間に、死骸を見守って、花屋の母子三人の姿もまじっていた。悲しみに取り乱しきっていた。

隆平は、驚愕と悲嘆に、殆んど腑《ふ》抜《ぬ》けのように茫然と立ちつくし、マユミはその兄の胸に顔をうずめて泣きじゃくっていた。殊《こと》に、母親の加代の狂乱ときたら……

「分ってます。分ってます。分ってますとも、正春を殺した奴は！　あの石原門次郎という人です！　石原です！　捕えて下さい。あの人を捕えて敵《かたき》をうって下さい……」

加代は係官の制止もきかず、恥も外聞も忘れはてたように、雨水の中にうずくまり、我が子の死体にしがみついた。

「戦争で苦労し、両眼をなくし、やっと私のところへ帰って来たと思えば！……可哀そうな、正春！　石原も服部も、皆悪人です。わたしの大事な家庭を滅茶々々にしてしまいました。お店も滅茶々々にしてしまいました。何も彼もダメにしてしまった。その上、正春の命まで！　分っています。この子を殺したのは石原です！　石原です！　石原です！」

主任警部がすりよって来て、泉野に報告した。

「頭をしたたか殴られた上、堀川へ蹴込まれたのです。即死です。致命傷は、勿論、打撲傷で……丁度、その折、堀川の向う側を通りかかった者があって、現場をちらっと目撃したんです。その証言によると、どうやら、加害者の風態《ふうてい》は石原門次郎に酷似しているようなんです。目下、非常線を張って、極力奴の行方を捜査中ですが……」

加賀美は、そうした、生々と動く人垣の外側に、黙然《もくねん》として立っていた。興味のない目付だった。大儀そうに、ふうっと吐息をつき、それから、ぼんやりと暗い堀川へ目をやったりした。

沓下《くつした》も肌着も、もうじとじとに濡れ切っていた。その気味わるさだけが、しつこく彼の意識をとらえていた。

とにかく、彼は疲れている……

「全く、くさらせやがる」車へ戻ると、泉野はぶつくさといった。

彼も不機嫌だった。

「折角のところで、またこんがらがって来やがって……まるで、俺をからかっていやがるようじゃないか、え、君？」

加賀美は、返事の代りに、ああ——っと一つ欠伸をやった。身体中が妙に気だるかった。

やり切れんな、梅雨という奴は……その上また、これから、あの殺人的な汽車に乗りこまなくちゃならん。何て、憂鬱な旅行なんだろう……

「正春を殺したのは石原にきまっている。外にありようがないじゃないか。ところで、何故、奴が正春を殺したのだろう？　わざわざ警察を出し抜いて誘拐しておきながら……畜生！　全く、くさらせやがる……正春が服部殺しの犯人だったという、僕の考えは間違っていたんだろうか？　僕の推理に誤りがあっただろうか？　おい、君、そこで車を止めてくれ」

泉野は、いまいましそうに、すてた煙草を足でぐいぐいとふみにじった。

「とにかく、一ぱいやろう。一ぱいやって元気をつけんことにゃア……なアに、大丈夫！　充分時間はある。ビール？　いいだろう、君……」

「うん、さアね……」

加賀美は、生返事をした。気乗りのしない顔色だった。何も彼も、億劫せんばんだ。

しかし、泉野は、車をおりると、加賀美を引っぱって強引にビヤホールの戸口をは入った。

八

「とにかく妙だよ。結局、問題は、僕の推理に誤りがあるかどうかということだ。加賀美君、一つ、君の意見をきかせてくれんかね。どうして、君、黙っているんだ……正春は、服部殺しの犯人じゃなかったんだろうか？　石原が真犯人だったのだろうか？　僕は、断じて正春が犯人だと信じたいがね。うむ、そうだ！　服部は正春が殺したんだ。そして、その正春を、今度は石原が殺す……こりゃアありうることだぞ。おっと、ビールが来たよ。さっ、ぐうっと一つやってくれ。景気よくな……」

泉野は、自ら、ぐいぐいとジョッキをあおりながら、しかし、何処か憂鬱なものにとりつかれているという風だった。さっき迄の、あの快心な元気さは、もう何処にも見られはしなかった。

此処にも、やっぱり、じとじとと湿気をふくんだいやに生ぬるい空気が満ちみちていた。それに、御叮寧《ていねい》にも、あの、何やら甘ったるい花の香気まで……

実にしつっこい！　まるで、行く先々へ、故意にまといついてくるようではないか。

とにかく、加賀美は疲れ切っていた。彼の熱望するのは、熱い風呂と乾いた寝床と、それから、ぐっすり一眠りすることだけだった。

彼は、大儀そうに、ジョッキをとりあげながら、あちこちのテーブルへ、ぼんやりと目を投げた。

店は混んでいた。湿気と甘い香気に蒸されそうな空気の中に、陽気な笑い声や話し声が賑《にぎや》かに渦をまいていた。

実に、気違いじみた連中じゃアないか！　こんな空気の中で、何をあんなに、陽気にはしゃいでいるんだろう……

「どうした、加賀美君。ぐうっとやれよ。君ア大のビール党じゃアないか……」

「うん？　ああ……」

彼は、のろのろと、一口二口飲んでから、何とはなしに目を閉じた。

冷たいビールの味が、だらけ切った腹の中を、きゅうとしめつけるようだった。

今度は、がぶっと一息にやってみた。

ほう！

彼は、急にそんな目附になり、今更らしくビールの泡を凝視した。

うむ。こいつア、いける！　素晴らしい冷え方だ……

「どうだい、もう一ぱい？」

「うむ。貰おうかな……」

二はい目のジョッキは、殆んど一息に飲みほしてしまった。

「うまい！　実に……」

彼は、段々元気になってきた。

目に生々した光が返ってきた。

空腹《すきばら》に、ビールの味がじいん……としみわたってゆくようだった。

ジョッキの底で、テーブルをどんと一つ。

「おい君、もう一ぱいくれんか……」

三ばい目をあけた頃、もう彼の顔は真赤になっていた。

「所で、何を話しかけていたところだったかな？　そうそう、花屋マドモアゼルの事件だね」

彼は、ゆったりと椅子に反りかえった。あの、疲れ切った物憂げなものは、もう彼の表情の何処にも残ってはいなかった。

「実に、興味しんしんたる事件だね。充分研究に値するしろ物だ。僕の意見？　大したこともないがね。岡目八目という所で……まア少々感想を述べて見るとしようかな。おい、姐《ねえ》さん、ジョッキ！」

彼はビールがくると、元気な手つきで、ぐいぐいとやった。

「まず、結論から先にぶッつけよう。服部殺しの犯人は、断然、正春じゃアないよ」

泉野は、眉をしかめて、椅子に肩をおとしていた。煙草をくわえたが、如何にもうまくないといった表情だった。

「君は不服だね。よし、では、君の推理の誤りから一つ指摘してゆこう。気にしちゃいかんぜ。否定じゃない、訂正なんだ。総て、進歩は研究から始まるんだからな」

酒の廻りと一緒に、加賀美はひどく能弁になっていた。むしろ、日頃の彼には、珍らしいくらいだった。

「第一に、被害者服部が驚愕の表情をうかべていたという点だよ。君の推論によれば、被害者が、暗闇の中を柵を伝わり乍ら前かがみに歩きかけた時、前方の戸口の方で何かの気配がした。そこで、ぎょっとなって驚愕の表情をうかべた所を射たれた、というんだったね。だが、それは妙だ。何故なら、被害者の銃創は、額からぼんのくぼへ、つまりうしろさがりに射貫かれているというじゃないか。そうした姿勢で、そうした銃創をうけるには、当然、前かがみに顔を伏せていなくちゃならん。所で、まア、考えて見たまえ。暗闇の前方で、何か怪しい気配がした。そしてぎょッとなった。――どうするだろう？　勿論、本能的に、はッと顔をおこしてその方を見るだろう？　これは、絶対的だぜ。文字通り絶対的だぜ。すると、その瞬間、飛んできた弾丸はどんな銃創を与えるだろう。額からぼんのくぼへ抜けるだろうか？　否！　断じて水平でなければならん。つまり、額から、水平に背後の上頭部へ抜けねばならんのだ……」

泉野は、憂鬱な顔をしかめて、ぱちんと指をならした。

「なるほど、その通りだ。だが、すると、被害者は、どうした状態で殺されたのだろう？」

「勿論、前に顔を伏せている状態さ」

「そして、驚愕の表情をうかべて？」

「その通り！」

加賀美は大声でまたジョッキのお代りを註文し、テーブルへ小山のようにのしかかった。すばらしく上機嫌になっていた。

「そうした状態での殺人を説明してる、唯一の場合がある。分るかね？　こりゃア、僕の想像だが……いや、想像じゃアない。断然、推論だ。今、急に、はっきりとそれが分ってきたんだ。頭から、もやもやした奴がすっと消え去ってくれたんでね。アルコールのお陰だよ。素晴らしいねえ、ビールという奴は……さア、君、乾盃！……所で、この推論だが、僕はこういいたいね。被害者は、殺されて……或《あるい》は、悶絶して、穴の縁にむいた椅子に腰をかけさせられていたんだ、その時は……すると、どういう姿勢になるだろう？　どんな腰かけ方をさせようが、ぐったりした死人の――乃至《ないし》は仮死者の重い首は、ぐたっと前へのめるじゃないか……そこを、拳銃で……まア、待てよ。説明をききたまえ。奴を、射撃前に死又は仮死に至らしめたという説明の可能性は、その額にあったという打撲傷が説明してくれるだろう。所で、ここで君に一つ提案をしたいね。それは、君は先ず一脚の椅子を探し出さねばならんということだ。死体の銃創の位置からして、多分その椅子には弾痕を発見出来るだろう。その椅子を、更に、僕は明らかに説明することが出来るね。それは臙脂色のクッションを張った、しゃれた上品な椅子さ。必要なら、その見本だって見せる事が出来る。そして、一方、面白いことに、あのマドモアゼルの店から、一脚の椅子が、事件後——恐らく同時だろう——消えてなくなっているということだ。あの上品な、実に美しい調和を保っている店に、ただ一脚丈、形の違った見すぼらしい椅子が混っているということは……ああ、分ったね。君は、その椅子を、先ず探さなくちゃならん……さア、君、ぐうっと飲みたまえ。景気よくやりたまえよ」

加賀美は、柱のかげになっていた隣りのテーブルに、忍冬の一枝が生けてあるのを発見すると、一輪折ってきて、わざわざ泉野の胸へまでさしてやった。

「いい匂いだ！　実にいい……忍冬か。可憐な花だなア……」

そして、上着をぬぎすてると、シャツの袖をまくり上げ、ぐいぐいとたてつづけにジョッキをあおった。

こんなにも、彼が酔ったことは珍しいことだった。まるで、学生時代そのままだった。空腹に効いたのだろう。それもある。しかし、それよりも、今は旅行者だった。日頃の仕事の重圧から解放され、親友との会談を楽しむ一介の旅行者の気分が彼を酔わしたのだ。憂鬱な旅行の間に今や、やっと、心からのくつろぎの時間を見出したのだ。

「さて、今のつづきだが、今の僕の推論を裏附けするもう一つの証拠がある。それは、マドモアゼルの主人隆平の証言だよ。彼は店を終ってから、被害者と一緒に通用口まできた。そこで、被害者は傘をわすれたことを思い出して取りに戻った——とこういっていた筈だね。そこに問題があるのさ。僕は注意したろう。煙草好きというものは、一日の仕事を終り、帰り支度をする時には、是非とも一服つけたいもんだということを……こりゃア煙草好きの通性だ。誰でも、判をおしたようにこれをやるんだ。動かしがたい喫煙の真理だよ。うむ、君もその通りだといったなア。所が、被害者は余程の煙草好きときている。彼も、その時、たしかに一服つけた筈だ——これは一体、何を意味するだろう？　つまりその時は、彼のポケットにはちゃんとした、普通の、火のつく燐寸がは入っていたということだよ。もし、その前に、暴発した燐寸にすりかえられていたら、当然、彼はそれに気がつかねばならん！　彼は怪しむだろう。少くとも、その燐寸をすて、火のつく新しい奴を、ポケットへ入れたことだろう。これは、煙草喫みの間違いない真理だ！　いいかね、したがって、知らぬ間に彼の燐寸が暴発した問題の奴とすりかえられ、彼が現場に於《お》いて、電気が消えた時、その燐寸をつけて見て、はじめて役に立たんことに気がつき、投げすてた——という君の所論は成りたたん訳になる。ということは彼が、傘をとりに戻った時、先ず頭を殴打して仆され、その後、さも——君の推論通りの手順で殺されたかの如く、総てが巧みに作り上げられた、ということを意味するんだ。勿論、犯人は、その時、被害者のポケットから完全な燐寸をとりあげ、問題の奴を、もっともらしく現場へ散らばしたことになる……どうだね？」

「異議なしだね」

泉野は、やっと機嫌が直ったように微笑になり、親友の顔を満足げに見やった。

「かぶとを脱ぐ！　課長さん……所で、君、汽車の時間におくれやせんかね」

「何、大丈夫！　心配するな。おくれたら、一汽車のばせばいい。まだ、肝心の結論にいかんじゃないか。さア、ゆっくり、おちつこうぜ、君。さてと、次の問題は……こいつ、実に重大なる意味をもっていることなんだが……今の暴発した燐寸の奴をもう一度とり上げなくちゃならん。こいつを、徹底的に考えてみようじゃないか。実に妙な節があるんだ……何故、犯人は、あんな面倒な細工をやったのか？　そこだよ、問題は……被害者の燐寸が、つかなかった……役に立たなかった……という見せかけを作りたいなら、一寸、燐寸をしめらせておけば充分だったじゃないか。暴発させるにしても箱には入ったまま一寸火をつけて了えば、それでOKじゃアないか。それでこそ、自然的で、無理がなく、簡単で、合理的なんだ。それを、わざわざなぜ、軸木を箱から出して、一本々々火をつけては消して燃え殻を作るような手数をかけたか？　実は、そこに意味がある！　僕は、そう思う。断然、そう思うんだ。所で、結論！　犯人は警察官に、是非とも、そのトリックを発見してもらいたかったんだ」

「え、何だって？」

「いいかね。燐寸の燃え方に不審を抱かせ、そして、つづいてその殺人方法のトリックを発見してもらいたかったんだ、犯人は……つまり、君が考えたように——君の推論した通りに——その通りに、トリックを発見し、結論して貰いたかったんだ。そして、その犯人の註文通り、君は、燐寸のトリックを発見し、つづいて、その註文通り、推論を下した……」

「何故だ？　何故、そんな必要があったんだ？」

「正春に殺人の嫌疑をかけたかったからさ」

「ふむ……」

泉野は、吐息して、まじまじと加賀美の目に見入った。

「それがこの事件の眼目だよ。犯人のねらった穴だよ。あんな面倒な、巧緻極まるトリックを組立てた動機の総てだよ」

一寸、沈黙がきた。

泉野は首をひねり、それから匙を投げたようにいった。

「では、一体、犯人は誰だ？」

「分らんね」

加賀美は、椅子に反りかえり、楽しそうにジョッキを上げた。

「それを挙げるのは、君の責任じゃアないか。僕ア知らんよ。僕ア旅行者だ。つまり、見物人だね。のんびりと、見て、批評するだけだよ。ああ、愉快だねえ、責任のない見物人という奴は……」

彼は、すばらしく上機嫌だった。笑って、喋って、そしてジョッキをぐいぐいとやった。

日頃の、あのむっつりした風貌など、今やあとかたもなかった。

「分らん。全く、分らんね。分っている事は犯人が正春に嫌疑をかける目的を抱いて事件をデッチ上げたという事だけだ。これは、絶対だ！　犯人はどこにかくれているだろう？　一体、そんな巧妙なトリックを思いつくような、頭の緻密な、勝《すぐ》れた犯罪素質をもった奴は誰だろう？　正春には充分その素質があるようだ。しかし自分で自分に嫌疑をかけるようなトリックを仕組む筈はない。石原は？　あの遅鈍な牛見たような奴にはとてもとても……そうだ、正春殺しのような一思いにブッ叩く殺し方——そして、誰かにその現場を見られてしまうような下手糞なやり方こそ、奴の手口だ。では、花屋の親子三人はどうだろう？　あの、他人に親切をばらまきたくてうずうずしている三人は？　平和で上品でおとなしやかな三人……あの連中に、そんな謀殺方法が考えうかぶだろうか？　いや！　とても、それは望めよう筈がない。第一に、あの、ひどく愛している肉身《にくしん》の弟にわざわざ嫌疑を向けるようなことが！　それから、動機だ。動機が、一体どこにあるんだ？」

喋るだけ喋ると、加賀美は、残ったビールをぐうっと一息にのみほし、勢よく立ち上った。

「あア、出かけよう。かけ足だ。九時半の汽車にまだ間に合うよ……」

九

三日間、加賀美は近県の警察部を廻り歩き、またN市へもどってきた。

その三日間というものは、徹底的に雨につきまとわれ通しだった。もう、芯《しん》の髄《ずい》まで湿気にじめじめとふくれ上っているという感じだった。

その上、N市で彼を迎えたのも、また、その雨である……

「ああ、うんざりだ。梅雨の旅行という奴は……」

N駅におりたって、彼が吐息と一緒に呟やいたのはそれであった。

迎えにきた泉野の自動車へ乗りながら、吐息と一緒にぶつくさといった。

「N県て、何て雨が多い所だろう……」

「梅雨季のせいだよ」

「いや、それにしても、ひどい……」

「そんなに梅雨がきらいかね？」

「僕ア、魚じゃないからね。まるで、水の中を歩いているようなもんだ……」

泉野は笑ったが、加賀美は笑う元気もなかった。疲れきっていた。

「石原はあがったよ」泉野は、すっかりもとの元気を取戻していた。

「丁度いい、これから訊問がはじまるんで捜査本部へ行く所なんだ。附合ってくれるね？

ああ……それから、問題の椅子が見つかった……」

「そうかね」

加賀美の返事はやっとそれだけだった。

「あの晩、すぐ捜査にかかったんだが、苦もなく見つかったよ。マドモアゼルから極《ご》く近い堀川の中でね。ばらした奴を一まとめにして、縄でしばった上、重石をつけて抛りこんだらしいが、犯人の奴、間抜けと見えて、縄がズッこけて浮き上ったのさ。投げこんで間もないものだね。縄も新しいし、椅子のニスもクッションも、まだ殆んどよごれてもいないんだ……考えると、どうも、可怪《おか》しい。犯人のやり口がね。何故って、その椅子は犯人にとって重大な意味をもつ致命的証拠品だろう？　うむ、背の所に弾痕があったよ。それに腰かけた被害者の、肩の創傷とぴったり合うんだ……君の、推理は実に正しかった。今度という今度は全く敬服したね。……つまりこの重要なる椅子を、何故早く処分してしまわなかったか、ということだ。何故、今まで大事そうにとっておき、いよいよ事態切迫となってから、慌てて始末しようとしたのだろう？　あの、緻密な犯罪計画をたてた犯人としては、実に手ぬるい、間の抜けたやり口じゃアないか。第一、僕なら、当然、早く燃してしまうね。犯人としては、椅子の発見からつづいて、君の推理のような——つまり、本当の殺人手順を知られることは、好まなかったに違いない筈だからね。何故なら、殴打して仆した人間を、椅子にかけさせて、改ためて射殺したとなると、もうこれは盲人の犯罪としての特性を失ってしまう。結局、正春に嫌疑をかけようと思う意図が、駄目になってしまう筈だ」

「なるほどね……」

加賀美は、うとうとと、半ば眠ったような重たげな目附をしていた。喋るのも大儀だという風だった。自動車がとまると、欠伸をやりながら、きょとんとした目をあげた。

「何処だね、此処は？」

「捜査本部だよ」

「ああ、そうか……」

何処の警察の門をくぐるにしても、彼がこんなにも、だらしなくどたどたと足を引きずっては入ったことは未だ嘗《かつ》てないことだったろう。彼は、通りすがった警官が、敬礼したのに、答礼することさえも忘れていた。

十

「大滝正春が殺された当時、君は何処にいたかね？」

泉野は、ゆったりと椅子にもたれ、手の中の書類に目を投げている様子を作りながら漠然たる調子で訊ねた。慣れ切った調子だった。

門次郎は、何か兇暴なものをその奥にかくした目附で、落着かぬようにきょときょと視線を動かした。

「K町に居ました。Sの堀川から二十町も離れています」

「ふむ……しかし、現場で、君の姿を見かけたという証人が出ているよ」

「そりゃア、嘘っぱちです。人違いにきまっています。私ア、二十丁もはなれたK町に……」

「何か、その証拠があるのかね」

泉野は、ちらっと上目使いにその様子をうかがった。

「ええ、ありますとも！」

昂然たる調子だった。

「友達の、田畑君が……いえ、私は、田畑君とK町で会っていたんです、その時……丁度七時半頃でした」

「七時半？　本当かね？」

「本当です！　田畑君が証言してくれるでしょう。絶対に、その通りです」

泉野は、口をあーんとあけて、何か、こみ上げてくる可笑しさをこらえているという風であった。

「七時半、きっかりに……つまり、正春の殺された、そのきっかりの時間にだね」

「そうです。仰有る通りです」

「ははア、この頃、鰌《どじょう》がふえたと見えるな。何時でも柳の下にいる……」

「え？　何ですか？　どじょう？」

「いや、よろしい。では、田畑君……」

泉野は、側に控えていた、魯鈍《ろどん》そうな顔をした、復員姿の男に声をかけた。

「君は、今石原のいった事をその通り証言するかね？」

「はア、その通りです」

相手は、少しもじもじした。

「きっちり、七時半に、K町で？」

「そうです。きっちり七時半にK町で会いました」

「やア、すると、やっぱり鰡がいたんだなア、柳の下に……」

とうとう、たまらなくなったように、泉野は、反りかえり、あはあは声をあげて笑い出してしまった。同室していた主任警部や刑事達までが……

何たるまずいアリバイの作りかただろう！　服部殺害事件の時、その兇行時刻であるきっちり九時十五分に、石原は現場から十五丁はなれた街角で、この田畑と会っていたといい、そして田畑がその証言をやったのだ。すると今度は、また、七時三十分に――つまり、きっちり兇行の時刻に、また田畑と会っていたという……

何時でも、柳の下に鰡がいるつもりなんだろうか、この二人は？

これでは、まるで、アリバイが作りものであることを見せびらかしているようなもんではないか。

巧すぎる！　実に巧すぎるお伽噺《とぎばなし》だ。そして、おそろしくまずいじゃないか……

泉野は、急に、ぐっと唇を固く結び、むずかしい顔をして田畑を見据えた。

「君は、金で石原から頼まれたな。君は、偽証罪がどんな重い罪か知っているのか？　いや、まかり間違えば共犯と睨まれるぞ。人殺しの共犯者としてだ。出鱈目いうな！」

瞬間、田畑の顔色がさっと変った。頭からどやしつけられでもしたように、へたへたと椅子に崩折れてしまった。

小胆な男だった。

「申します。皆、申上げます。頼まれたんです。石原にたのまれたんです。復員して、金がなくて、とてももう、困り切っていたところだもので、つい、もう……仰有る通りです。前の時も、今度も、皆頼まれてやった作りごとなんです」

茶番劇は終りにちかづいてきた。

石原の、愚かしい、しかし重要な自白がそれにつづいた。

加賀美の耳にも、ぼんやりそれがは入っている。

「正春は、殺《や》ッつけました。確かに、私は殺しました。でも、服部をやったなア、私じゃアありません。いえ、決して私じゃアありません。この期《ご》に及んで、何で嘘っぱちなんかいいましょう。絶対に！　私じゃアありません」

少し、興奮がさめてから、石原の自白はすらすらとつづいた。

「私達三人――つまり、服部と正春と私の三人です。あの時、戦線で、思いがけない、大したかさの宝石類を手に入れたんでございます。でも、戦地では、長くかくしてもっていることはむずかしかったのです。そこで、ある時、正春が飛行機で一寸内地へ戻る用ができたのを幸い、彼に運搬を一任した訳でした。正春は、今のマドモアゼルの隣りの部屋——その頃は食堂だったそうですが、その床のコンクリートをはがし、その下へ深く埋めてきたと報告しました。そこでいよいよ復員する時には、三人ともその宝の山分け話で夢中になっていた訳でした。何しろ、今の金にすると、何百万円にもなるしろ物だったそうですから……帰ると、服部はマドモアゼルへ住みこむし、私もあの店から片時も目をはなさず、それこそ、仲間にしてやられちゃ大変だと、うの目、鷹の目で監視しあって居たのです。その内、うまく口実を作って、あの床のコンクリートをはがしにかかりました。所が、どうしたことか、その目的のものが出てこないのです。いくら掘っても掘っても出てきません。始めは、正春の奴が嘘をついて、何処か外へかくしたんじゃないか。或は、留守の間に誰かがちょろまかしたんじゃなかろうか——等と色々疑って見ました。しかし、段々様子を見ているうちに、早いとこ猫婆《ねこばば》をきめこんだのは服部の奴だということがはっきりしてきたんです。え？　マドモアゼルの連中？　いいえ、あの連中は、まるで、宝石のことなんか知らないでしょう。多分、今だって知らないに違いありません……

それから、服部の奴をとっちめにかかりました。正春も、それに気がついて奴をつけ廻していた様です。とにかく、この上ぐずぐず抜かすなら、殺《や》ッつけてもしろ物を巻上げてやろうと迄思ったくらいでした。こっちも死物狂いでした。ところが、奴も、私の剣幕にとうとう参ったのでしょう、あの事件の前の日のこと、私をよんでそっと妥協を申しこんできたのです。正春の奴ア盲目で、どうともなる、二人で山分けして逃《ず》らかろうじゃないか——そんなうまい話なんです。よしきた、という訳で私もすぐ承知しました。あしたの晩店を仕舞う頃来て、外で待っていてくれ、そこで話をつけようという相談です。

　そこで、約束通り、あの晩、表の戸口の近くにかくれて待っていました。所が、仲々奴が出て来ません。可怪しいぞ、と思っているうちに、何時頃でしたでしょうか——とにかく九時を少しすぎた頃です。あの正春の奴が、通用口から、泡を喰ってとびだしてきたんです。全く、私もあっけにとられた位、えらい勢いでした。あちこち、ごつごつ身体をぶッつけ乍ら、それこそ盲滅法に何処かへ走っていってしまいました。どうも、様子が変だぞと、私も首をひねって居りましたが、その内余り奴の出てきかたがおそいので、思い切って、中へは入って見ようと、戸口にまで行きかけたのです。すると、その時でした。電燈が消え、おやっ？　と思っている間に、奥の方で、どんどん……と拳銃の鳴るのがきこえたのは……

　こりゃア、唯事《ただごと》ではないと思いました。うっかり、この辺にうろついて、かかり合いにでもなったら事面倒だと思って……それから、そこを逃げ出し、丁度、道で田畑に出会ったのを幸い、もし、万一の時には、うまくアリバイのばつを合せてくれと頼みこんだ訳でした。

　その後、危いので、しばらくあの店へは近よらぬことにしていましたが、とにかく、あれだけの宝石を、むざむざとそのままにしておくのは無念です。どうも、正春の奴が、何とかうまくせしめたのではないかと思い、今度は、奴をつけねらいはじめました。所が、この間、その正春が刑事にひかれてゆくのを見ました。このまま、奴が警察へぶちこまれてしまっては、宝石のありかが皆目《かいもく》分らなくなってしまう。そのままにはしておけん、という訳で、ついその……一寸、手を出して奴を引ッさらって逃げたという次第です。それからSの堀川端まで行き、色々と奴をおどして見たんです。所が、奴は奴であべこべに、私こそ宝石を一人じめにしているんだろうと、喰ってかかってくる始末でした。そんな訳で段々口争いがはげしくなった揚句、つい、かっとなって、手をあげたと思うと……本当に、殺す気なんか毛頭ありゃアしませんでした。殺したって一文の得にもなりゃアしませんものね。え？　その、宝石のありかですか？　だから、皆目分らないんです。いえ、今更かくしたってどうもなりゃアしません。どうせ、無期か、悪くすりゃア首をこうやられるんでしょう。もう、そんな宝石なんて用のある私じゃアありません。多分、あのいやに悪賢い服部の野郎が、うまいとこ何処かへかくしこんでしまったんでしょうねえ……」

十一

「実に、妙な事件だねえ。さっぱり訳が分らん」

泉野は投げ出すようにいった。

「石原が自白したら、と手ぐすねひいていたのに、ここまで来ても、一向に埒《らち》があかんね。どう思う？　加賀美君……」

「分らんね」

加賀美は、だるそうに伸びをしながら、大して喫《の》みたくもなさそうな手附で煙草をつまんだ。

「でも、段々分ってくるじゃアないか。一応石原の嫌疑も晴れたという訳だろう。奴の自白は信じてよさそうだよ。残ったところは三人だ」

「マドモアゼルの母子？　うむ。その三人さ、残ったのは……だが、それがねえ。どうも分らん。あんな巧妙な計画的犯罪を案出できる者が、あの三人の中にあるだろうか。いや居まいね。どうも、僕は、そうとしか考えられん。といって、正春は、嫌疑をかけられる寧《むし》ろ被害者の立場にあったのだから除外しなければならんし、石原を除くとすると……第一、あの母子三人には犯罪の動機がないじゃアないか。それに、少なくも、あんなに愛していた肉身の正春にわざわざ嫌疑をしむけるような計画なんか……」

云いかけて、思い出したようにつけ加えた。

「ああ、そうそう……一寸した、新事実が発見されたよ。そいつから、奇妙な、結論を、僕は引き出しかけている所なんだが。報告しとこう……第一は、兇器に使われた拳銃だが……

あれは、被害者服部の隠匿していたものだということは分っていたが、昨日になって、マドモアゼルの主人の隆平を訊問している間に、奴がふと口を辷《すべ》らせたんだね。それによると、何時の頃からか、あの拳銃は正春の手に渡っていたということなんだ。正春が一二度それを抽出《ひきだし》の中から出し入れするのを見たことがあるという……唯、母親の加代は否定したがね。加代は、死ぬ日までたしかに服部が持っていたようだといっている……

第二は、あの、暴発した問題の燐寸だが……あの燐寸は実に問題になる奴だねえ。実は僕は、君のこの間のあの燐寸に対する推論がどうも気になって……それで、ねつくもう一度調べて見たんだよ。すると、マユミがこんなことをいったんだ。――あの日、店を仕舞いかけている頃、最後に残った客の一人が、一寸煙草の火をかしてくれっていうんで、まア、燐寸を探した訳なんだな。丁度、店には誰もいなかったそうだ。燐寸も見つからん。そこで、奥の料理場へは入って、釘にかけてあった兄の上着のポケットから燐寸をとり出したというんだね。するとこれが、全部燃え切っていて、一本も役に立つ奴がない。つまり、現場で発見された問題の燐寸だったんだ。所が、あとで気づいたところ、兄のだと思ったのが、実は被害者服部の上着だったというんだな。うっかり、他人の上着を探ってしまって、悪いことをしたと、あの娘は、僕の前ですっかり赤面しているんだが……燐寸は、そのまま、服部の上着のポケットへ戻しておいたという……君、どう思うかね？　これは、重大な意味をもっているとは思わんかね？　つまり、君は、始め、被害者のポケットにその燐寸はなかったのだ。

あとで、犯人が現場へばらまいただけだ、といったね。所がそうじゃアない。問題の燐寸は、それ以前にすりかえられ、被害者の上着のポケットにちゃんとは入っていたんだ！　君の推理に従うと、どういうことになるだろう？　被害者は帰り支度をして煙草をつけようとする。すると当然この燐寸の異状に気づかねばならん……だから、被害者が、何事もなく支度を終り、一気に通用口までいってから、傘を忘れたことに気がついて云々、といった、隆平の陳述はうそだということになるだろう。隆平は嘘をついたんだ！　少なくも、彼は何事かをかくしているといわねばならん！」

加賀美はぽかんとして泉野の顔を眺めていた。かなりに長い時間だった。

それから、腹の底から絞り出すように吐息をついた。

「ほう！」

彼は、今迄忘れていた煙草をくわえ直し、はげしい勢いでふかしはじめた。煙の中で、その表情が見る見るきゅっと引きしまって行くのが見えた。

「なるほど、そこに霊魂の足があったんだ！　犯人は分ったよ。マドモアゼルの店にいる

……」

十二

「いらっしゃいませ、課長さま。御苦労さまでございます。何て、よく降る雨でございましょう。鬱陶《うっとう》しゅうございますわね。何か、御用で？……はい、店を休んで居りますもので、御覧の通り散らかり放題でございますわ。マユミ、お二人さまに、何か水菓子でもお出しして……」

マドモアゼルのマダム加代は、肥った身体を動かし、しょんぼりした姿で加賀美と泉野を迎えた。

泣きはらした顔は、げっそりとやつれて、俄かに皺《しわ》の数を加えたように見えた。髪も着物も乱れたままだった。

いや、マダムばかりではない。マユミはいたいたしく蒼ざめて、その目は光が無くなっているし、男の隆平でさえも、急に老いこんだように、目のふちに黒い隈《くま》を作っていた。

正春の死が、どんなに、この三人を悲嘆におとしいれたことだろう。

「もう、商売も何も、いたす気力がなくなってしまいました。この店も、もう畳んでしまおうかと、今も三人で話していたところでございます。何も彼もなくなりました。楽しかった店の仕事も、花も、果物も、コーヒーも私達の気力も……それから、正春も……皆なくなってしまいました。何も彼もなくなってしまいました」

加代はくどくどとそれをくりかえした。

「あら、石原がつかまったのでございますか？　それを、わざわざお知らせに？　ありがとうございます。あれは、正春を殺した人です。私から、一番大事なものを奪いとった人でございます。そうでございますか？　石原がつかまったのでございますか？……貴方、もとのマドモアゼルの店を御存知でいらして下さいましょうか？　楽しい店でございました。私達三人で、心から力を合せ、命を打ち込んで作りあげた、本当に楽しい店でございました。ああ、何て、愉快で楽しかったことでございましょう！　皆さんこの店を、それはごひいきにして下さいました。明るくて楽しくて家庭的……皆さんそう仰有って下さいました。私達、一所懸命になってそれを育てていたのでございます。命だと思って、大切に大切に育てていたのでございます。それが貴方……それが、あの人達が来てからというもの……この店へ、急に、何か暗いものが差しはじめたんでございます。そして、何も彼もダメになってしまいました。何も彼もなくなってしまいました。お店も花も、それから、正春も！　ああ、正春や！」

店には、凋《しお》れかけ、腐りかけた花の匂いが、胸をつくように淀《よど》んでいた。それは、まるで、このマドモアゼルの店の凋落を暗示しているかの如くだった。

花も果実も、それから、その三人も、何も彼も変っていた。もう、もとのマドモアゼルの楽しい明るさは、店の隅々の何処にも残ってはいなかった。

そして、恐らく、それは永久にかえって来ないことだろう。

加賀美は吐息した。

此処にも、人生の断崖がある……

「あすこにある、一つ違った椅子は……二三週間前頃から、あんなのに変ったそうですね？」

加賀美は、もの憂げに首を廻した。

「そう仰有いましたね、お嬢さん？」

マユミはうなずいた。

「私も気がついて居りました」

隆平もいった。

「修繕に出したんでしたかね、お母さん？」

加代は、半ばうつろな目をあげて、ぼんやりとその方を見た。

「椅子？　さアね……私、少しも気がつかなかったけれど……」

加賀美は、皿の梨を一つつまみながら、何故ともなしに、初めてこの店の客となった時のことを思い出していた。

マユミは、客に微笑を傾けながら音楽会の話を楽しそうにとりかわし、マダムは結婚祝いの花束を作りながら愛想をふりまいていた。そして、隆平は、コーヒーをつぎ、花卉園《かきえん》のこ

野獣死すべし／無法街の死

日本ハードボイルド全集2　**大藪春彦**／北上次郎、日下三蔵、杉江松恋 編　定価1650円

バイオレンスとアクションを通じ、激情と虚無感を描いて流行作家となった大藪春彦。衝撃のデビュー作「野獣死すべし」のほか、その作品世界を代表する一長編八短編を収録。

■創元SF文庫

星巡りの瞳

松葉屋なつみ　定価1034円 Ⓔ

旧都に巣くっていたのは、元は人でありながら妄執に囚われ鬼と化した鬼の王だった。『星砕きの娘』から遡ること数百年、星の瞳を持つ男と鬼との闘いを描いたファンタジイ大作。

星のパイロット

笹本祐一　定価836円 Ⓔ

時は大宇宙開拓時代。アメリカの航空宇宙会社に所属した宇宙飛行士・羽山美紀は、個性豊かな仲間とともにミッションに挑む！　星雲賞受賞シリーズ、待望の復刊&新作始動。

■碁楽選書　四六判並製

イ・チャンホのAI探求　大局観・手筋編

李《イ》昌鎬《チャンホ》、成《ソン》起昌《キチャン》／**洪《ホン》敏和《ミンファ》** 訳　定価2530円

AIによって囲碁の理論と技術は大きく発展した。読み比べだけではなく、石の方向や石の効率を重要視するAIの一手を研究することは、対局を掴むためには重要なことである。

■単行本

《オーリエラントの魔道師》シリーズ

久遠の島

乾石智子　四六判仮フランス装・定価2310円 Ⓔ

本を愛する人のみが入ることを許される楽園〈久遠の島〉。そこに住まう書物の護り手である氏族の兄弟がたどる数奇な運命。好評〈オーリエラントの魔道師シリーズ〉最新作。

Genesis 時間飼ってみた

創元日本SFアンソロジー　**小川一水 他**　四六判並製・定価2200円 Ⓔ

ベテランから日本SF界の未来を担う新鋭まで、現代SF界を牽引する書き手が集結。新時代を創る書き下ろしアンソロジー。第十二回創元SF短編賞正賞・優秀賞受賞作を収録。

《少年探偵・狩野俊介》シリーズ

鬼哭洞事件

太田忠司　四六判並製・定価1650円 Ⓔ

■創元推理文庫

寄宿学校の天才探偵3　事件を解き明かすときがきた

モーリーン・ジョンソン／谷　泰子 訳　定価1540円 Ｅ

一見事故とも思える三人の死亡、八十年前の事件の二人の犠牲者、行方不明の幼子。何か決まったパターンがあるはず。天才少女探偵が過去と現在の謎を解き明かす。三部作完結。

《刑事オリヴァー&ピア》シリーズ

母の日に死んだ

ネレ・ノイハウス／酒寄進一 訳　定価1760円 Ｅ

かつて三十人もの里子を育てた老人が死亡した。彼の屋敷の床下には三人の死蠟化した遺体が。老人は連続殺人犯だったのか？　刑事オリヴァーとピアを襲う想像を絶する事件！

湖畔荘　上下

ケイト・モートン／青木純子 訳　定価各1210円 Ｅ

ロンドン警視庁の女性刑事が謹慎中にコーンウォールで発見した打ち捨てられた屋敷、湖畔荘。七十年前にそこで赤ん坊が消え、事件は迷宮入りになっていた。何があったのか？

※価格は消費税10％込の総額表示です。　Ｅ印は電子書籍同時発売です。

■創元推理文庫

名探偵の証明　蜜柑花子の栄光　市川哲也

定価946円 Ⓔ

東京から大阪→熊本→埼玉→高知の順に、四つの未解決事件を再調査する時間はたった六日、移動は車のみ。過酷な推理行の果てに、名探偵・蜜柑花子が導き出した真相とは？

アルファベット荘事件　北山猛邦

定価814円 Ⓔ

アルファベットの置物が散らばる『アルファベット荘』に招かれた個性的な面々。だが招待者は現れないままパーティーは進行して……？　著者デビュー前夜に書かれた、幻の長編。

霊魂の足　加賀美捜査一課長全短篇　角田喜久雄

定価1100円 Ⓔ

探偵小説と時代伝奇小説の両分野に名を刻む巨匠・角田喜久雄。終戦から間を置かず執筆され戦後探偵小説の幕開けを飾った名探偵・加賀美捜査一課長の全短篇を集成した傑作選。

亡霊ふたり　詠坂雄二

定価836円 Ⓔ

とを語り、そして女のような器用さでこの梨をむいてくれた……

何て、明るい平和な、好もしい雰囲気だったろう。

「お嬢さん……あの事件の晩、服部が殺された時刻に、貴女はずっと部屋にいらしたということだが……本当に、その通りだったのですか？」

答えるまでに間があった。

マユミは顔を伏せ、かすかにふるえていた。

「私……申訳ありません。本当に、申訳ありません。おかくししていたのです」

顔さえあげなかった。かすかな声だった。

「お店をしまってから、私、母と一緒に部屋に戻りました。間もなく兄が登ってきて、おやすみもいいました。それからそのあとで……私、一寸、部屋を出たのです。裏のバルコニーへ出る階段の蔭で宿無し猫が、赤ちゃんを産んだのを知っていて、それが気になってならなかったからでございます。私、毎日、朝晩、ミルクをやることにして居りました。それで……その晩も、ミルクをもって、そこへいったのでございます。その間に、停電がございました。部屋へ戻ってきた時には、九時半少しすぎていたのでございましょうか。お母さんが、どこへ行ってたの、とおききになりましたから、その猫の話をいたしました。すると翌日、あの事件でございます。母が、部屋を出たことをいうと、つまらぬ疑いをうけるかも知れないから、ずっと部屋にいたよう申上げた方がよい、と仰有ったもので……別に、私、悪いことを申上げたとは思っては居りませんでしたけれど……」

その声が途切れると、しばらく沈黙がきた。妙に、重苦しい、何かの予感があった。

ふと、加賀美の声がその沈黙を破った。

「マダム、その、お嬢さんが部屋を留守にした間に、地下室へおりたのですね。そして、服部を殺したのですね？」

加代は、ぼんやりした目で、加賀美の顔を見やっていた。まるで、半ば放心したような目の色だった。

長い沈黙がつづいた。

が——やがて、加代は、きっと立ち上った。血の色が、さあっと顔に登るのが見えた。

しっかりしていた。取乱した様子など毛すじほどもなかった。

胸を張り、背を起し、加賀美を見おろすような姿で、きっぱりといった。

「仰有る通りです。わたしが服部を殺しました」

むしろ、一種の威厳さえも帯びる声音だった。

十三

花屋マドモアゼルの悲劇——それはまた、何とありふれた、しかし、心をうつ事件だったろう。

「私は、服部たちの現われたことを、心から憎みました。憎んで憎んで憎み抜きました。何故ならばあの人達は、私から、店も正春も、何も彼も奪いとってゆくだろうということが、私にはよく分っていたからでございます」

加代は悪びれはしなかった。むしろ昂然たる姿だった。

「あの人達がくると、とたんにこの店に――この、私の大事な大事な店に、さっと暗いものがさしはじめました。日増しにどんどん悪くなってゆきました。何という、つらい、悲しい、憎むべきことだったでしょう。その上、あの人達が、不具の正春を引きずりこみ、何か悪いことをたくらんでいるのが、私には、よく分るような気がしました。私は充分気を配らねばならないと思って居りました。すると、ある時でございます。正春が、そっと、私に一冊の手帳を見せて、この中に、何が書いてあるか読んでくれと申すのでございます。何か、物のかくし場所を知らせるような文句が書いてないか、読んで見てくれと申すのです。手帳の文字の筆跡で、私には、それが服部のものに違いないことは直ぐ分りました。読んで見ましたが、正春の申すようなことは何もかいてありません。しかし、その代りに、もっと恐しい……本当に、身の毛のよだつような恐しいことが書いてあったのでございます。私、その一字一句を、今でも空《そら》で覚えて居ります。いいえ、決して、一生涯忘れることはないでございましょう。申上げます。おきき下さい。こんな文句でございました。

第一案

一、準備――Mの所持品（傘その他）を奥の壁際へおく。暴発した燐寸をMのポケットへ。

二、行動――M、所持品をとりにゆく。電燈を消す。射撃。（入口に立ち、柵縄に銃身を添えて）但し、第一案は困難なるべし。

第二案

一、準備――Mの所持品（傘その他）を奥の壁際へおく。暴発した燐寸をその附近に撒く。椅子一脚、穴の附近に。コンクリ塊一個。

二、行動――コンクリ塊による打撃。そのMを椅子へかけさせる。一度電気をつけ約三十秒の後それを消す。射撃（入口に立ち、柵縄に銃身を添えて）

三、所置――コンクリ塊とMは穴へ。椅子は処分。

それを読むと一緒に、正春は顔色をかえて震えました。奴は、俺達を巧くかたづけようとしているんだな――そう叫んだ正春の声は、まるで悲鳴のようでございました。今でも、私の耳の底にありありと残って居ります。はっきりと、灼きついたように残って居るのでございます。

その時は、私には、その文字の意味はよく分りませんでした。しかし、時がたつにつれ、段々と分って参りました。それは、たしかに服部が、正春を殺す計画をたてた覚書に違いなかったのでございます。M――それは、正春の頭文字でなくて何でございましょう！　私は、恐しさに気も遠くなるばかりでございました。がたがた手足が震えて、しばしばそれがとまらぬくらいでございました。服部は正春を殺そうとしていたのでございます。私の思っていた通りでございました。私が、ひそかに案じていたことが、今は、はっきりとしてきたのでございます。正春を殺そうとする！　正春を！

私は、寝てもさめてもその事ばかり思いつづけました。手帳の文字は、焼きついたように覚えてしまいました。そのことばかり、夢中になって思い悩んでおりました。そして、もう、片時も正春から目をはなすまいと思いました。すると、服部のすることなすことの意味が、私には、はっきりと読みとれるような気がいたしました。何時頃からですか、正春が、服部の拳銃を手に入れて、そっと抽出に匿《かく》しておいたのに気がついて居りましたが、それが、その事件の日の八時半頃でございます。服部が正春に何か云いつけたと見え、正春は外出しました。すると、その留守に、服部が、そっと正春の部屋へは入って行ったではありませんか。様子を伺っていると、抽出をあけ、その拳銃をとり出しているのです。さては、いよいよ！と私は思いました。もう、私は、そのことだけで頭が一ぱいになりました。半ば夢中でございました。正春が戻ったら、早くその事を注意してやらねばならぬと考えて居りました。その内、九時になって店がしまりました。まだ、正春は帰ってきません。一度、私は部屋へは入りましたが、どうにも、階下が気になってなりませんので、娘が留守を幸い、そっと階下へおりて参りました。そして、様子を伺っていると——それとも知らず、服部は、やっぱり計画通りのことをやっているではありませんか！　店から椅子を一脚もち出し、隣りの空部屋へ運びました。そして、奥の壁際へ燐寸を散らばし、最後に、大きなコンクリートの塊りを拾いとって店へ戻り、物蔭へそれをそっとかくしました。手帳の通りです。そのままそっくりでございます。もう、疑う余地はございません！

すると、その時でございました。一体、何時の間に戻っていたのでございましょうか、正春が、急に服部の前へ姿を現わしました。突然だったので、服部もひどく驚いたようでございましたが、その内、二言三言云い争っていたかと思うと、いきなり二人は組打ちをはじめました。そして、服部が、ポケットの中へ片手を入れたと思うと、拳銃をぐうっと握るのが私に分りました。

私は夢中で駈けこんでゆきました。はっきりはよく覚えて居りません。けれども、唯々《ただただ》正春を救いたい思いで、かっとなっていたことだけを思いだします。気がつくと、何時の間にか正春は姿を消し、私は、そのコンクリートの塊りを握って、仆れた服部の前に立っていたのでございます。

不思議なことに――本当に、不思議なことに、私は、何一つ、深く考えた訳ではございませんでした。その癖私は、半ば無意識に手足を動かし、服部を隣りへ運んで椅子にかけさせ、それから、あの手帳にある通り――まるで焼きついたようにはっきり暗記しているあの手帳の文字の通りをやりました。電気を消し、拳銃を入口の柵縄に添えて射ってから、死骸とコンクリの塊りは穴へすて、椅子は部屋へ運んでかくしました……

本当に、何故、ああやったのか、はっきりは自分でも分って居りません。勿論、深い理由など考えていた訳ではないのでございます。唯、私も正春も助かりたい、とそんな考えがちらと頭をかすめました。それに、あの手帳にある手順は、もう幾度も夢にさえ見て、その時も、稲妻のように頭の中にひらめいて居りました。それらのことが一つに結びついて、知らぬ間に、私にそうさせたのかも知れません。それとも、ただ夢中で、訳もなく、あんなことを、やったのでしょうか……とにかく、私がはっきり思ったのは、これで正春も私も、共に助かったのだ、ということだけでございました。手帳でございますって？　いいえ、私、存じません。正春が、服部の隙を見て、何処からかそっと持出してきて、また後で、そこへ戻しておいたのではございますまいか……私、存じませんけれど……

課長さま、私は、服部を殺しましてございます。気の毒なことをした、とは存じて居ります。でも、私は後悔はして居りません。少しも後悔はして居りません。その後は、かえって心も軽くなり、夜もぐっすり眠れるようになりましたくらいでございますもの……でも、その正春は、もう死にました。正春は死んだんでございます。正春は……正春は……ああ、正春は、やっぱり私の手から奪いとられてしまいました、課長さま！」

十四

「君は、どうして、事件の真相をつかんだんだ？　トリックを作ったのは、被害者服部自身であり、そして殺害者は加代であるということを、どうしてずばッと見抜いたんだ？」

後になって、泉野がきいた。しかし、もう加賀美の興味は去っていた。彼は、大儀そうに欠伸と一緒にいった。

「皆、君がおしえてくれたじゃないか。あのトリックを創作しうるものは誰か？　マドモアゼルの三人もダメ、石原と正春を除く……すると、あとに残るのは、被害者服部だけにきまっている。六引く五イコール一、という算術だよ」

「だが、君、それだけじゃア……」

「その上、君はいったな。服部が帰り支度をする以前、既にポケットにあの燐寸がは入っていたという事実を……その事実は、隆平の証言が嘘か、それとも、服部が承知でそれをポケットへ入れていたか、その二つの中一つが真相だという事を語っているじゃアないか。それと、前の算術問題とを同時に考えると……もう、それ、はっきりと結論が出てくるだろう」

「ふむ。なるほどね」

「服部の創案したトリックをマドモアゼルの三人の中の誰かが……あの、人のいい、計画犯罪からは一番縁の遠い人物が、借用して実行した、ということを考えて、はじめて総ての辻《つじ》褄《つま》があってくるんだ。例えば、問題の椅子の処分方法など……君も、あの処分方法の間抜けさに首をかしげていたっけねえ。あれだけの巧緻極まる犯罪を計画した奴が、何て間抜けな処分方法をやったんだろう、と――それも、あの、人の好い、マドモアゼルの人間が犯人であってはじめて辻褄があってくるじゃアないか。

それから、犯人の目星をつけた点だが――勿論、マドモアゼルの三人の中の誰かでなければならん――第一に、その椅子の問題だね。あの店の、家具類の責任をもっている加代が、他の三人でさえ不審がっている椅子の問題――一脚だけが何時の間にか変っているということを、気がつかずにいた等という返答は、十分疑うに足ることじゃアないか。それに、拳銃の点だね。何時の間にか、服部の拳銃を正春が所持していたと隆平が陳述したのに対して、加代がむきになって否定している。併せ考えると、その間に何かありそうなことが分ってくるだろう。最後にアリバイだが、始めは、母と娘でぐるになって事実をかくしているのかと疑ってみたが、実際は、君の御承知の通り、娘の留守の間に、母親が抜けだしていた訳なんだ。

被害者服部は、かくしてあった宝石類とやらを、一人占めにするつもりだったのだろう。そこで、巧妙な計画をたてた。その間、正春を、何かの口実で留守である自分の住居へやっておいた。あとで正春に、有効なアリバイを提出させないためと、仕事の邪魔をさせんためだね。そして、一方、石原を誘出《おびきだ》し、これを犠牲者にするつもりだったのだ。Mというのは、正春ではなく、門次郎の頭字さ。それでなくっちゃ意味が通らん。予かじめ、拳銃を、何かの口実で、ひそかに正春の所有に移しておいたやり口など、用意周到だったといえる。いずれ、自分のアリバイは別に作るつもりだったらしい。但し、いよいよとなって失敗に帰したんだね。何時の間にか、秘密の手帳を読まれていたのが運のつきさ。正春が怪しんで、途中から引返してくる。母性愛に盲目となった加代が、あばれこんでくる……」

最後に、投げだすようにつけ加えた。

「問題は、何故加代があんな手帳通り事件をこね上げたかということだ。多分、彼女の告白が事実だろう。分る……うん、分るよ、あの時の加代の気持は……勿論、加代は、それが正春をわなにおとすトリックとは理解できなかったんだな。唯、本能的にそれが完全犯罪のトリックだ——とそれだけは感じたのだが、その先の深い企みは気がつかなかったに違いない。つまり、それが、この事件の『霊魂の足』だったんだよ。その足に——外面的現象だけを見る事に慣らされて、人間の心理にまで立入る能力のない、こちこちに硬化した警察官の頭脳が——つまり、君や、僕だ。さんざっぱら、撫でまわされたという訳さ。いやはやどうも……時に、君、何時だね？　今度の汽車に乗らなくちゃならんのだが……」

十五

その夜、加賀美は、上り列車に乗った。まだ雨は降りつづいていた。

送ってきた泉野は、別れを惜しんでから、一枚の忍冬を差入れた。

「君、大分この花がお気に召したようだったね。よく、ちらちら横目で見てたじゃァないか。君に、そんな可憐な風流心があろうたア思わなかった。一枚、車中の賑わいにね……じゃア、奥さんによろしく。その内、ゆっくり会いたいもんだなア……」

座席の中は、忽ち、甘ったるい花の香気にとざされていった。

俺が、この花が好きだって！

とんでもない。やっと、その匂いから逃げ出そうとしている所じゃァないか……

加賀美は疲れ切っていた。慾も得もなく、ただ一眠りだけ望んでいた。

やがて次の駅へつくと、母親に手をひかれ乍ら、しょんぼり立っていたホームの小さな女の子に、黙ってその一枚をくれてやった。

女の子は、きょとんとした顔で窓を見上げた。

加賀美はさっと窓から引込み、顔の上へ帽子をずりおろすと、一眠りするために、ぐうっとクッションへ背を伸ばした。

一分とたたぬうちに、彼はもう深いいびきを立てながら眠りにおちていた。

Yの悲劇

ありふれた一寸《ちょっと》した出来事であった。

一人の男がすりよって来たと思うと、加賀美の上着のポケットを、レインコート越しにちょッちょッとあたって見たのである。

だぶだぶな合オーバーを着て、貧相な顔に色眼鏡をかけレインハットを冠《かむ》っていた。

その男が自分のあとをつけている事は、加賀美はとうから気づいていた。つけ方が板についているところなど、明かに本職であった。

昭和二十一年十月――雨の多い月である。今日も朝から霧雨が降りつづいて、寿司づめになった満員電車の中に、温気と湿気がむせかえるように立籠《こ》めていた。

こうした混み方に、こうした時刻。それに、こうした五感をだらけ切らせるような天候こそ、この種の人間の食慾を、最もはげしく刺戟する条件に違いない。

その男は、何時《いつ》の間にか、加賀美の右うしろへぴったりへばりついて来た。総《すべ》て、その道の型通りだった。

此奴《こいつ》、俺のことを捜査一課長と知ってねらっているんだろうか？

加賀美はぼんやり考えている。

随分長い司法警察官の生活だった。その半生の間に、こうした瞬間を、一体幾度体験したことであろう。

誠に不思議なことだったが、そうした瞬間には、五体に緊張を感じる代りに、妙に、ゆるんだような気だるさに支配されるのが常だった。そして、最後のどたん場には、ぐうっと胸をつかれるような軽い不快感を覚えるのである。それは、相手が兇暴な強殺犯であろうと、こうした取るに足らざる鼠賊《そぞく》の場合であろうと変りはなかった。

電車は突然秋葉原《あきはばら》のホームへのめるように辷《すべ》りこんだ。

扉があく。乗客は一斉に流れ出す。

ふと、加賀美の右肩が上り、眉がぴくっと動いた。たった一瞬間のことであった。そして、もうそれで総ては終ってしまっていた。

惨《みじ》めな狼狽が、その男を見苦しく引歪《ひきゆが》め、二三度もがくような身動きを見せはしたが、加賀美はむっつり先方を見つめたまま、振りかえって見さえもしなかった。

ホームへ出ると、その男はまるで引ずられるように加賀美のあとについて来た。その手先を加賀美のポケットへ突込んだまま、上から、加賀美の腕力にしめつけられている。

加賀美は人混みをぬってぐいぐいと歩いていった。

階段の蔭に、一寸人目のまばらな間隙があった。立ちどまると、加賀美は、ぬっと振りかえり、射るような視線をその真向《まっこう》へあびせかけた。

思った事はテコでも通さずにおかない頑固一徹な面附《つらつき》と、その見上げるような肉体の重圧感は、こうした場合何の作為もなしに相手を圧倒した。

男はもう完全に観念していた。狡猾で卑劣で、最も下等な種類の男である。こびるような卑屈なものが、その顔にも挙動にも露骨にあらわれていた。

「旦那。どうにもならないで引受けてしまったんです。バカな話でさア、選りにえらんで旦那をねらうなんて……」

「とっとと喋るんだ」

あとにも先にも、加賀美のいった事はそれ丈《だけ》だった。

「へえもう、旦那。こうなったら、何だってぶちまけてしまいます」

狡猾な目が、こびをふくんで、きょときょと上目づかいに加賀美の顔色をうかがっていた。一度駄目だと悟ると、とたん、掌《てのひら》をかえすように、あらゆる手くだを用いて相手の御機嫌をとり憐れみを乞い、少しでも同情を惹《ひ》こうとする——それは、こうした種類の男の常套手段だった。

「今朝のことでした。銀座で一寸まずいことをやっちまいまして……そこを、そいつに摑《つか》まれたのが運が悪いんで……さア、それがどうって口じゃアはっきり云えませんが、帽子を前下りに深くかぶって、大きなマスクをかけ、長いレインコートを着ていました。勿論《もちろん》、会いさえすりゃア、一目で見のがしっこありません。そいつですよ、旦那。いや応なしに私にこの仕事を押しつけやがったのは……警視庁の前に張りこんでいて、旦那が出て来たらあとをつけ、ポケットの一件を掏《す》ってくれ、まアこうなんですが……手附金が千円。その場ですぐくれました。それってのが、この二三日、ひどくあぶれていたもんでね……いや、旦那。正直の所、みんなぶちまけているんで……ついもう、うかうかと——って云うよりゃア、否《いや》も応《おう》もなしに、つい、引受けちまったんですが……考えて見りゃ、バカな割りをくったってもんでさ。いえ、それが、うまくいったらあとから五千円くれるって云うんですがね。あてにゃアなりません。銀座裏にオリオンて喫茶店がございましょう？　御存知ありません？　いえね、今夜の六時にその店で待ち合せて、まア取引をやろうって約束になっているんです。ねえ、旦那……私になにかお手伝いをさせて頂けませんかねえ。是非、旦那……いいえ、唯《ただ》ほんの、罪ほろぼしにって訳で……近頃はこの物価の高さでしょう。家にゃアガキがつがつして私の帰りを待っていやがるし、嬶《かか》ア、大きな腹アして寝込んでいやがるし、このあっしときたら闇屋をやるって柄でもありませんしね。ついもう、旦那……申訳ありません。本当に申訳ありません……」

とたん、男は、自分の手首を握りしめている加賀美の指先に、ぐっと力の加わるのを感じた。苦痛に、思わず悲鳴をあげるところだった。加賀美は、そのまま、男の手先を自分のポケットの中からずるっと外へ引き出した。

はげしい握力にしめつけられて蒼白く硬張った男の指先には、皺《しわ》くちゃになったトランプカードの一枚——黒いスペードの三がしっかりと握られていた。

×

木挽町《こびきちょう》にタチバナホテルというのがある。そこが、この殺人事件の現場であった。

部屋数三十余り、支配人の外女中が二人いるきりである。下宿代りに定宿している六七人をのぞくと、あとは専《もっぱ》ら連込み専門に利用されている位で、昔の建築だから思いの外親切には出来ているが、結局、アパートに毛の生えたものと云ったら早分りがするであろう。

中央の急なコンクリート階段を二階へ登ると、左右に廊下がのびていて、その廊下をはさんで合計二十の部屋が並んでいる。

その二階には月極《ぎ》めの定宿者が四人あった。中央階段から左へ二つ目の部屋を占領しているのは川野隆といって、日本では殆《ほと》んど聞えていないが、曾《かつ》ては新グランギニョール劇団の、また近年には太平洋劇団の座長として、満洲から民国、一時はヨーロッパ方面まで打って廻りその方面では少しは聞えた男であった。年齢五十八、これがこの事件の被害者であった。

階段から右手へ一番目の部屋の主は、山西春美《はるみ》といった。二十二歳。銀座の酒場マロニエにつとめている。その隣りは春美の父山西専造《せんぞう》の部屋になっていて、この男も、十年余り前までは川野の片腕として特異な演技をうたわれていた男だが、持病の糖尿病が悪化してからは隠退して静かな生活をおくっていた。年齢六十三。

更《さら》にその隣りは、川野の甥で太平洋劇団の一員だった糸村和夫の居室になっていた。三十歳。

つまり、被害者川野隆は、新グランギニョール並に太平洋劇団の座長兼俳優として令名のあった男であり、山西専造は、その新グランギニョール時代に片腕として舞台に立っていた男である。また、糸村和夫は被害者の甥であると共に太平洋劇団の座員として終戦まで上海《シャンハイ》にいたという訳だ。

山西父娘は空襲で家を失ってからずっとこのホテルに住みつき、川野、糸村は三月許《ばか》り以前上海から帰還して山西の世話でここへ居をかまえてからそのまま居ついていた。

さて、事件はどういう形で起ってきたか?

山西専造の陳述を中心にして、当時の状況を略記して見よう。

今日からいえば四日前の、午前十時十分頃、外出から戻った山西が中央階段を途中まで登りかけた時、川野の部屋から突然レコードの鳴り出すのをきいた。川野は非常な音楽好きで日頃から、よくレコードをかけていたから、勿論別に怪しみもしない。

曲は、タンゴ月夜の薔薇《ばら》。

以前流行した甘美な舞踏曲で、山西にとっても昔なつかしいメロディであった。

山西はそれをききながら階段をのぼり、通りすがりに娘の部屋を見ると、扉を半開きにしたまま、娘春美は長椅子の上にだらしなく酔い仆《たお》れていた。

あとで春美が陳述した所によると、前夜酒場で飲みすぎ大宿酔《ふつかよい》のためか、起きると気分が悪くてならなかったので迎い酒をやったそうである。所が、それが過ぎたのであろう、再びひどく酔いが発して来て、今度は殆んど前後不覚に酔いつぶれてしまったというのである。苦しそうなので山西は部屋へは入《い》って娘の介抱をしながら糸村をよんで水をもとめた。外出の支度をやりかけていた糸村は、水をもって直ぐとんでくる。

丁度《ちょうど》その時、その右手廊下の——つまり、山西親子と糸村青年の部屋が並んでいる廊下の、一番奥に宿泊した二人連れの男女が——調べによると、男は某会社員、女はKホールのダンサー上り、勿論連れこみであった。その二人が帰り支度をして廊下へ出、春美の部屋の前まで来かかった。丁度その位置に、春美を入れて五人の人物が集結した形になる。

川野の部屋からはまだレコードが聞えている。

と——その時であった。

川野の部屋から、突然、レコードの旋律を押しつぶすような異様な叫び声がきこえて来た。

その叫び声については、春美の部屋の前にあってそれを耳にした四人の証言が確に一致していた。

こんな意味の言葉を絶叫したというのである。

な、何をするんだ、貴様！

そして、そのあと、わあッ！　という叫び声が起って、声はそのままぱったり途絶えてしまった。

異様な絶叫のあとに、平和な美しいタンゴの旋律が静かな長い余韻をひいて何事もなげに響いてくるのは、妙に身の毛のよだつような気味悪さだったと、あとで山西や糸村が述懐しているが、さもありそうなことである。

絶叫については、糸村も山西も明かに川野の声だったと断言した。

レコードも直ぐとまった。死んだような静寂がやってくる。ここで、はじめて、一同ははっと我にかえった。

もう春美の介抱どころではなかった。

四人は、殆んど同時に川野の部屋の前へかけつけた。所が、いくら叩いても呼んでも返事がない。それに、扉《ドア》は錠がおりていると見えてびくともしなかった。

ここで一寸説明しておく必要があるが、このホテルの扉の把手《とって》には特別の仕掛けがもうけてあった。別にこのホテルばかりでなく、しばしば見うける仕掛ではあるが、内側についている把手のノッブに、中央に小さな突起があって、それを押して扉をしめると、改めて鍵を使わずともそのまま鍵がかかってしまうのである。

四人の叫び声をききつけて、支配人と二人の女中までかけつけて来た。当時、このホテル内にいた人間は、そこへ全部集中したことになるのである。

帳場の予備鍵で扉をあけ、一歩中へは入ると、とたんに凄惨な光景が目に映った。

先《ま》ず、床の中央に、うつ伏せになったまま仆れている川野の姿。それから、血まみれになったその側に転がっているブロンズ製のマリヤの立像、つづいて半開きになっている突当りの一枚の窓硝子《ガラス》。

思いの外早く医者がかけつけて来たが、もうどうにも手の下しようがなかった。後頭部に、まるで卵の殻を砕いたようなはげしい打撲傷をうけていた。勿論、即死である。

一見、平凡な殺人のようにうけとれた。だが、調べにかかると、これがどうにも手に負えない難物に変ってゆくのである。

急報に接して、警視庁から加賀美自身がかけつけた。

×

大方の事件というものは、最初一瞥《いちべつ》した時に非常に奇怪に見えていたとしても、次第に調査が進むにつれ、何処《どこ》からか謎がほぐれてゆくものだが、この事件ばかりは正反対であった。一見、極めて平凡に見え、その癖調べれば調べる程、ちぐはぐになり、不可解さが増してゆくという有様であった。

今、その疑問の数々を次に順を追って述べて見よう。

疑問の第一は、加害者が何処から逃亡したかという問題であった。

当時、四人の人間が、目と鼻の廊下に立っていたのである。だから、加害者が戸口から廊下へ出たとすれば彼等の目をくぐることは絶対に不可能であった筈だ。が、四人とも、外に何者の姿も見ていない。そこで、当時注目されたのは、半開きになっていた窓であった。そこから抜け出し、蛇腹《じゃばら》伝いに非常梯子までいって地上へ降りる事は不可能ではない。但し、実地に試験して見ると、余程の軽業師か、さもなければ計画的に道具でも用意して来なければ到底出来そうにもないことが分って来た。

所が、その窓の面した通りは、比較的人通りの多い場所で、そうした目に立つ事をやったとすれば何処かに目撃者がなければならないのである。しかし、調べた事ではそうした目撃者は全然無いらしい。

疑問の第二は、兇器の使用法についてであった。これは、捜査会議でも重大な論議の的になっている。勿論、兇器は側に転がっていたブロンズのマリヤ像であることは確認された。唯、問題なのはその使用法であった。五寸角二寸厚味位の台座の上に一尺五寸位のマリヤの立像が立っている細長いもので、日頃一隅のレコードケースの上におかれていたものであった。

犯人はそれをつかんで川野を打ったものだろうが、こうした細長い重い兇器をつかう場合、普通ならどうするか。首の細い所をつかんで台座の角で打つとか、又は台座に接した脚部の細い個所をつかんで像の頭部で相手をうつとか、その二つの場合しか考えられないであろう。所が、傷の外観や、台座の裏面に附着している血痕などからして、明かに台座の裏面で打ったものと断定された。

一寸兇行の状況を推測して見ると、犯人は像の太い中央部をつかんで、丁度兎《うさぎ》の餅搗《もちつ》きのような形で台座の裏側をもって一撃を加えたことになる。これでは立っている被害者の頭部へ襲撃を加える事は不可能だし、たとえ椅子にかけていたとしても敏速且《かつ》強力な打撃を加えるには随分不便であったろうと思われる。

だが、犯人は、敢《あえ》てそんな変則的な使い方をやったのだ。

何故《なぜ》だろう？ 分らない……

さて、第三は、これは最も重大な、そして最も異様ともいえる疑問であった。犯行の動機が全然見当がつかなかったのである。

物盗りか？

現場のテーブルの上に、七千余円のは入った紙入れや、時計、指輪などがのせてあったが手もふれてないし、調べて見ると、紛失物は何一つなかった。

痴情か？

糸村も山西も、被害者の名誉の為に彼の生活の清潔であったことを極力力説した。少くも、痴情関係と判断すべき積極的な論拠は何一つ見当らないことだった。

では、怨恨ではなかろうか？

ホテルの支配人や女中たちは、川野を中心とした、山西親子、糸村青年達の日常を、口を極めてほめそやした。何《いず》れも温厚誠実そして親切な人達。それに、四人の交情ははたの見る目も浦山《うらやま》しいくらい緊密であったと。

以上を要するに、被害者川野を取りまいて、如何《いか》なる犯罪的空気も存在してはいなかったと断ぜざるを得なかった。

ただ、こうした中にあって、警察官達の心証に一抹《いちまつ》の暗いものを投げたものがあるとすれば、それは女だてらに朝っぱらから前後不覚に酔いつぶれている春美という女性の存在であった。

だが、それにしても、少くも被害者川野に対する場合の春美はどうだったか？

春美が泥酔からさめた時の印象的な一幕は、良い意味で、後日までも警察官の記憶にとどまった。

酔夢からさめ、川野の死を始めてきかされた彼女は、狂気のように人垣をかき分けながら部屋の中へかけこんで来た。そして、一寸の間、棒立ちになって、茫然と足許を見おろしていたが、その内、がくっとのめるように死骸の上へとりすがった。

「小父《おじ》さん！　小父さん！　まア！　小父さん……」

血を吐く絶叫とは、こうした声音《こわね》をいうのだろうか。獅噛《しが》みつき、嗚咽《おえつ》し、むせび泣き、

――そして、きっと頭をあげたと思うと、涙にぬれた血走った目で、居ならぶ警察官達を狂気のように見廻した。

「誰が殺したんです？　何故殺したんです？　云って下さい、云って下さい、云って下さい！」

側から父親の山西が、悲愁《ひしゅう》にみちた声音で、誰にともなく云い訳するように低くいった。

「娘の失礼をどうか大目に見てやって下さい。川野はこれを吾子以上にいつくしんでいてくれましたし、これはまた、川野に対して死んだ母親への愛情をそっくり注《そそ》ぎかけていたといってもいいくらいだったものですから……本当に、川野とこれとは肉親の親子以上にも愛しあっていたのです……さア、春美。そこをお離れ、警察のお方の邪魔をしてはいけないよ」

川野と春美との間も、温かく親しいものであったろう。

それにしても、山西のその娘に対する愛情の深さは、その短い声音のしみじみとした調子の中によく現われていた。

×

こうした状況のもとにあって、もし次の二つの発見がなかったら、この事件は永久に未解決のまま埋もれてしまったかもしれない。

その一つは、被害者が右手の五指の中にかたく握りしめていたものであった。

死骸はうつ伏せに倒れ、右腕の前膊《ぜんはく》は身体の下へ折りしいたままの姿勢でいたが、やがて検屍官が来てその死骸を動かし、始めてそれが発見された。

一枚のトランプカード——黒いスペードの三であった。

直《すぐ》にホテル中が捜索された。そして、結局、唯一組のトランプが、春美の部屋の化粧台の上から見附け出された。

トランプカードの裏模様は、よく似通ったものがあるものだが、この場合もそれで、問題のスペードの三と、発見された一組とを比較して見ると、一見同じように見うけられ乍《なが》ら、もう一度見直すと、それは全然違った模様である事が分った。被害者の握っていたのは、蘭《らん》を細かく模様化したものだし、化粧台にあった一組は、蔓《つる》薔薇を図案化したものだった。それに、その一組にはスペードの三がちゃんとは入っているし枚数にも一枚の欠けもなく揃っていた。

では、そのスペードの三は、一体、何処からどうして何故持ちこまれ、そして、どうして被害者の手に握られていたのだろうか?

恐らく、その疑問の解けた時は、同時に、事件が解決した時であろう。

最後の発見は、加賀美が、この殺人現場の雰囲気の中で、兇行当時鳴りひびいていたというレコードを一度聞いておきたいと、何気なくふと思った瞬間にはじまった。

電気蓄音器の廻転盤の上に、のったままになっていたそのレコードは、外にもまだ十数種レコードケースの中に同種類のものが納まっていたが、日本では珍らしいフランス出来のもので、黒艶紙のレーベルにはフランス文字が美しく金刷りになっていた。

所で、その、『月夜の薔薇』とかいた標題を何気なく読んでいるうちに、ふと目の角度の変った瞬間、標題の上部に並行してならんだ五つの日本文字が、突然鮮かにうかび上って彼の視覚の中にとびこんで来た。

――怨霊の部屋――

たしかに、そう読めたのである。

見直すと、その文字の正体は直ぐ分った。文字の字劃《じかく》を追って点々と白い絵具の痕跡が残っていて、その周囲一帯、レーベルの表面を強く摩擦《まさつ》した痕跡が見えた。

これは、曾て、白いポスターカラーで日本文字が書かれてあったのを、最近こすりおとした者がある筈だ。目の位置がある角度迄斜《までななめ》になると、反射率の違ったこの文字の部分丈、突然浮かび上って見えてくるのである。

廻転の始まったレコードからは、美しい旋律が、谷間の岩清水のように、こんこんとあふれ出て拡がっていった。

夢見るように、甘美なメロディであった。

だが、加賀美は、果して、それに耳をかたむけていただろうか。

彼は殆んど茫然として次のような呟《つぶや》きをくりかえしていた。

「怨霊の部屋！　どういう意味だろう？　このレコードとどんな関係があるのだろう？　そして、何故それを拭き消したのか？」

その後三日間。事件は何等の発展も見せはしなかった。ただ、新聞丈は、当節珍らしいスペースをさいて盛んにかきたてていた。

謎のスペードの三　蘭模様を裏刷《うらずり》した一枚のカードは何を語る？

さて、四日目。

加賀美宛に一通の速達便が舞いこんで来た。下手な字でこんな意味がかいてある。

新聞に出た蘭模様を裏刷りしたカードについて申上げられるようなことがあると思う。唯、自分は人目を怖れる故、当方から参上は出来ない。課長御自身、そのカードをもって午後三時迄に浅草橋駅前においで頂けまいか。

当方は、茶色のオーバーを着、胸に赤いリボンをつけてお待ちしている。

これが、加賀美をつり出して、そのポケットからスペードの三をまき上げようとする、何者かの一聯《いちれん》の企《たく》みである事は、やがて掏摸《すり》の自白で明かとなった。

念のため、約束の浅草橋までいって見る。

勿論、そんな人物は来ていない。

×

けばけばしい壁紙の上に、安っぽい石版絵や物ほしそうな色紙短冊を、うるさいほどべたべた貼りつけてある。変にいやらしい暗さを投げている色電球。ニュースも長唄もオーケストラもかけっぱなしに抛《ほう》り出してあるラジオ。それから、「唄わしてよ」を思い出させるひねこびた女の子が三人。

その三人が、来る客来る客をつかまえては云っている。

「あたし達、オリオンの三つ星よ。これからそう呼んでよね、お兄さん！」

銀座裏の、喫茶オリオンとはそんな店だった。

加賀美は、ばか大きい棕梠《しゅろ》の鉢のかげに席をしていた。店のどの角度からも、彼の姿はしかとは見透せない筈だ。

反対側の隅には、色眼鏡にレインハットの男ががんばっていた。さっきの掏摸である。

彼は、時々、加賀美の方へちらっちらっと追従《ついしょう》笑いを送り、その合間には味気なさそうにコーヒーの匙《さじ》をしゃぶっていた。

何処かで六時がなった。

同時に扉があいてどやどやっと数人の人影がは入って来た。

色眼鏡の男はのび上るようにその方を見ていたが、やがて、どかんと腰を戻し、がっかりしたように加賀美の方へ手をふって見せた。

そのまま、しばらくは扉の開く気配はなかった。

色眼鏡の男は、次第に心配になり出したように、神経質に柱時計をふりかえって見、腰をもじもじやり、そしてその度に、加賀美の方をちらりちらりと盗み見た。

彼としては、ここらで一つ、加賀美に忠義立てがしておきたかったのだ。そして、何とか、自分の刑を軽くして貰う……

上着も膚着《はだぎ》も、テーブルも空気も、あらゆるものがじとじとと湿気《しけ》ていた。ビールのコップを口へもって行けば、それまで妙に生ぐさかった。

六時二十分。突然、色眼鏡の男が緊張し出したのが加賀美に分った。テーブルの蔭でしきりに手をふって見せていた。

それを待つ迄もなく、加賀美は既に見てとっていた。

一つの窓から、硝子越しにじっと中を覗きこんでいる顔があるのだ。何者か分らないが、ただ硝子に押しつけているマスク丈がくっきりと白く見えている。用心深く、極めて用心深く、中をうかがっている様子だ。

いらいらさせる長い時間だった。

たっぷり五分間はそうやっていただろう。

色眼鏡の男は、遂《つい》にたまりかねたように、ポケットから例のカードをとり出して、これ見よがしに両手の中でもてあそびはじめた。これを見てくれ、これを見てくれ、と云わんばかりに……

更に二三分――やっと、その顔が窓から消えた。

今度は、戸口へ近づいてくる足音がきこえた。つづいて扉《ドア》が二三寸あき、間をおいて、やっと中へ一人の男の影が辷りこんで来た。

帽子を目深《まぶか》にかぶりマスクをかけ、レインコートを裾長《すそなが》にまとっている。

彼は、中へは入るや、今までの逡巡ぶりとは正反対に、店を横切って一直線に色眼鏡の男の前まで来た。実に、素早い歩きかただった。

物も云わなかった。ひったくるようにカードをうけとり、直ぐ、懐の紙入れに手をかけた。

が――ここまで驚くような速さで進行していた彼の動作は、その瞬間、まるで電気にうたれたように、ぎくっと止まった。

何かの気配を感じたのだった。

顔をあげ、きっと此方を見た。今は、加賀美とさえぎるものもなく目があった。

「山西さんですな」

間髪を入れず呼びかけた加賀美のその一言は、恐らく、相手にとって晴天の霹靂《へきれき》以上に響いた筈である。

その瞬間の彼の表情は、マスクにかくれてよくは読みとれなかった。ただ、五秒か六秒の暗い沈黙があった。つづいて、ごくっと固唾《かたず》を飲む気配が感じられた。

そして、それが、その時彼の現わした反応の総てだったのだ！

更に、その後に続いた彼の動作の総ては、この場合、殆んど驚嘆に値するものがあったと云うべきではないか。

彼——山西は、マスクと帽子をとり、静かな微笑をたたえながら慇懃《いんぎん》に会釈《えしやく》し、ゆったりと加賀美の方へ歩みよって来た。重要な証拠品であるカードを掏りとらせようとしたその人の——捜査一課長の前へ……

「こりゃアお珍しい。こんな所でお目にかかるなんて……」

彼は豊《ゆたか》に微笑をふくみながら、加賀美の前へ席を占め、落着いた声で女を呼んだ。

「君、ビール……課長さん。もう一ぱい、おつきあい願えるでしょうな？　そうそう、ビール……二つ、頼みますよ」

何と、確信にみちた静かな声であったろう。恐らく、親友同志の不意の出会いであったとしても、こうまで何気なく静かではあり得なかっただろうに……

所で、加賀美の方はどうだったか。

これ亦《また》、すこぶる満足しきった目附で、まじまじと相手を見つめながら口の煙草へゆっくりと火を移した。

この店中で、このテーブル程に静かな組は何処にもなかったであろう。だが、その癖、山西が何気なく手から離してテーブルの上へおいた一枚のカード——黒いスペードの三を挟んで、既に、二つの意志と意志とが見えざる火華《ひばな》を散らして激しく対立しあっていた——

色眼鏡の男は、狡猾な目附でその方を伺いながら、何時の間にかこそこそと戸口へにじりより、素早く逃《ず》らかる気構えを見せつつあったが、しかし、今や彼等ごときは問題の内ではなかった！

×

「何という悲惨な事件でしょう。可哀そうな川野！　でも、これは川野自身の不幸丈ではありません。私達が、どんなに落胆していることか、貴方にお分りになるでしょうか」

異様なことだが、こうした場合になっても、この山西という人物のかもし出す雰囲気には、およそ、暗い犯罪者等とは縁遠い誠実さと温和さと、そしてそれを匂いづけている人生をさとり切った人丈のもっている淡々たる哀愁の色とが感じられるばかりであった。

「新グランギニョール劇団！　思っても懐しい思い出です。彼を座長に、そして私も一枚加わって、二人で作り上げ二人で育てあげた劇団でした。座員の一人々々も、何れも私達と趣味を同じゅうした良い人達ばかりでした。劇団には潑剌《はつらつ》たる熱情と温かい友情がみちていました。それは、家庭以上の親密な楽しい集まりだったのです。東洋各地、それからヨーロッパにまで行った事があるのです。

彼は名優であり名演出家であり名作家でもありました。至るところで成功したものでした。その劇団が解散したのは十年前、原因は私が病気のため、どうしても隠退しなければならなくなったからでした。彼は一時落胆の余り、郷里へ引きこもったようでしたが、しかし、彼は生れながらの舞台人だったのですね。舞台なしには生きて行かれん男だったのです。それから三年。甥の糸村やその外新しい人達を集め太平洋劇団を作って大陸に渡りました。彼の芸は日本にはまるで向かなかったからです」

一体、山西は何を云おうとするのだろうか？　少くも、彼は、加賀美のポケットからスペードの三を奪いとろうとした張本人ではなかったか。

「私は、妻と娘と三人、それから東京に住みつきました。そして、今度の呪われた戦争！　私は妻と財産を一緒に失い、一時は生活の勇気さえなくしかけた位でした。そこへ、川野が帰って来てくれたのです。何という思いがけない幸福でしたでしょう！　全く、春にめぐりあったとでもいうような気持でした……」

突然、加賀美は、相手の話をさえぎった。

彼は、相手の顔へ、残酷なくらい鋭い視線を集中しながら、ポケットからとり出した紙包をテーブルの上へ投げやった。

「取り給え、君の金だ」

山西は、静かに視線をそれへ投げた。

全く、静かな目附だった。

芸術に半生をささげ、人生をさとりつくした老人の、磨かれた、渋い高雅な姿がそこにあった。

しかし、加賀美には分っていた。

この男は、間違いない所何か重い宿痾《しゅくあ》に悩んでいるんだ！

「ああ、今朝の千円ですか。色眼鏡の男にやった手附の千円ですね」

加賀美のやり口は、随分辛辣であった筈だが、しかも尚《なお》、山西の顔から微笑の影は消えなかった。

「頂いておきましょう。お手数をかけました。……この金は、川野の供養の一部に使わせて頂きましょう。多分御賛成下さると思いますが……」

何たる自信にみちた落着きはらった調子だったろうか。

そこには、何等の狡猾さも、何等の暗さも、そして何等の太々《ふてぶて》しささえも感じられはしなかった。

加賀美は、指先で、テーブルの上のカードを叩いた。

「説明したまえ」

山西は、一寸加賀美の顔を凝視し、それから、黙ってポケットからつかみ出したものを、テーブルの上へおいた。

カードの一組であった。

「これに、そのスペードの三を合せると丁度一組になるのです。お分りですか？　このカードは私のものだったのです」

「それが君の説明かね？」

「不満足だと仰有《おつしや》るのですか？　つまり、掏摸を使って、貴方のポケットからその一枚をすり取らせようとした事ですか？　ええ、私のやった事です。みんな、承認いたします。理由は簡単です。私は事件にまきぞえをくいたくなかったのです。スペードの三が、どうして川野の手にあったか、それは私には分りません。川野が、私の部屋からもって行ったのでしょうか。とにかく、そのスペードの三が、私のものだと分って、まきぞえをくうことが、私はいやだったのです」

「君はそんな説明で僕が満足すると思っているのか？」

「これ以上、申上げようがないのです。私の知っている事実はそれでつきているからです」

「では君は、君の娘さんが嘘をついているといっているのか？」

「娘？　春美ですか？」

山西の表情は、一瞬、かすかではあるが、疑惑と狼狽の色が現われ、またすぐ消えていった。

それは、異様な瞬間であった。あれほどまでに自信にみちて冷静だった彼が……

「ここへくる前に、僕は君の娘さんにあって来たんだ。娘さんは、マロニエの客の一人から二組のカードをもらったといっている。一組は君にやり、一組は自分でもっていた。スペードの三を見ると、一目で、自分のものだと断定した。そして、化粧台の一組を見直し、誰がいつ取りかえたのか知らないが、それは君のものだと云い切っている。いいか。化粧台にあった自分のカードが何時の間にか君のカードと変って了《しま》ったという意味だぞ。え？　君のいう事と、娘さんのいう事と、どっちが本当だと云うんだ？」

狼狽をおさえつけようとする努力が、苦痛と怒りに変って、見る見るその表情を暗くしてゆくのを、つい今しがたまでの冷静そのもののようであった彼の態度に比較して、加賀美はむしろ驚きに近い気持で見守っていた。

可成《かなり》に長い、ぎごちない沈黙があった。

が、突然、顔をあげたかと思うと、むっとした怒りをこめて荒々しくいった。

「それが私のものにしろ娘のものにしろ、どっち道、変りはないではありませんか、私は私達親子がまきぞえをくう事を恐れていた丈のことなんです」

「云うことはそれ丈か？　云いたくないんだな？」

加賀美はむっつりと口を切り、しばらく黙っていたが、やがて、帳場の方に向って呶鳴《どな》った。

「課長さん。私を告発するんでしょうな？　掏摸教唆《きょうさ》、証拠湮滅《いんめつ》、公務妨害、偽証……勿論、私は責任を負います！　同行するのですか？　K署ですか？　それとも警視庁ですか？」

加賀美は、カードをポケットへしまいこみ、コップのビールを一息にのみほした。

「勘定！」

「怨霊の部屋とは何の意味だ？」

山西は、一寸加賀美を見つめ、低い声でいった。

「新グランギニョール時代の出しものの題名です」

「それから？」

「それ丈です！」

加賀美は、テーブルへ金を投げ出し、黙って店から出ていった。

×

翌朝、登庁した加賀美を、F県警察部からの長距離電話が待っていた。

「捜査一課長ですか？　こちらは、F県警察部です。はア、御照会の件についてです。お書きとりになりますか？　もしもし、始めます。新グランギニョール座というのは、十二三年前、一度T市にかかった事があるそうです。何でも満洲から帰国したとかで……但し、成績が甚《はなは》だわるく、一度T市でやった丈で、またすぐ向うへ渡っていったそうです。フランスのグランギニョールを真似て、まア、ああいった変った芝居ばかりやったらしいですな。

もしもし、何ですか？　はア？　怨霊の部屋？　はア、分りました。T市でやった時に、そういう芝居もやったそうです。記録は残ってないんで、当時の見たことのある連中を探し廻ってやっと……その芝居の筋ですか？　申上げます。ええと……舞台は某ホテルですな。そこに滞在していた客の一人が、隣室の友人を殺します。うまくアリバイを作って嫌疑をまぬがれますが、その後、その殺人のあった部屋に幽霊が出るという噂が立ちます。殺人の行われた当時、その部屋でレコードが鳴っていたのですが、そのレコードに被害者の悲鳴がそのまま怨霊になって籠《こも》ったというんです。で、その部屋で誰か、このレコードをかけると、人がいるときは何ともないが、人がいなくなると、突然悲鳴が聞えてくるという訳です。犯人が怪しんで試みにやって見ます。そこにいると、何ともないが、一歩、外へ出ると、とたんに悲鳴が聞えてくるのですな。幾度やっても、その通りです。結局、犯人の発見で幕になります。

あ、もしもし……はアはア、聞えます。そのレコードの曲名ですか？　さア、それはまだ調べてありませんが。分りました。早速しらべて御報告します」

加賀美は、部屋へポータブルをもちこみ、異常な興味をもって、月夜の薔薇をかけて見た。

既に聞き覚えた甘美な曲が、暗い課長室の壁に不似合な反響を伝えた。

加賀美は既に信じているのだ。

この曲が、何事かを明かに語ってくれねばならん！

そして、それをその日の皮切りとして、その甘美なタンゴは、この日の夕方までに、実に三十七回もくりかえし課長室から聞えて来た。

とにかく、奇妙な事件であった。

四人の男女が一つのホテルに生活している。端《はた》の見る目も浦山《うらやま》しい位、親密な、平和な友情に結ばれた日常であった。

四人そろって、一つ部屋でとりとめもない、しかし楽しげな雑談にふけったり、また散歩に出たり、時には揃ってささやかな晩餐をとりに出かけたことだろう。

老人二人は、過去の懐しい舞台の想い出にふけりつつ、食後のビールの一ぱいを楽しんでいただろうし、若い二人は未来の希望に熱情をかりたてていたかもしれない。

そして、その老人の一人は、よく、その部屋でレコードをかけるのを楽しみにし、また一方、若者の一人――春美は、酒場通いをして女だてらに朝っぱらから酔いつぶれていた！

といって、そこに如何なる犯罪的空気が存在したというのか。

ホテルの支配人はいっている。

「四人とも立派な、穏かな良い人達ばかりでした。そして、浦山しい位仲のよい生活ぶりでした」

少くも犯罪がある以上、そこに動機を暗示する何等かの状況がなければならぬ。所で、これは物盗りではなかった。痴情でもなかった。勿論、怨恨でもありはしない。一体、加賀美は何を考えていただろう。一寸、そのメモを見よう。

何故、春美のカードがすりかえられ、その一枚が被害者の手にあったか？　そして、何故、その一枚を、多大な危険をおかして迄、山西が手に入れようとしたか？

ブロンズ像の台座の裏面をもって殴打したのは何故か？　理由があるのか？　それとも偶然か？

殺人の動機は何か？（但し、何処にも動機らしいものは存在しない）

もし、山西を容疑者とすれば、彼のアリバイをどうするか？（彼は、動機の点からいえば最も犯罪から遠い人物だし、その行動の点からいえば最も奇怪な人物である）

×

午後五時半。F県警察部から報告が来た。

「怨霊の部屋に用いられたレコードの曲名は、タンゴ月夜の薔薇です」

加賀美は帽子を目深にかぶり、レインコートの襟を立てて、霧雨《きりさめ》の中へ出ていった。

やがて、加賀美はタチバナホテルに現われ、山西の部屋を訪れた。

彼がそこで見たのは、酒瓶を前にし、酔い痴れた顔を、ぐったりテーブルの上へ伏せている山西の姿だった。

「娘さんは？」

入口に突立ってそういった加賀美を、山西はどろんとした目附で見やったが、血走ったその目には悲愁の色が濃い影を作っていた。

一日のうちにげっそりと痩せて、気力も何も抜けさったぬけ殻のような感じが、その五体にまつわりついていた。

「あれは、糸村君と、一寸買物に出かけました。今夜はあれの新生活のために、一寸した会をやろうという訳です。あれは酒場の方はやめましてね……課長さん。どうぞゆっくりして下さい。そして、あれのために、一緒に一ぱいやって頂きたいですな。さア、どうぞ珍しいでしょう？　ジョニーウオーカーです」

彼は加賀美に一ぱいすすめている間に、自分は立てつづけて三ばいもやった。

「課長さん、貴方はお子さんがおありですか？　ああ、そうそう。いつか、新聞で拝見しました。可愛らしいお嬢ちゃん、それに美しい奥さん。三人並んだ写真に、こんな説明がついていましたっけ。——鬼課長の家庭は何時も春——あれを見て以来、会った事もない貴方がむしょうに好きになって来ましたよ。子供！　可愛いですなア、課長さん！」

彼はぽろぽろと涙をおとし、鼻汁をすすり、そうしてはまた酒を一ぱいやった。

「春美には恋人がありました。立派な青年でした。二人は結婚するばかりになっていたのです。その青年は応召して、クエゼリンという島で餓死しました。そして、それと同じ頃、空襲で私は妻と財産を失い、あれは最愛の母をなくしました。勝気だが、温かい愛情深い子供だった春美……その春美は、それと一緒にまるで生きる力を失ったように、がっくり人が変ってしまったのです。一時は自殺をやりかけたりして……そこへ休戦の怒濤《どとう》です。若い人達は随分荒《すさ》みましたなア。誰の責任でしょう？　私には分りません。だが、唯一ついえる事があります。それは、それが若い人達丈の責任ではないという事です！」

一体、彼は何を訴えようというのか。

少くも分っていることは、彼が一時も黙っていられないという事だ。見ろ、その瞼《まぶた》の赤く腫《は》れ上っているのを――確かに、彼は、たった今しがた迄、一人で泣きつづけていたに違いないのだ。

「春美はダンサーになってホールを三つかえ、女給になって酒場を七つ渡りあるきました。酒をのむ事を覚え、ある時など、一週間も、ぶッつづけに酔いつぶれて、私に介抱させ通した事もあるのです。でも、私はいいと思っていました。とにかく、あれが、生きる力丈をとりもどしてくれたことを、どんなに感謝したか知れません。そこへ、川野達がかえって来てくれました。課長さん、これは神の与えて下さった救いの綱《つな》でなくて何でしょう！　あれは、それ以来、日ましにもとの春美をとりもどしはじめてくれたのです。川野の人格が、春美を温かく包んで、次第々々に、そして強く、あれを導いてくれたのです。川野！　何という温かい心懐しい男だったでしょう。あれは、全く神のように心の広い、正しい、そして立派な男でした。いや、私はたしかにそう信じています。春美だって……春美だってそうです。元来は、優しい心の、よい子だったのです。ただ、とても感受性の強い子だったので……でも、春美はぐんぐんと元の春美にかえって来ました。あれは、川野を本当に愛し、慕っていたのですよ、酒ぐらい……酒ぐらいのんで、それが貴方、どうしたというんですか！」

喋る合間々々に、彼はしきりなしに酒盃《さかずき》をあけた。酔いつぶれる迄は、無限にそれをつづけずには居られなかったのだろう。

もう、碌《ろく》にろれつも廻らなかった。而も、尚、彼は喋りつづけようとするのである。

「所で、課長さん、今度の事件です！　何たる不幸な出来事でしょう……私は、全く打ちのめされて了ったような気持でした。全く不幸な出来事でした。川野のためにも、春美のためにも、そしてこの私のためにも……お分りでしょうか？　私の気持が……私は、怖れたのです。川野を失った悲しみのために、また春美が以前の苦しみを繰返すのではあるまいか？あれは、とても感じやすい子なんです。今度こそぐれるようなことがあったら、もう全く絶望です。ええ、もう全く、二度と立ち上れないだろうという事は私にはよく分っています。それを私は怖れたのです。とても、口では云えません。どんなに怖れた事でしょうか。でも、課長さん。喜んで下さい。あれはいいましたよ。小父さんの死を無駄にしないため、今日からすっかり生れ代るのだと……私はうれしいんです。滅茶々々にうれしいんです。課長さん、私はうれしいんですよ」

彼は、その上尚も、くどくどと同じことをくりかえし、やがて、テーブルの上へ突伏してしまった。

扉《ドア》があいて、春美と糸村がは入って来た。

「あら、おいでになっていらしたの、課長さん……」

春美は加賀美の方へ微笑と一緒に軽く会釈をなげて、父のそばへよりそった。

「しようのないお父さん！　強くもないのに余りお飲みすぎになるからよ。……課長さん、私が、今日から心を入れかえます、そういったことを、父はとても喜んでくれたのですわ。喜んで喜んで、こんなになるまで滅茶々々に飲んでしまったのねえ……糸村さん、私お支度するから、貴方、お父さんを一寸介抱してあげててね。その代り、いまに、私が貴方をたんと介抱してあげる……」

糸村は、加賀美の方へ一寸テレながら、山西を長椅子へ運んでいった。

春美はせっせと、買って来た罐詰やつまみ物などを並べ、最後に三つのコップへ酒をみたした。

「どうぞ、課長さん。父の代りに、春美の前途を祝しておのみ下さい」

春美は、コップを上げると、目を閉じ、小さな声で祈るようにいった。

「川野の小父さん。春美は、私がどうすれば一番小父さんがお喜びになって下さるかよく知って居ます。小父さん、春美は今日から生れ変ります。この一ぱいを最後にして、もう一生酒は手にしません。それから、小父さんは、めそめそしている春美が一番おきらいでしたわね。だから、春美はこんなに元気にはしゃいでいますのよ。皆さん、どうぞ。春美と、そして亡くなった川野の小父さんのために乾杯！」

加賀美は、心に鉛のような憂鬱を感じていた。帽子をとって立ち上った。

「もう、お帰りですの？　そうね、お忙しいんですわね。お引きとめしませんわ」

加賀美は戸口までくると、つと足をとめて、送って来た春美の方へふり向いた。

「一寸お訊ねしたいことがあるんですが……」

「あら、何でしょう？」

加賀美を見上げた春美の目はあどけなかった。

「あの事件の日、貴女が酒をのんだ前後のことを、もう一度よく思い出して話して下さいませんか？」

加賀美の声は物憂げだった。

「そうね。本当は、私、あの日の事はなるべく思い出したくないんですの、でも、課長さんのお仕事に必要なのならば、私、お話いたしますわ。そうでした。私、朝の七時頃目をさましました。二日酔で気持がわるかったのでウイスキーをのみました。そうしたら、小父さんに見つかって叱られてしまいましたわ。お父さんはお留守だったものですから……、それでも、私のわるい癖で一度のみだすと、もう途中で我慢が出来ないのです。小父さんの目を盗んでとうとう正体のなくなる迄のんで了ったんですの。でも、私、そうしながら小父さんに済まない済まないと思いつづけていました。そしてとうとう最後に小父さんの所へあやまりに行きました。小父さんがよしよしと肩を叩いて下さって……私の思い出せるの、その位の事ですけれど……お役に立ちますでしょうか、課長さん？」

加賀美はちらっと長椅子の方を見た。そこからは、憎悪と悲痛と忿怒に、火のようにもえ上った山西の目が、じっと此方を凝視していた。

「さようなら。おやすみ……」

加賀美は踵《きびす》をかえして出ていった。

×

既に、殆んど全部の材料はそろっていた。だが、最後の一つの鍵は、今日になって、一寸した偶然な事から思いもかけず発見された。

サイドテーブルの上に、おき放しになっていたレコードの埃《ほこり》を払うつもりで手にとりあげた加賀美は、何ということもなく、ふと裏をかえし、一度それをかけて見る気になったのだ。

ワルツ舞踏会への招待——それが、そのレコードの裏面に吹込まれていた曲の名だが、その曲が一体何を彼におしえたであろう。

その弾むような軽快なワルツの曲がおわった時、既に加賀美はぎょっとした顔附になっていた。もう一度その曲をかけ、今度は演奏時間を時計ではかった。三分七秒。

今度は裏をかえし、『月夜の薔薇』をかけた。そして、それが終った時、彼ははげしい舌打ちをした。

「二分十秒。何たる事だ！」

どうしてこんな簡単なトリックに気づかなかったのか。

レコード面にきざみつけられた溝の部分の幅をはかって見ると、『月夜の薔薇』の方が、『舞踏会への招待』よりずっと広いのだ。いい変えれば、『月夜の薔薇』の方が、『舞踏会への招待』より演奏時間が長くなければならぬ筈だ。ところが、実際は、逆に遥《はるか》に短いのだ。

何故だろう？　勿論、きまっている！

彼は、もう一度『月夜の薔薇』をかけ、注意ぶかく針をあてた。既に、十二分に聞きなじんだ旋律が、何事もなげに流れ出して来た。しかるに、その針の先を凝視している彼の瞳には、何かを待っている絶大な期待の色があった。

曲は終りに近づいた。

と——

突然、何の予告もなしにレコードはけたたましい叫び声を放った。

「な、何をするんだ、貴様！……わあッ……」

加賀美は止ったレコードを凝視しながら、黙然《もくねん》と椅子に沈んでいた。

これがトリックだったのだ。そして、それで総てだったのだ。

何と簡単なトリックであったろう！

これは、曾て日本にも流行《はや》ったことがある。一面から二つの違った曲が聞えてくるレコード。

何でもない。二つの曲を二本の平行線に並べて刻みつければよい。それ丈のことだ。

第一の線に針がはいれば第一の曲が、第二の線に針がはいれば第二の曲が鳴りはじめる。

ただ、このレコードでは、普通のやり方で針をのせれば、必ず、悲鳴のない『月夜の薔薇』がかかるように注意されてはあったけれど……

勿論、第一曲も第二曲も、共に『月夜の薔薇』を吹込んであるのだが、唯、第二曲には、その上川野の声で悲鳴が二重録音されてあるという丈だ。

多分、『怨霊の部屋』の舞台に使うため、川野がフランスで特に吹込みをさせたものであろう。

これがこの事件のアリバイの正体であったのだ！

取次ぎから電話がかかって来た。

「課長、山西専造が面会に来て居りますが……」

×

山西は、昨夜一晩で、また更にげっそりと痩せていた。ただし、昨夜のように忿怒や憎悪や絶望的なものは、もう、その表情の何処にも残ってはいなかった。唯、その姿からは、何か心にしみる悲しみが、体臭のようににじみ出ていた。

今や、加賀美は、ここで、最も悲痛なる人生の悲劇役者と向いあって立たねばならない。

彼は、うしろの書棚から一冊の本を抜きとって彼の方へ押しやった。

「読んだことがあるかね？」

山西は、一寸それに指をふれ、軽くうなずいて見せた。

「バーナビイ・ロスのYの悲劇ですね。少年が、死んだ父親の書きのこしておいた探偵小説の原稿を見つけ出し、その筋書通りに意味もなく犯罪を犯すといった、たしか、そんな筋だったと思いますが……つまり、課長さん。貴方は、今度の事件がYの悲劇に似ていると仰有るのでしょう。多分、貴方は、レコードのトリックにお気づきになったのでしょう。そうです。今度の事件では、私は、新グランギニョール時代の『怨霊の部屋』を想い出し、その筋書に重要な部分を占めていた、そのレコードをアリバイ作成のために利用したのです」

「それもある。だが、僕の云いたいのは外の点だ。Yの悲劇は、子供が親の世界の罪悪を模倣して悪にそまってゆく人生の悲劇を諷刺している。だが、今度の事件は、子供の犯した過失をかばおうとして、親がはまりこんで行った人生の悲劇だったのだ。その二つの悲劇の対比を、僕は君に云いたかったのだ」

加賀美は、相手をじっと見つめていた。

彼の云い方の中には、単なる司法警察官としての立場をはなれた、人間的な憐憫《れんびん》の調子がふくまれていた。

「君の娘さんが、昨晩思い出して話してくれたことから、こうしたことが想像出来る。娘さんは酒をのんだ詫びをいいに川野の部屋へいった、川野は脚許《あしもと》の危い娘をかばってその部屋まで連れかえろうとする。娘さんは大丈夫々々とその腕をつきのけようとする。階段の上まで来た。危く娘さんがよろけかかった。川野はびっくりしてそれをかばおうとした。娘さんには足許の危険を判断する丈の注意力はなかった。尚も川野の手を払いのけようとした。よろけかかっていた川野は、そこを突かれて一たまりもなくおどり場まで転落した。その時、娘さんは、何かの理由で手にカードをもっていた。咄嗟《とつさ》に何かにすがろうとした川野の指先がそのカードにふれた。偶然一枚丈が握りしめられた。恐らくあとのカードは附近へとび散ったであろう。娘さんは何にも知らず部屋へよろけこみ、そのまま睡《ねむ》りにおちて了った……」

語る加賀美の眉は物憂げに曇っていた。

彼が、こんなにも、しみじみと話すことは珍しいことだった。

「外出からかえった君が丁度それを目撃した。かけつけて見る。川野はもう完全にいけない。瞬間、君は何を考えただろうか？　娘さんを、過失致死罪から護《まも》りぬく事だ！　幸い、人目がなかった。そこで、先ず、君は、川野の身体をその部屋へ運んだであろう。それからとびちっていたカードをかき集め、もどってくる。そこで君はどう考えたか。何よりも、階段から墜死した事実をかくさねばならない。何故といえば、酔いからさめた娘さんが、川野が階段から墜死したと聞けば、或いは酔中の記憶を辿《たど》って、その原因が自分にあることを想い出すかも知れないと思ったからだ。君は、娘さんに対して、それ程のショックでさえも絶対に与えまいと願ったのだ。それには一体どうすればいいか？　勿論、川野の死を、他の形式に欺装《ぎそう》するより外はない、と君は考えた。何しろ、事は咄嗟に起り、そして、至急を要するのだ。君は、ふと『怨霊の部屋』に使ったレコードのことを思いだした。そうだ！　殺人事件に仕立てよう……そして、何処からも犯人の挙がらないような注意をしなければならん。君は、罪のない人達に、あらぬ疑いをかけることを何より心配したからだ。

君は兇器となるものをさがした。おどり場のコンクリートの床にぶちつけてうけた傷だ。だから平面をもったものでなければならん。うまいものが外にはない。咄嗟にマリヤの像を選んで、その台座の裏でもう一度打撃を加えた。それから窓をあける。犯人の逃道を偽装したのだ。それから、レコード……レーベルにかいてあった『怨霊の部屋』という文字をふき消した。その文句から、レコードのトリックをかぎつけられてはならんと思ったからだ。最後に、レコードを始動させ、外へ出て扉をしめる。あの扉は鍵なしでも閉めれば鍵がかかる仕掛になっているだろう。それから娘さんの部屋へは入って糸村に声をかける……」

加賀美は、一寸言葉を切り、山西の答えを待っていた。

それにしても、山西の姿は何と静かであったろう。もはや、昨夜迄の、あの狂気じみた酔漢の気配は何処にもなかった。

「課長さん、春美の過失致死罪を確定する何等の証拠もないでしょう。今後の日本の刑法は、単なる推測丈で処刑されることから、我々人民を十分守ってくれる筈だと信じます」

山西はじっと加賀美を見つめていた。加賀美はその凝視をまともに見かえしながら一寸の間黙っていた。何か、不機嫌なものが、その眉をくらくした。

「証拠？　聞きたいのかね？」

それから矢庭にぶっつけるような云い方をした。

「川野と春美が、もつれ合い乍ら、その部屋を出て来た所を見ていた証人があるんだ！　勿論、階段の上から川野が転落する瞬間まで……ただ、その男は、二人が酔ってふざけているのだと信じていた。川野が落ちたまねをしているのだとばかり思っていたのだ。何故なら、川野は声をたてなかったし、落ちた音も大して高くなかったし、酔った娘さんは笑って部屋へかけこむし、それに、その男のいた位置からは、おどり場までは見透《みとお》せなかったからだ。

知っているだろう、あの時いあわせた連込みの会社員を？　今朝、その男を呼び出して証言を……」

云いかけた、とたんに、加賀美は愕然とはねおきた。

「バカッ、何をするッ！」

山西の手から、一個の注射器がとんで床に砕けた。彼は、加賀美につきとばされてよろめいた身体を、素早く立て直して、忿怒にもえている加賀美の前にきっと立った。

「医者など呼ばないで下さい。どんな名医が来たって間にあう筈がないからです。私の命は、あと五分間も持つでしょうか……。私は、その五分間を、唯貴方と二人きりで話したいのです。私はそれを要求します。課長さん、貴方もそれをきいて下さいましょうね？」

彼は、ふれあうばかりに、加賀美に歩みより、燃え上るような目で重苦しいばかりに凝視した。

「そうです。貴方の仰有った事は総てその通りです。春美は酔うとカード占いをやるのがくせでした。だから、川野の部屋へ行くときも、それを手にしていたのでしょう。ただ、私は、川野の手にその一枚が握りつぶされている事丈は見おとして了いました。そして、その一枚から、春美が事件にまきこまれたり、又そのカードから、春美自身、自分と川野の死とに何らかの関係のあることを感附いたり……あの感じやすく脆《もろ》い、そして不幸だった春美のためにそんな事でさえも、私は絶対にさけたいと思ったのでした。だから、私のカードとあれのカードとをすりかえてしまいました。その後、カードのことが新聞に出たとき、カードを春美にくれた酒場の客が、もしや当局に密告しはしないかと思い、何とでもして、一刻も早くそれを自分の手に入れてしまいたいとあがいた訳でした。総て、貴方の仰有る通りでした。唯一つ……」

云いかけて、彼は突然、肉体を襲撃しはじめた痛苦に、よろよろっと側の椅子へ崩れおちた。

が、彼は、この苦痛に歪んだ顔を、すぐまたきっと起こした。

「だが、しかし、唯一つ、貴方の仰有った事に違っている点があるのです。それは、川野が、春美に突かれて落ちた時に死んだのでは絶対にないという事なのです。お分りですか？　おどり場に仆れていた川野は唯、気を失っていたにすぎないのだということなのです。課長さん、それを私は、彼の部屋へ運び、この手にかけて殺しました。犯人は私です！　犯人は私です！　川野を殺したのは私です！」

加賀美は、もとより、彼の言葉の矛盾をよく知っていた。

山西が、おどり場に仆れている川野を抱き起した時、川野がもし死んでいなかったのだとしたら、勿論、彼は直《すぐ》に医者を呼んだであろう。川野の命は、彼にとっても春美にとっても、かけがえなく大切なものだったからだ。どうして、殺す必要があったろうか。

彼は、春美の過失致死という記録さえもあとへのこしたくないに違いないのだ！

死が既に迫っていた。

「課長さん。最後に、私は我儘なお願いを一つして見たいのです。聞きとどけて頂けるでしょうか。あれに、私がここで病死したことを貴方からつげて頂きたいのですが……」

今更加賀美に云うべき事があっただろうか。彼は山西の上へかがみこみ、無言のままその右手を力を入れてぐっと握った。

「ありがとう。……持病で既に一年とはなかった老人の命が、若い者の命の上に少しでも明るさを加えてやれるということは……課長さん、子供は可愛いものですねえ！」

そして、その詠嘆《えいたん》が山西の最期となった。

老人の顔には、かすかに微笑さえうかんでいる。

それは、人生を悟り切った人の、悠々たる、おだやかな、そして満ち足りた美しい死顔であった。

かくして、総ては終った。

加賀美のふうっと吐息をつきながら呟くのが聞えるであろう。

悲劇だ！　だが、何という温かさであろう！

髭を描く鬼

これほど異常さに富んだ事件は近頃珍らしかったと、後に加賀美自身がいっている。

被害者は、何故《なぜ》その鼻下《びか》に墨汁《ぼくじゅう》で髭を描かれていたのだろう。

杉並区大宮前の、空襲をまぬかれた一劃に、須川正秋《まさあき》という資産家が住んでいた。森をもった小広い敷地に、小さいが住みよさそうに出来ている洋館建。そこの住人は、主人正秋四十二歳の外に、養女の三田圭子《けいこ》二十歳、それにもう六十を越えたひどく耳の遠い老婆が一人。

昭和二十一年十月下旬の某日、時刻は午後九時二十分頃であった。

被害者は主人の正秋、彼の書斎にある椅子の一つに、頭部を強打されて、ぐったりよりかかったまま死んでいた。兇器は、血にまみれたままその足許に転がっていた重い青銅製の花瓶である。

盗難品が一つあった。それは、当日養女の圭子が取引銀行から引出して来た一万五千円の正金で、正秋はそれをワニ皮の紙入れに納めポケットに入れていたはずである。それがそっくり紛失していた。

所で、何という、異様な被害者の死にざまであったろう。その鼻下に、墨汁で黒々と八の字髭が描いてあったというのは！

いや、そればかりではない。彼はその膝の上に一個の京人形を抱いていたのだが、その人形の鼻下にも髭が描いてあった。更《さら》に、死人の椅子が面したテーブルの上には、被害者の亡妻信子の写真と、養女圭子の写真とが二枚きちんと並べておいてあり、そしてその写真の顔にも、同じく墨黒々と八の字髭が描きつけてあるのだ。

人形はわざわざ飾棚《かざりだな》からおろして来たものに違いなく、信子の写真は壁にかけてあった額から、圭子のそれは書きもの机の上に置いてあった飾額から、それぞれ取りおろし引出した上、その異様な髭を描きなぐったものである。

犯人は、何故、わざわざそんな事をしたのだろうか？　無意味な悪戯《いたずら》か？　それとも、何等かの深い企《たくら》みがあっての事か？

美しい婦人の写真に八の字髭が描かれ、又、髭をかかれた可憐な人形を抱いてその被害者迄《まで》が髯を生やしている！

殺人流血の凄惨さとその八の字髭のお道化《どけ》きった対照が、むしろ見る人をして正視するにたえない悪魔的な戦慄をさえ覚えさせるほどであった。

何故だろう？　何故こんな事をする理由があったのだろう？　それは、捜査会議の席上重大な論議の的になった問題だったが、しかし、結局分ってはいない。さて、事件の最初の発見は、その家の養女圭子によってなされた。彼女の陳述から、当時の状況を略記して見よう。

用事があって外出した圭子は、大分手間どって帰りがおそくなり、我家近く迄来た時はかれこれ九時半に近かった。所で、その圭子が、わが家の裏木戸近くまで来かかった時である。突然その木戸が向うからあいて、脱兎《だっと》の如く飛び出して来た人影があった。唯《ただ》ならぬ慌て方であっという間に暗闇の彼方に消え去ってしまったという。

圭子はしばらくそこへ立ちすくんだかたちでじっとその方を見守っていたが、その間の時間を、彼女は三四分と申述べている。この時間は、後に至って加賀美に重要な推理の鍵を与えるに至った。

さて、その内はっと我れにかえった圭子は、慌てて木戸を入ったが、見ると、正秋の部屋丈《だけ》灯火がついて、何となく変な気配が感じられる。そこで、恐る恐る忍びより、伸び上って窓のカーテンの隙間から中を覗くと、先ず椅子にぐったり仆《たお》れ懸《かか》っている正秋の横顔が目に映り、続いてその側に立っている一人の男の影を認めた。

彼女は、突嗟《とっさ》に外へかけ出し、近くの派出所に救いを求めた。そして、二人の警官を案内して飛んでかえって来たのだが、すると、出会いがしらに、庭の中央で、今見たその男にばったり行きあった。勿論《もちろん》、警官はうむを云わさずひっとらえた。後に、警官の一人は加賀美に向ってこういっている。

「彼奴《あいつ》は少しも抵抗などしませんでした。そればかりか、いやに落着きはらった声で、むしろ冷笑するような調子でいったのです――君、いい塩梅《あんばい》ですなア雨があがって……」

これは誠に注目に値する人物であった。彼は被害者正秋の弟で、唯雄（三十九歳）というのがその名で、彼はずっと以前、素行がわるいため父親から勘当をうけ、その後満洲へ渡ってそのまま十数年を向うでおくった。所謂《いわゆる》、満洲ゴロ、又は馬賊などと渾名《あだな》される手合である。終戦で日本へ戻って来たが、亡父の遺産の問題で被害者との間に極めて険悪な悪感情のわだかまっていた事が明かになった。

さて、飯炊《めしたき》の老婆だが、これはひどく耳が遠い上、一度寝こんだら最後、容易に目をさまさないという代物《しろもの》で、踏込んだ警官に叩きおこされて、はじめてぽかんと目をあける始末だった。結局、彼女からは何物もうることは出来ない。

加賀美捜査一課長は、時をうつさず現場へ急行した。

異常さ！

それこそ、この事件に終始つきまとって離れぬ特質であった。

前後二時間にわたる須川唯雄の訊問の後、加賀美はテーブルを叩いて云っている。

「何も彼《か》もでたらめだ！」

その男は、警視庁切ってと評判のある大兵な加賀美と相対しても、寸分もひけをとらぬ程のうわ背《ぜい》をもっていた。

彼は加賀美の前へ連れ出されると、加賀美がまだ何一つ云わぬ先にこんなことを喋《しゃべ》りだした。

「私は親不孝者でした。父や兄は、すっかり私に手古摺《てこず》って、結局私を勘当してしまいました。私は満洲へ渡りました。しかし、あの曠漠《こうばく》たる山野は、私を淋しがらせる所《どころ》か、実はもう有頂天にさえしてくれたものです。そこで私がどんな生活をしたか？　虎のように恐れられていた奴等を、一度に五人も向うにまわして、私は一歩だってひけをとったことはありません。いや、相手がたとえ十人だとしたところで……」

加賀美の声が突然相手をさえぎった。

「お前は遺産のことで正秋を憎んでいたそうだな？」

須川は、ちらっと加賀美の顔を見やり、かすかに微笑した。笑うと目尻に一寸《ちょっと》いやな影が光る。

「そうです！　兄は当然私のものとなるべきものまで着服してしまったからです。私は兄と散々激論しました。腕づくでも……この腕にかけても、とるべきものは取らずにおかぬつもりでした」

「正秋が、当夜、突然弁護士を呼んで、養女の圭子を正式に入籍し遺産の全部を圭子に伝える書類を作成して、翌朝になれば正式にその法律的手続きをとることにした事を知っているか？」

「知っています」

「お前は庭からあの書斎へ忍びこんだのだな？」

「そうです。兄に最後の談判をするつもりでは入《い》って行きました。すると、その時、兄はいませんでしたが、直ぐそのあとで、兄ともう一人の男が連れ立っては入ってくる足音をきいたので、隅のカーテンのうしろにかくれました」

「その通りだ。カーテンのうしろに、濡れたお前の足跡が残っている。そこでお前は何を見たのだ？　正秋と一緒に入って来たという男は誰だ？」

「誰か知りません。何も見ませんでした」

「知らん？　かくすのだな。云いたくないのだな？」

「誰か知りません。何も見ないのです」

にやり！　彼は、また笑った。妙にいどみかかるような皮肉が、その顔全体に露骨な表情を作っていた。

「正秋や人形の顔へ、髭をかいたのは何のためだ？」

「髭？」

ひげひげと呟《つぶや》きながら、今こそ、彼は唇をゆがめて嘲笑《あざわら》った。

「髭ですって？　それは一体何のことですか？　課長さん」

だが、それらの訊問の間、加賀美の顔には、何等のいら立ちもあせりの影も現われはしない。これまでに、彼は幾人か、こうした相手の、こうした嘲笑と戦って来たことだろう。

しばし、彼はむっつり口をとじたまま、その相手の目を焼附くほどに凝視していた。

「よし！　何も喋りたくないのだな？　お前が正秋を殺したのを承認するのだな？」

「いや、絶対に！」

須川は一寸肩をそびやかし、そして、まるで他人ごとのように冷然といいはなった。

「私が下手人なら、なぜ悠々と捕まるまであすこに残っていたでしょうか？　第一、盗られたという一万五千円入りの紙入れがどこから出て来たのですか？　私に相棒があって、そいつに金丈持たせて先に逃がしたとでも仰有《おつしや》るのですか？　へえ……金を持たせて相棒を逃がしてやり、そして私が悠々とあとにのこって捕まる。そして、やがては絞首台行きだ！　課長さん、生憎《あいにく》と、私には、そんな趣味は断じてありません！」

彼は、訊問が終って、いざ踵《きびす》をかえそうとしたとたん、ふと、テーブルの方を見やったその目が、異様にすわった。

そこでは、加賀美の指先が、彼須川の手袋の片方――その止《とめ》ボタンの千切れてなくなっている個所を殆んど無意識に爪繰《つまぐ》っていた。

が、それも唯一瞬間のことであった。須川はすぐ以前の冷笑的な目附にかえり、一寸唇を歪め、そして無造作にすたすたと部屋から出ていった。

扉の向うで、彼が刑事に喋りかけているのが聞える。

「へえ、髭ですって？　何だろう、そりゃア？　奇妙じゃないですか、ねえ、刑事さん？」

だが、加賀美はもはやそんな声はきいていはしない。彼は、物憂げに両眼をとじ、口の奥で、くりかえし呟いていた。

この手袋のボタンは何処《どこ》で落ちたろう？　殺人現場には絶対に落ちていなかったのだが……

×

高飛びの寸前に、東京駅のホームで並木道太郎が、張りこんでいた峰刑事の手につかまった。

被害者須川正秋の従弟《いとこ》で二十八歳になる男だ。手に負えない道楽者で、新宿辺の無頼漢仲間では一寸うれた顔だと自ら自慢している。

彼は圭子に秋波《しゅうは》を送って、圭子とその蔭にある須川家の資産とを一挙に手の中におさめようと慾のはった企てに熱中したが、結局、圭子には手ひどくはねつけられ、その上、正秋には今後の出入りをかたくとめられてしまった。そこへ、幾分かは自分ももらえるものと当てにしていた正秋の資産も、公式書類の作成によって帰朝以後、全く一文にもありつけぬことになった事情が、須川唯雄の場合と似通《にかよ》って来た。

当夜、裏木戸から逃走した人影を、圭子はたしかに道太郎と指摘しているし、書斎には彼の濡れた足あとが残っていた。それに、動かしがたいのは、兇器に使われた青銅の花瓶についていた彼の指紋と、更に彼が懐中していた一万五千円入りの正秋の紙入れであった。彼は、訊問室に連れこまれると、まるで傷ついた狼のように狂いたった。

「畜生！　誰か俺を密告しやアがったな？　畜生、畜生、畜生！」

加賀美は、むっつり口をつぐんだまま、その並木の姿をじっと見つめていた。こうした狂乱に叫びくるっている男が、次にどういう変り方をするか、彼はそれを百も知りぬいていたからである。

果して、並木は、叫びつづけている怒声を、途中でふっと途切らせたと思うと、矢庭《やにわ》に両手の中に顔をかくして、まるで、他愛のない子供のように声をあげて泣きはじめた。

「申訳ありません、申訳ありません！　私がやりました！　従兄《いとこ》を殺《や》ったのは私です！　私はせめて手切れの意味にでも、ほんの涙銭でもいいからもらいたいと、あの晩従兄にあって手を合せてまで頼んだのです。それだのに、あの、冷酷極まる従兄のやつ！　私を、犬畜生のように罵って、まるで唾でも吐きかけない仕打ちをするではありませんか。思わず、かッ！　となって、……気がついた時には、私は花瓶をふりあげて、もう殺《や》っつけて了《しま》ったあとでした。私は、ぎょっとなると一緒に、もう夢中で……どうせ行きがけの駄賃だと思って紙入れを……だって、課長さん、あの位の金は、当然私が貰って差支えのない額だったのですよ。ええもう、本当ですとも……あとは無我夢中でした。あとをも見ずに逃げ出しました。それから……私は、私は……ああ！　課長さん。私は死刑になるでしょうか⁉」

「お前か？　被害者の鼻下に髭をかいたのは？　あれは、何故《なぜ》だ？」

「髭？」

並木は一寸ぽかんとして、口を半ばあけたまま加賀美を見あげた。

「髭？　髭？　そりゃア一体課長さん……」

彼は、ぼんやりして、ぶつくさ呟くような小声でいったが、とたん、その声を俄《にわか》にはりあげた。

「髭をかいた？　何処へです？　私がですか？　バ、バカな！　そ、そんな事、絶対に知りません。ええ知りませんとも課長さん！　私は……私は……ああ、死刑！　ま、まさか死刑ではないでしょうね、何ぼ何でも死刑なんて……髭？　何でしょう？　髭ですって？　知らない！　私は絶対に知らない！　知りませんとも！」

×

須川は再び加賀美の前に呼び出された。彼は、加賀美の前に立つや、誰にいうともなく、吐き出すようにいった。

「バカ野郎！」

加賀美はそれに答えない。須川もそのまま口をつぐんだ。自然、二人の男が、喰い入るように目を見合ったまま、長いこと凝然《ぎょうぜん》と向いあっていた。そこには、妙に芝居じみた、それでいて火華をちらすが如き異様な緊迫感があった。

が、やがて、その沈黙は須川の例のあざけるような薄笑いをもって先ず破られた。

「バカ野郎だ、あいつは……いや、可哀そうな男、といった方が親切かな。ねえ、課長さん。自分の身を処するに充分な胆力と行動とも持てないような男は一体何と批評してやったらいいのでしょうな。捕まったそうですな、並木道太郎が？」

「説明したまえ。君はまだ自分の行動を釈明出来ては居《お》らんのだぞ」

「髭……おききになりたいのは……そうでしょう？」

須川は、ひょこっと肩をすくめた。そして、とたんに、いやに真面目な顔になる。

「あの晩、私はカーテンのかげで全部見ていました。あの男が、何をしたかよく見ていました。そして、彼が紙入れをさらって逃げおおせるその幕切れまでを、……私が、何故その兇行をとめなかったか？　お分りですか、私は兄を……あの無慈悲、貪欲《どんよく》、冷酷極まる兄を、鬼畜のように憎んでいたのです。だから、彼の死ぬことは、同時に私も望んでいたことなのです。と、いって、貴方は私を責めることが出来ますか。いや、日本の法律は、心中で兄を憎んでいた私、そして、並木の兇行をとめなかった私を罰することが出来ますか？　所で、その時、私は何を思い、何をしたか？　私は、殺した並木よりも兄を憎悪しました。その感情は、同時に並木を憐れむ気持にも変じた訳です。私は、彼を逃がしてやろうと思い立ちました。そして、突嗟に思いつき、目につくもの総てに髭を描きました。その髭のために、当局が頭痛をやまれたとしても、私としては唯、遺憾の意を表するの外はありませんですな。私は思いました。これで、当局が幻惑される。その奇怪な事実に気をうばわれて捜査方針が混乱する。並木は逃走の時間を与えられる……つまりですな。私が奇妙な髭を描きちらしたというのは、唯単に、並木に時間を与えてやる思いやりからであったに過ぎなかったのですよ」

思いやり？　唯単にそれ丈の理由からであったろうか？

加賀美は、ここで思わずにやりと微笑した。彼が、こんな笑い方をするなんて、何と珍しいことだったろう。

だが、しかし、並木は既に犯行を完全に自白しているではないか。そこに芝居は絶対にない筈だ——とすると、加賀美は、その時一体何を考えていたのか？　彼は黙して語らない。

対決させるため、並木がその部屋へ、呼び入れられた。彼は、はいって来て、そこに須川の姿を認めるや否や、また狂ったように喚《わめ》き出した。

「あッ！　貴様だなッ。俺を密告したのは貴様だな。畜生、畜生ッ！」

その並木を見おろす須川の目には、皮肉な憐憫の色が露骨に流れた。

「可哀そうな愚物！　泣き喚きながらやがて絞首台だ……」

彼は呟きながら、くるっと加賀美の方へ向き直った。

「課長さん。私を起訴なさいますか？　虚偽の陳述、死体汚損、そして殺人犯人の逃走幇助《ほうじょ》

――だが、一寸むずかしい。私は法廷でその全部を否定します。証拠薄弱、乃至皆無《ないし》……いかがです？　ああ、もう御用ずみですな。では失礼します。よう！　さよなら、並木君。君の弁護士料は僕が心配してやるぜ」

×

それから二日。

加賀美は、酒場コロンダイルの戸口をくぐった。

新宿裏の小さな店。もう灯火《ともしび》がついて、店には既に酒気と人いきれがみなぎっていた。奥のテーブルに、盛んに気焔をあげていた一人が、ふとその加賀美の姿を認め、一瞬、ぎょっとしたように手のコップをとりおとしかけた。が、それも、殆んど何人《なんぴと》の目にも気づかれない程短い瞬間の出来事であった。須川である。

彼はすぐ腰をうかし加賀美の方へ陽気に手をふって合図した。

「やア、課長さん！　ようこそ……多分、お見えになる頃だろうと思って……さア、どうぞ、こちらへ……お一人ですか？　一つ、一緒にやりましょう。この店は、一寸オツなカクテールを作るんでね。おっと、貴方はビールですか……」

加賀美は黙って、むっつりと彼の前に席をとった。

「所で……並木の先生、あれは元気ですか？　奴は気が小さいから、何かと泣言をいって貴方をなやますことでしょうな。いや、考えれば可哀そうな男です。全く、憎いのは兄貴の方ですよ。あいつと来たらもう全く課長さん……おっと来た、はい、そちらはビール……おい、お芳坊。君、この人を知っているかね？　こりゃアおっかない人なんだぜ。警視庁捜査一課の……あ！　知ってるって？　やア、こりゃア驚いた！　課長さんがこんな所のお嬢さんに迄顔がうれてるなんて！　隅におけんですなア。さア、愉快だぞ！　一つ、陽気にいきましょう、乾盃！」

加賀美は黙々としてシガレットケースを開き、煙草を口にくわえた。

「はい、どうぞ……」

須川が燐寸《マッチ》をすって出す。

が、加賀美はそれに見むきもくれず、無愛想に、自分の燐寸で勝手に火をつけた。

彼の沈黙とその仕草との作りなす一聯《いちれん》の気配は、むしろ彼の天性のものではあったけれど、こうした場合には、まぎれもなく一種の重苦しい威圧をかもし出していた。

遂《つい》に、須川もその饒舌《じょうぜつ》をひっこめ、むっつりと口をつぐんだ。そして、その顔には、あの彼独特の皮肉な薄笑いがベールのようにたんまりとうかんでくる。

「君は、その時カーテンの裏にいたのだな」

加賀美が、煙の蔭から突然吐出《はきだ》すようにいった。

「それがどうしました？」

今や、須川の声にも表情にも、明かに挑戦の色がこびりついていた。

「君は、並木が正秋を花瓶で殴打し、紙入れをさらって逃走する全部を見ていた。それから、カーテンをはなれ、正秋に近づき、そこで一つの発見をした。その時、まだ正秋が生きているということを……」

ほう！　須川は、そんなおどけ切った目附きをした。

「こいつア面白い！」

「所で、君は何をしたか？　改めて、花瓶をとりあげ、もう一度同じ頭部に殴打を加え、今度こそ本当に死んだことを確認した」

「やア、ますます面白いです！」

彼は、ぐっと酒をあおり、大声で喚いた。

「おい、お代りだ！」

「続いて、君は被害者の顔に髭をかき、同様髭をかいた京人形をその膝に抱かせ、重ねて二枚の写真をとりだし、それにも同じく髭をかいた……何故、君がそんなことをしたか？　表面は、並木の逃走時間を作るため当局をたぶらかす目的になっている。だが、本当の目的は、更にその裏にあったのだ」

「それ丈は、聞きのがすことは出来ませんな」

「君は、殺人を犯した直後、窓のカーテンのかげから覗いた圭子の顔に気づいたのだ。君はしまった、と思うと同時に、すぐ何をなすべきかを考えた。慌てて逃げるか？　それは絶対無意味だ。よし、逆にいってやろう……君は、圭子が警官を呼びにいった隙に、その髭描きの一幕をやった。何故か？　君は、並木が部屋からかけ出した時間を知っている。圭子が多分、木戸の辺りで彼を見たことを想像する。それ以後、圭子が窓から君を認める迄に少くも三四分は経過したのだ。当局では、その間、君が部屋で何をしていたか、当然疑いを挟むことを怖れ、その三四分の間には、この髭を描いていたのだと、云開きする材料を作るためにそれをやったのだ。いや、実は、その三四分に、君はあの書斎である探しものをやっていた筈だ。そして、それが見つからん。当局が、その三四分に何をしていたか疑い持つことから、その部屋の細密な捜査を開始して、それを発見されることが恐ろしかったのだ。それは何だろう？　――見つけ出した。それは、君の過去の記録だった。君の父親がそれを直々《じきじき》書いたものだ。そして、それが君の勘当され、大陸へ逃走した原因をなしたものだ。その記録――いいか、聞きたまえ、その記録は、曾《かつ》て君が、女中の一人と関係し、最後にそれを毒殺した疑いについて切々たる父親の苦悩を綴《つづ》ってあるのだぞ」

「いや、こいつは傑作だ！」

もはや、彼の顔には笑いの影はない。その表情には、俄に暗い、鈍《にぶ》く光る横しまなものが漂い出していた。

「君のような人間でなくて――君のような冷静冷酷、且《かつ》残忍皮肉な人間でなくて、誰が、己れの手にかけた死骸の顔に、あんな汚損をあえてし且嘲笑っていられるだろう！　まだ云う事があるか！」

「見事な創作ですなア。ところで、証拠は？　私が殺したという、その証拠は？」

須川は叫んだ。その声には気違いじみた響きがあった。

「君の、手袋の止ボタンをどこへやった⁉」

「多分、貴方がお拾いになったでしょう。一つかえして頂きたいものですなア。ありゃア、元来私の所有品なんですから、断然……」

「おい、貴様！」

加賀美は、矢庭に、須川の手から酒のコップをひったくった。

「あのボタンが何処にあったかを知っているか！　あれは、被害者の胃の腑の中にあったのだぞ！」

「⁉」

流石《さすが》に、惨然たるものが、一瞬須川の顔を仮面のように硬くした。

「まだ生きていて、立ち上った正秋を、貴様が手袋した片手でこの口をふさぎ、片手で花瓶をとって殴りつけたんだ。正秋は苦痛の余り、そのボタンを嚙《か》み切り同時にそれを嚥下《えんか》してしまったのだ。須川！」

二つの影が同時にさっと立ち上った。

須川の顔は蒼ざめ、同時にその目に兇暴な殺人者の色がきらりと流れた。が、しかし、その息づまる瞬間はすぐ過ぎさった。彼は、表戸の方を見廻し、そこに二人の刑事の影を見とめた。そして、一寸舌打ちし、肩をゆすると、半ばすてばちな、半ばあざわらうような、少し嗄《しやが》れるその声でいった。

「貴方を入れて三対一。満洲では五対一で十分だった。いや、十対一だった！　だがね、課長さん……」

一寸、沈黙が来た。彼の目は異様に熱を帯び、その癖その顔は紙のようにずんずん蒼ざめて行った。相手と目があうと、とたん、ふん！　というような、人を小バカにした表情を見せながら、加賀美の方へ、二つの腕をそろえてつき出し、バカ叮嚀《ていねい》に一揖《ゆう》した。

「さア、どうぞ。手錠をもっているのは、貴方ですか？　それとも、あの、入口の？」

黄髪の女

黄色い頭髪の婦人を求む。時代の最先端を行く婦人の新職業。収入断然多し。
伯林《ベルリン》マネキンクラブ

そんな求人広告が、都下の有力新聞紙に、連続五日間にわたって掲載された。

目はしのきいたマネキン業者が、一寸《ちょっと》こんなことを考える――これからは、若い婦人の間に極端な西洋好みが流行するだろう。つまり、黒い髪色から金髪への趣味の移行だ。金髪に――乃至《ないし》は黄髪《おうはつ》に似合うニューヨーク好みの新婦人服。或は、髪飾りから婦人雑貨類に至るまで、すべて流行はこの線に向うだろう。よし、これだ！

そこで、広告になる。

が、結局はそれ丈《だけ》のことに過ぎないのだ。とかくうわっ調子に先走って新奇ばかりを追いまわしている当節、この位の事に一々目をうばわれていては電車一つだって乗れはしない。要するに平凡なのだ。殊更《ことさら》、この広告に注目した人は、恐らく誰一人なかっただろう。

但《ただ》し、ここに、少くも一人例外的な人物がいた筈である。警視庁の捜査一課長、加賀美敬介がそれであった。

課長室の椅子に埋《うず》まりながら、彼の呟《つぶや》いているのが聞えるだろう。

「一寸、可怪《おか》しいぞ。何故《なぜ》といって、クラブの場所が書いて無いじゃアないか。応募者は、一体何処《どこ》へ申込めばいいというんだ。それに、伯林《ベルリン》マネキンクラブだって！　伯林！　独逸《ドイツ》万能時代の戦争中ならいざ知らず、今日になって、時代の空気に最も敏感な筈のマネキン業者が、何故わざわざドイツの首都の名なんか使ったのだろう？」

×

昭和二十一年十月三十日――その広告が途切れてから丁度三日目である。中央線の大久保駅から少しはなれた柏木三丁目の一角に殺人事件が突発した。現場は一望の焼野原で、夜は殆《ほと》んど全く人通りのない淋しい辺りである。兇行時刻は前夜の八時前後と推定された。

被害者は二十五六歳の洋装の婦人で、扼殺された上、心臓部に拳銃の弾丸をぶちこまれている。頸部《けいぶ》に残っている無残な暗紫色の斑痕から、それを締めつけた手は、太い強力な指をもった、かなりに大きい男の掌であろうと考えられた。あたりは、心臓部の傷口から飛散ったらしい血潮が一面に真紅《まっか》だった。犯人又は被害者の身許を知るべき遺留品は何一つない。結局、被害者の氏名も住所も分らないのだ。勿論《もちろん》、犯行の動機も、犯人の足どりもまた全然

日本人には殆んど見かけた事のない、茶色の勝った明るい鳶《とび》色！　この被害者の頭髪であった。日本人所で、この事件を異様な色彩に塗りあげていたのは、この被害者の頭髪であった。日本人

当局では、当然これに着目し、懸命な捜査の網がひろげられた。

しかし、結果は、何と奇妙なことだったろう。この、日本人としては、千人に一人、万人に一人も見出すことのむずかしい珍しい色の頭髪を、ちらりとでも見かけたという人が、遂《つい》に最後に至るまで現われなかったことだった。

この、著しく目につく黄髪をもった婦人は、一体何処に住み、何処からどうして来たのだろう？　氏名は？　職業は？　そして、殺された動機は？　くどいようだが何一つ分ってはいなかった。

ここで、当局の捜査方針は一転し、問題のマネキンクラブの広告に鋭い重点が集中される。

新聞紙が一斉に協力してかきたてた。

伯林マネキンクラブは何処にあるのか？　名前をきいた人はないか？　看板でもいい、見かけた者はないか？　或いは過去に存在したクラブかも知れん。心当りの人は当局に協力せよ。

だが、そうしたあらゆる協力が、すべて無駄に終ったことを、やがて関係者達は痛感せねばならない。

当局では、遂に断定した。

伯林マネキンクラブなどというものは、現在にも過去にも絶対に存在しはしなかったのだ！

だが、黄髪をもった婦人の惨殺死体は、厳として存在している。寓語でもなければ夢魔でもなく、それは白日のもとに存在する歴とした犯罪事件なのだ。

事件は迷宮に入り一ケ月経過する。

所で一方東京には、恐怖に値する住宅難問題がやかましく論議されていた。

皮肉にも、その住宅難が、やがて、この迷宮事件解決の糸口を与えてくれるようになったのである。

×

ある日、課長室へ、上海《シャンハイ》帰りの友人がふらっとたずねて来た。帰還して以来家がなくてほとほと閉口している。何とかしろ、という訳だ。

こうした依頼には、加賀美はのべつに接していた。しかし、彼の答えは何時《いつ》でもきまっている。

「友人としては充分協力するよ。しかし、俺の職業上の地位から、何等《なんら》か特別な便宜を期待したってそれは駄目だぞ。そんな事は俺は大嫌いなんだ！」

「分ってるよ。まア心掛けておいてくれたまえ。犬も歩けば何とやらっていうから、手当り次第方々に口をかけておくんだ。どうせ、大して期待なんかしていないがね」

友人は笑って、二三、引揚げ当時の苦心談などをやってから、やおら立ち上った。

彼が、加賀美のデスクの上に抛出《なげだ》してあった一枚の写真に、ふと目をひかれたのはその時であった。

「ああ、この間の事件の黄髪婦人の写真だね。新聞にも載っていたから知っている。あの事件、少しは目鼻がついたのかね？　ふうん、迷宮入りだって？……そうかなア。そんなに身許の知れない事があるのかなア。ああ、そういえば、僕は、この写真によく似た女を知っているよ。とてもよく似ているんだ」

瞬間、加賀美の目がきらりと光ったのを見ると、友人は興を覚えたようにその話をつづけた。

「僕の知っているのは川崎まゆみという人だが……六つになる笑子《えみこ》という可愛らしい女の子が一人いる。上海にいた頃の話だが、あの時、往来に転んで泣いている可愛い女の子を見かけたんだ。僕は御承知の子供好きだろう。早速、起してやった、涙をふいたり菓子をやったり……すぐ近くに安っぽいアパートがあって、そして、その子の母親、つまり川崎まゆみと初対面したという訳だね。子供の縁で、その後五六回会っている。まだ二十五六という若さだのに、余程暗い過去をもった人なんだろう、顔にも姿にも暗い淋しいものが、影のようにしみついているといった人だった。母子二人きりまるで世間の目をさけるとでもいった生活だった。その後、何度目にあった時だったかなア、その人の川崎という苗字《みようじ》から話がほぐれていって、意外な、僕とその人とのつながりといったものが分って来たんだよ。僕の一寸した知りあいに、川崎星一という男がある。こいつが大した悪党で、よく分らんが相当悪事を重ねていたらしい。眉間《みけん》に傷痕のある、凄く腕っ節の強い奴さ。その川崎とまゆみとが、どうした事からか内縁関係をむすんだのだね。十八の時だったという。その後、二人はわかれ別れになり、川崎は満洲へわたって間もなく死んだらしい。君！　誤解しちゃいかんよ。僕とまゆみとは別に何も深い関係なんかありゃアしない。間もなく終戦、引揚げということになってしまったんだからなア。淡々たる交際《つきあい》さ。引揚げ船の中で、偶然一緒になり、神戸でわかれた、それっきりさ……おっと、待った！　もう少し、続きがある。ええと、あれは何時だったかなア、そうそう、今度の事件の起った、たしか前の日の夕方だったと覚えている。西銀座のある裏通りで、女の子が一人、めそめそ泣いているのに出会った。見ると、笑子じゃアないか。驚いたね。聞いて見ると、何しろ子供の話だしはっきり分らんが、ここ一二ケ月、まゆみ母子は東京の近県を転々と歩いていたらしい。そして、その日は、東京へ出てくると、真直ぐその銀座裏へやって来た。何の用か知らんが、その辺を行ったり来たりうろうろしている。その内、ここで一寸待っておいでといってお母ちゃんは何処かへ行ってしまったまま帰って来ないのよ――笑子が云うんだね。僕は、子供をなだめながら、小一時間もその辺をぶらぶら歩き廻って見たんだ。まゆみは現われない。暗くはなるし、仕方がないから、近くの交番へ事情を話し、僕の住所をつげて笑子をつれたまま帰ったのさ。所が、何しろ、一人者の僕だろう。その上、他家へ厄介になっている身分だ。いつまでも笑子をあずかっておけやしない。所へ、思いついたのが、一寸知りあいになっている田岡八重《たおかやえ》という婦人さ。これが杉並で、愛児寮という戦災遺児の収容所を経営しているんだ。仕方がないから、笑子は一時そこで預かってもらうことにした。という丈の話で、僕とまゆみとの関係は淡々たるものだぜ。おっと、一寸その写真かしてくれ給え。ほう、これは新聞のと違ってはっきり撮れている。似ているね。本当によく似ている。瓜二つだ！」

「何故、今迄黙っていたんだ。事件を知っていて、何故それを早く届け出てくれなかったんだ」

友人は、オーバーのボタンをかけ終ると、一寸肩をすくめて笑って見せた。

「届出る？　まゆみのことをかね？　何故だい？　まゆみは絶対黄色い髪の毛ではないんだぜ。ありふれた黒い色なんだ……もう、用はないかね？　そうそう、家の方はたのむぜ。本当に困っているんだ。じゃアまた……」

×

愛児寮の門をくぐると、せまい空地に、生気を失った陰気な子供達が、遊ぶための玩具《おもちゃ》もないのだろう、しょんぼりとかがみこんで放心したように日向《ひなた》ぼっこをしているのが見える。が加賀美は玄関に立ってベルを押した。

寮主は突然の加賀美の来訪をうけてひどく狼狽《ろうばい》した。

「ここに、川崎笑子という子供がいる筈だが……」加賀美が、無愛想に相手に向って云った。

「笑子？」相手はしばらくの間ぽかんとしていたが、

「ああ、あの子の事ですか。あの、可愛い子……。一月ほど前に知り合いの方からたのまれまして……」

「何処にいます？　会いたいのだが……」

「それが、貴方さま、もうここには居《お》りませんのですよ……」

加賀美の眉が、急にけわしくなったのを見ると、相手は慌ててつけ足した。

「その時、警察へお届けした筈で、私共に手落はないと存じますけれど……御存じなかったのでしょうか、まアーあの子は、そう……もう二十日位前でしたでしょうか、行方知れずになってしまったんでございますよ」

加賀美は、くわえた煙草に火をつけることも忘れていた。不機嫌な顔だ。

「夕御飯の少し前のことでした。子供達が裏で遊んで居りますと……笑子も勿論一緒でございましたわ。子供達のいう事で詳しいことは分りません。何でも、何処かの男の人が来て、笑子を連れていってしまったという訳で……警察へもお届けしましたし、何しろ沢山の子供のことですから、そう一々は目がとどきませんのです。私共の責任でございましょうか？　そこまで責任を負わなければならないとなりますと私共……ええ、その晩など、一晩中まんじりともせず、玄関に立ってあの子の帰りを待って居りました。あら！　もうお帰りでございますか」

むっつり立ち上った加賀美のあとを、寮主は慌てて追って出ながら、大声で子供達を呼んだ。

「さア、皆さん。お客様をお見送りいたしましょう」

×

課長室へ戻ってくると、友人からの電話が彼を待っていた。

「大分忙しいようだね。さっきから何度も電話したんだぜ。川崎まゆみの件に、君が大分興味をもっているようだから……何、あとで一寸思い出したことがあるんで……いや大したことじゃアないが、何しろ、少しでも君にサービスしとく必要があるからね。と、いっても、大した事じゃないんだ。ことわっておくがね。上海で、僕は時々まゆみの部屋へ遊びに行ったといったろう。その時、僕は、まゆみの机の上に、小さな写真立のあるのを見たんだ。その、写真の主だがね。これが川崎星一なら何をかいわんやだ。ところが、ありがたいことに、そうじゃない。五十年配の半白の、品のいい男の写真さ。初めは、まゆみの親父さんかと思ったが、そうじゃないんだ。僕はその写真の主に見覚えがあったからだ。一体、誰だと思う？　意外な人物だぜ。ははは……大いに気をもたせるだろう。興味はしんしんだね。ああ、もしもし……君、聞いているかね？　所で、その写真の主だが、ありゃア、たしかにW大学の若松教授だ。僕は、若松氏をよく知っている。断然、間違いないよ」

「よしきた！　ビールをおごるぞ」加賀美の声はだしぬけだった。

「ビール？　ほう、大分風向きがいいぞ。最近アルコールには大分飢えている。どうだ、これからすぐ行っていいか？」

加賀美はもう相手の声などきいてはいない。拋出すように受話器をかけると、むっくりと立ち上った。何かが無ければならん！　何故？

若松博士が中野の宮前町三丁目に住んでいることを知っている。そこから、事件の現場まで、焼跡つづきに僅か十七八町の距離しかないではないか！

×

若松博士は当年とって五十三歳である。

W大学の教授で、実験物理学の碩学《せきがく》として令名が高い。温厚柔和、学者らしい学者として、学生間の評判も仲々よいようだ。

糟糠《そうこう》の夫人と、飯炊《めした》きの老婆が一人、子供がないので、たった三人の淋しい家庭である。

もと雑司《ぞうし》ケ谷《や》に住んでいたが、罹災してから宮前町の知人の持家を借り、以後そこに住みついている。

探り込みにいった峰刑事が、間もなく戻って来て、次の如く報告した。

「近所の評判も仲々よいのです。夫人も博士以上温厚な人だそうで……川崎まゆみなどという女については何等の噂も聞きません。勿論、笑子という子供も来てはいません。新聞広告など、依頼した形跡も絶対なし。第一、あの謹厳な博士とマネキンクラブときては、実際珍妙なとり合せですからなア。事件当夜、ずっと家にいたことはたしかです。ことに、夫人が風邪の加減だったとかで、八時十五分頃からは、ずっと夫人の枕頭《ちんとう》につきそっていたそうです。仲のいい夫婦ですなア。拳銃？　そんなもの、持っていない事全く確かです。それから、博士の事ですが、大体、博士は小柄な、見るからに非力な人で、その手なんか、まるで女のように細くて小さいんですよ。あの扼殺の斑痕とは全然あいません。それに、博士邸から現場まで、どんなに急いだって、往復に小一時間はかかるでしょう。博士が終夜、在宅したことはたしかです！」

刑事はここで一寸話をきり、声の調子をかえた。

「ですが、課長、妙だといえば妙な節が、少しはあるんですよ。事件に関係のあるなしは別としてですね。と、いうのは、博士は何の道楽もない人で、学校と家庭の間をまるで機械のように正確に往復していた人だというんです。所が、この頃になって、時々帰宅の時間がおくれる。ちょいちょい外出する。その上、取引銀行から、引出せる丈の金は全部残らず引出してしまいました。おまけに、貴重な参考書籍類を相当多量に売りはらいました。恐らく、博士の書棚は大半からっぽになったろうと古本屋の主人が笑っていました。書籍ばかりでなく記念にもらった貴金属類や、自分の洋服類まで相当に売っています。しかも、それらは、全部家人に内密にやっていたんです！　どうしてそんなに金がいるんでしょう？　分りません……」

そして、二日が空《むな》しくすぎる。

すると、三日目、峰刑事から耳寄りな電話報告が来た。

「今、新宿裏のYという食料品店からかけています。課長、笑子を発見したんです！　たしかに、笑子に間違いありません！　この家のすじ向いに小汚い小さなアパートがあるんですが、その前を通りかかると、入口にしょんぼり日向ぼっこしている六つ位の女の児をふと見かけたという訳です。それが、あの黄髪の被害者によく似た顔をしているではありませんか！　私は、何気ないふりをしていきなり声をかけて見ました。笑子ちゃん、今日は一人なの？　うん、小父ちゃんはお二階よ……それがその女の児の答えだったんですよ。もう間違いなしです！　余り長話をして、藪蛇《やぶへび》になってはいかんと思い、この店にとびこみました。その女の児、つまり笑子ですな。その笑子の云った小父ちゃんという男は、時々この店で買物をするそうです。人相の悪い大男で、いつも帽子でかくしてはいるが、たしかに眉間に古傷のあとがあるという事です。二ケ月位前からそのアパートにいるそうで、よく外出します。何をしている男かさっぱり分りません。名前は山田太郎。勿論、偽名にきまっていますとも！　それから、課長、私が興奮しているのがお分りですか？　実に重大なる発見があったんです。笑子の髪の毛の、生え際二三分が、黄色く変っているのを見たんです。どうした訳だろう？　もう、お分りでしょう？　もともと黄色い髪の毛を白髪染《しらがぞめ》で黒くしていたんです。それが、下からのびて来て、生え際の地色が……ああ、では、課長来て下さいますか。新宿裏のY食料品店。すぐ分りますよ。ではお待ちしています」

鳥打帽子をまぶかに冠《かぶ》って額をかくした人相の悪い大男。そばの椅子に、六つ位の可愛い女の児がしょんぼりとかけている。

『赤い鳥』——それがこの店の名だ。新宿裏の目だたない小さな喫茶店である。

この男は、女の児の手をひいてアパートを出ると、真直にここへ来た。

加賀美の席からは、夕陽を斜めにあびて一層奸悪にうかび上った男の横顔がよく見えている。しかし、加賀美の視線は、からになった紅茶のコップへ目をやりながら、しょんぼりしている女の児の淋しそうな横顔に釘附けになっていた。

似ている。実によく似ている！　勿論、黄髪の被害者の顔に——そして、更に、若松博士の顔にだ！

三時四十分。一人の男が、入口の戸をあけた。

折鞄を手にさげ、縁《ふち》なし眼鏡をかけた品のいい半白の男――若松博士である。

博士は、真直に、鳥打帽の男の前へ来て椅子にかける。博士は、男の方へは目もくれず、女の児の顔へじっと視線をそそいだ。静かな学者の目だ。

女の児も、まじまじと博士の目を見かえしている。

人生にこんな瞬間が、そうざらにあるもんじゃない……。

女給が、紅茶のコップを運んで来た。

博士は、つと折鞄を引寄せると、中から新聞紙包みをとり出して、男の前へ投げやった。

「もう、これっきりだぞ」

怒りを帯び侮蔑にみちた声。

ふん！　相手は肩をゆすって、嘲笑《あざわら》うようににやっとした。そして包みをあけ、中の紙幣《さつ》束《たば》を調べてからポケットへねじこむ。

二人の男の、目と目がはげしく宙にあっている。憎々しげに嘲笑をうかべた目と、無限な侮蔑を含んだ目とが……

何方《どちら》も、何も云わない。

突然、三人は立ち上った。

博士は女の児の手をひき、男はその巨大な肩先をそびやかし、扉口を出るとそのまま左右に分れてしまった。

加賀美は、鳥打帽の男をつけて歩き出した。うしろには刑事がついている。

町角まで行くと、男は何か考える風に、つと立ちどまった。加賀美の足が俄然早くなる。その足音を聞いたのだろう。男が、ぎろりと振り向いた。

同時に、加賀美が声をかける。

「おい。川崎星一!」

「何ッ?」

兇暴な顔だ。

「俺ア、そんな名じゃアねぇ」

男は、素早くあたりを見廻し、右手をポケットへ突込んだ。

無言のまま――何方が先に動いたのか。猛然と二人の肉体が宙にぶつかった。

「ばかッ!」

加賀美の喚《わめ》いた声だ。瞬間、くうを射った拳銃の銃声と、毬《まり》のようにけし飛んで転がる男の影と……

峰刑事に組みしかれながら、男は尚も兇暴にたけり狂った。

「俺じゃアねえ! あいつを殺《ば》らしたのは若松博士だ! 俺ア頼まれた丈なんだ。畜生!」

×

翌朝、加賀美は若松博士邸に現われる。博士は、縁なし眼鏡をきらっと光らせた丈で、静かに彼を迎えた。

「さア、どうぞ……」

応接間へ案内しようとするのを、加賀美は無愛想にこたえた。

「書斎の方へ御案内下さい……」

博士は、一寸加賀美の表情をのぞきこむようにしたが、そのまま無言で書斎の方へ彼をみちびいた。

玄関とならんで、別棟に、小広い土蔵が建っている。ここへ住むようになってからは、そこが博士の書斎にあてられていた。

古びた絨氈《じゅうたん》をしきつめ、書棚の外は、書きもの机と椅子が二三脚。

老婆が茶菓子を運んでくると、博士は温顔に微笑をたたえながら、愛想よくすすめた。

「さア、どうぞ、おくつろぎ下さい。何もありませんが……はははは、どうも不手際な菓子ですよ。家内の手作りですが、よろしかったらどうぞ……」

加賀美は、むっつりと口をつぐんでいる。

「近頃の世情は何というあさましさでしょう。我々、書斎にとじこもっている者の耳にまで、いやな話がひんぴんとはいって来ます。御多忙でしょうなア……そういえば、先日は警察の方が、おいでになったそうですが……今日はまた何か？」

「あの隅の書棚の位置を、最近お動かしになりましたね？」

加賀美の視線を追った博士の顔から、瞬間微笑の影が消えた。その肩先に伝わった戦慄を、加賀美は明らかに見てとった。

そのまま、長い沈黙がつづいた。加賀美の凝視は博士の表情からはなれない。

「十月三十日、ここから十六七町の、大久保駅の近くで殺人事件が起りました。被害者は川崎まゆみ、黄髪の婦人です。扼殺された上、胸元へ拳銃の弾丸をぶちこまれて……」

「ま、待って下さい！」

博士はうめくように顔を上げた。

「射ったのは私です。お話します。皆、お話します。いや！　私はもっと早く自首して出なければならなかったんだ！　ああ、私は……」

突然、その顔が、くたくたッと両手の下に崩れた。苦悶と悔恨が、その全身を慟哭《どうこく》の戦慄となって波打たせているのが見える。

「七年前、私は、銀座のある喫茶店につとめているまゆみと、ふとした事から識合《しりあ》いました。浅ましいと笑うなら、笑って下さい。四十七の私が二十歳のまゆみを愛したのです。全く、私の生涯に二度とない出来事でした。しかし、そうした関係を長くつづける事は、私の良心が許しませんでした。まゆみもその悩みを抱いていたようでした。そこで、二人は合意の上、総《すべ》てを家内に打開けました。家内はよく分ってくれたのです。二人が関係を断ち、まゆみの身さえ立派に立つようになるなら、自分は何も云う事はない、とはっきりいってくれたのです。唯《ただ》残るのは、私のまゆみに対する責任丈です。まゆみは私の子供を身籠《みごも》っていたからです。それも、家内は、自分には子供がなくて淋しい折柄、是非とも引取りたいと、まるで自分の娘が、孫を生むときのように、まゆみをいたわり愛してくれたのです……。それから、まゆみが立派に自活出来るよう、何とかしてやらねばならないと云い出したのも、家内の方でした。丁度《ちょうど》まゆみは、マネキンクラブをやって見たいと、口癖のようにいっていた所なので、それならばというので、私は銀座裏のAビルにあった空室を、ともかくも借受ける約束までしました。あの時の、まゆみの、まるで子供のようなはしゃぎようと来たら！　所が……所が、その時です。川崎星一という人物が、突然姿を現わして来たのは……

まゆみは、十八の時、その男にだまされて内縁関係をむすんだという事です。しかし、間もなく、星一はまゆみをすて、姿をくらまして了《しま》い、二度と現われたこともなく、まゆみの方では、すっかり手を切ったものと思いこんでいた訳です。所が、二年ぶりに、忽然と彼が現われて来たのです。それからは、私もまゆみも、地獄の生活でした。彼は、私がまゆみに与えたマネキンクラブ準備のための金を全部まき上げて了い、その上、私を姦通罪で告訴するとか、スキャンダルを公表してやるからとか、私を脅迫し、だにのようにへばりついて次々と金のゆすりをやったのです。あの頃の、悲惨だった私の記憶！　分って頂けますか？しかし、まゆみは、きっとそれ以上でしたろう。彼女は、生活の希望を失い、星一を恐れ、間もなく、妊娠の身で何処かへ失踪してしまいました。そのままの生活がつづいたら、きっと私も失踪するか、或いは自殺でもするより外道がない事になったでしょう。何故といって、それ以外に星一の脅迫から逃れるすべがなかったからです。所が、何が倖せになる事か、今度の戦争が始まり、あのバカ景気です。星一は、ケチな学者をゆするより、遥かにうまい汁を吸う道を見つけたのでしょう。ありがたい事に満洲へ渡ってくれました。私は助かったのです。所が……

終戦後、星一は満洲から、まゆみは上海から、それぞれ前後して帰って来たようです。まゆみは、私のことを憶えていてくれたのでしょう。雑司ケ谷の方へ一度来たそうだが、私の立ちのき先が分らず、失望して帰ったという事です。所で星一ですが……彼は、帰って来て金に困ると、すぐ思いついたのが、また私から金をしぼりとる事です。唯の手段ではもううまくいかんと思ったらしい彼は、まゆみの行方を探し出し、その子供――つまり私との間に出来た笑子という子供です。その子供と二人を並べて私をせめ立て、金にしてやろうと考えた訳です。そこで、彼は思いついて、あのマネキンクラブの広告をやりました。まゆみは星一を怖れ、うかとはその誘いにのらんよう用心していたらしいのですが、遂に、あの広告にひっかかりました。自分と私夫妻しかしらない、伯林マネキンクラブという名、それから黄髪の女を求めるという広告……まさか、私がマネキンクラブをやるだろうとは思わなかったでしょうが、何か関係があるのではなかろうか、ふと、そんな事を考え、懐しさの余り、ふらふらっとAビル前まで行ったという訳です。すると、そこで見かけたのは蛇のように恐れていた星一の姿でした。まゆみは慌てて逃げましたが、結局、彼につかまって了います。その間に、笑子の方は、何処へ行ったか行方知れずになりました。こうして、すぐその足で、星一はまゆみを引ずるようにしてここへやって来た訳です。

私の書斎で案の定、星一の脅迫がはじまります。するとその時です。まゆみが狂気のようになって星一にいどみかかって行ったのは……彼女は、私をかばおうとして、星一にわめきかかりました。貴方が、今後二度と博士を脅迫しないと約束しないのなら、私は貴方の旧悪を訴えてやります。貴方は人殺しをしたじゃァないか！

あの星一という男の、野獣のような兇暴さを、その時こそ、私はまざまざと目の前に見ました。彼はまゆみにおどりかかって首をしめつけました。まゆみは執拗に叫びつづけます。男はまるで狂ったゴリラでした。私は、何とかして彼をとめようとしました。しかし、非力の私に何が出来るでしょう。ふと見ると、彼のポケットから一挺の拳銃が顔を出しています。私は、半ば夢中でそれをとると、まゆみから手をはなせ、はなさなければ射つぞ、と怒鳴ったのです。所が、彼は、とっさに私におどりかかり、拳銃をもった私の手を上からおさえつけ、そんなに射ちたければこうして射て！　そう喚き乍《なが》ら、私の手をおさえつけたまま私を引きずって行き、まゆみの胸に向って、無理に曳金《ひきがね》をひかせました。その時の、私の惨《みじ》めな抵抗がどんなに無力だったか！　課長さん、あの時ほど、私が人間の腕力というものを呪った事はありません！

それから、彼は何といったとお思いです？　彼は悪鬼のように嘲笑いながら、俺が首をしめてお前が射ったんだ。二人でまゆみを殺したんだ。二人が殺害者だ！　この拳銃には、ちゃんとお前の指紋がついている。お前が何といったって云い訳が立つものか。それに、お前は姦夫じゃアないか！　だが、若《も》し、お前が助かりたいなら、金次第で俺が何とかしてやろう……

私は、その時男らしく自首して出るべきだったのです。私はしかし卑怯にも彼に屈し、云いなりに金をやって犯罪を蔽《おお》いかくそうとしたのです。

仆《たお》れていたまゆみの頭から、黒髪のかつらがずれておちかかっていました。黄髪をきらったまゆみは、以前は白髪染で黒くそめていたものですが、戦争でそれが手に入りにくくなってからは、子供の髪丈はそれで染めてやっていたようですが、自分はかつらでそれをかくしていたらしいのです。星一は、まずそのかつらをむしりとり、それから、まゆみの死骸をかついで出て行きました。私は、書棚を動かし、絨毯に残った血の跡をかくしたのです。あとできくと彼は、死骸を大久保駅近くにすて、附近に犬の血をまき散らして、さも、その場で殺されたようにつくろったのです……

その後、私は彼のため幾回も金をしぼりとられました。その金を工面するため、私がどんなにつらい思いをした事か！　最後に彼は、どこからか笑子をさがし出して来て、それと交換に多額な金を出せと要求したのです。若し金を出すのがいやなら、お前の子供をさんざんな目に会わせてやるぞ！　それがあの男の台詞《せりふ》でした。あの可哀そうなまゆみの子供を……何という苦しい悪夢のつづきだったでしょう！　だが、私は責任もとります。もはや悪びれた卑怯なふるまいはしません。課長さん。同行するのですか？　あの、若しゆるせるなら、手錠丈は……お願いします……」

博士の永い告白はここで途切れた。

加賀美は目をそらした。

「後刻、御出頭頂きたいのですが……」

いいすてて、その屋敷の門を出ながら、彼の呟いている言葉を聞いたとしたら、博士は一体何と思ったであろう。

「ここに一人の不幸な子供がいる。今やっと、その幸福をつかみかけて……。子供には本当の愛が絶対必要なんだ。そして、その愛がこの屋根の中にある。よし、ここに一つ、俺に出来ることがあるぞ！」

五人の子供

十二月二日。午後五時三十分。

ある事件の調査でおそくなった加賀美は、仕事の疲れをいやすつもりで、一杯のビールにありつくため、池袋駅に近いパシフィックというレストランに立ちよった。

今時のことでどうせ大したことはないが、それでも、この辺りでは一寸《ちよつと》美味《うま》いものを喰わせる店として通っている。

「あら、おビール？　まア、この寒いのに……お熱いのになすってはどう？」

女給がその位のお愛想をいうくらいには、もう加賀美もなじみになっていた。

全く、冷えこむ晩であった。

加賀美のあとから、子供連れの夫婦ものが一組はいって来て、すぐ側のテーブルにならんだ。

あれこれと一相談あった揚句、子供達のために何か註文する。

加賀美は、歯へしみわたるようなビールの冷たさを賞味しながら、コップの蔭からその一団に何気ない視線をやっていた。

それには一寸した理由があったからである。

彼等がテーブルへつくと殆《ほと》んど同時に、加賀美のすぐ側の窓硝子《ガラス》に、一個の人の顔が忽然と現われた。その辺りは光線もよくとどかぬし、帽子を深く冠《かぶ》って外套の襟《えり》を立てているためよくは分らぬが、右頰に傷痕らしいものが見えている。

彼は硝子越しに中を物色していたが、その一団――というよりも、その一団の中の父親の姿を認めると、そのままじっと視線を釘附けにしてしまった。

見られている方では更《さら》に気づかない。

料理を註文する時、女は良人《おっと》の方へそっと小声で囁《ささや》いた。

「貴方、そんなに沢山……大丈夫ですの？」

心もとなげにおどおどしたような声であった。そして、料理が運ばれて来た時に、もう一度同じことをくりかえした。

「貴方、大丈夫？　本当に？」

男の方は陽気に笑った。

「大丈夫だったら、お前」

そして、可愛くてたまらぬというように子供の世話をやいてやった。

「さア、オムレツは正坊だったね。カツは菊ちゃんと……お姉ちゃん達はめいめい自分でとって……喰べちゃったら、いくらでもお代りおし、さアさア喰べて喰べて……沢山たべる子がお悧口《りこう》さんだよ」

今度は妻の方を向いて、

「お前も何かとらないのか？」

「でも、あたし……」

「いいじゃないか、え？　テキはどう？　そうそう、以前はよく末広へいったじゃアないか……僕はビールを一ぱいやろう。ああ君、テキとビール一本……」

だが、そこに何となく妙なものがあるのを加賀美は感じていた。それが何かは分らない。唯《ただ》その男の笑い声や甲高《かんだか》な喋《しゃべ》り声に、異様な影法師のようなもののまつわりついているのをひそかに感じるだけである。

彼が、笑えば笑うほど、賑《にぎ》やかに喋れば喋べるほど陰気なものがにじむようにあたりに漂った。

年は三十五、六であろう。色のさめた古背広を着て、この寒さだというのに帽子も外套もきていなかった。女の方も、それにおとらぬ貧しいなりであった。古びたモンペ、白粉気《おしろいけ》のない顔。赤児に乳をふくませている胸元も、いたいたしい迄《まで》に瘦せていた。二つ三つ年は男より下であろう。それに、十位のを頭に、乳吞児《ちのみご》まで入れて五人の子供達。どれもこれも、見すぼらしいなりをして、寒さに背を丸くいじけさせていた。だが、その柔和な美しい目元が、揃いもそろって、何とよく両親に似ていたことだろう。

ビールがくると、男は妻の前にもコップをおいた。

「さア、お前も一ぱい……いよいよ僕等にも運の向いて来た前祝いさ。のんでくれ。一息に景気よく、ぐうっと一つな」

あたりへ気がねしながら、皿のものを喰いこぼす子供達にはらはら気をつかっていた妻は、それでも素直にコップをとった。

「あたし、大きな事はのぞみませんわ。せめて子供達に寒い思いと、ひもじい思いさえさせずにすめば、それでもう、あたし……」

「わかってるわかってる。俺達にだって、それくらいのことを要求する権利はあるんだ。世間が何ていったって……俺にだって、妻や子供を養うくらいのことは……わかってるとも！何としたって、その位のことは俺だって要求する権利があるんだ！」

それから、はっとしたようにあたりを見廻しとってつけたような弱々しい微笑を妻に向けた。

「もう、今迄見たいな、惨《みじ》めな思いはさせないよ。俺達だって生きてゆく位のことは……わかってるだろう。うまいもうけ口が見つかったんだ。さア、もう一ぱい……ああ、正坊、何て、おみかん？　よしよし。皆、おみかんがほしいんだね。うん、いいともいいとも……君、みかんを十ばかり……」

たしかにその姿には濃い苦悩のかげがまつわりついていた。彼は懸命にそれをおしかくそうとしているのだが、しかし、その努力が次第に力つきてゆこうとしているのが、まるで鏡にかけたように加賀美には分っていた。

窓硝子に、一つの顔がくっきりと映っていた。右頰の傷痕。深く前をさげた帽子。それから、じっと中を見つめている二つの目。

冷えこむ晩であった。しんしんたる寒さの中に、五人の子供達はいよいよ背を丸くし、かじかむ手でしきりにみかんをむいていた。

と――突然、その変化が来た。

男の何気なく上げた目が、窓硝子に映っている男の顔をふと認めたのである。

一瞬、その顔からはあらゆる表情が消えた。彼は、まるで気を失った人のように茫然とうつろの目を窓の方へ向けていた。

「あなた、あなた！」

妻が呼んだ。しかし彼は気がつかない。

真蒼な顔色だった。

妻はまた呼んだ。

「どうなすったの、あなた⁉」

とたん、彼はだしぬけに突立ち上ってとっ拍子もない大声でげらげら笑い出した。

「ようし！　お父ちゃんは大金をもうけて見せるぞ！　さア、皆、出かけたり出かけたり……何でも買ってあげるよ。何がいいんだ。外套？　玩具《おもちゃ》？　お菓子？　靴？　ようし来た！　皆、買ってやろう。さア、お父ちゃんと競走だぞ！」

一人の子供をひょっと抱き上げると、おびえて泣き出しそうにしているのを、肩車にかつぎ上げて、いきなり戸口の方へ走り出した。

「さア、皆、競走だ競走だ！」

けたたましく出て行ったその親子の方を、店中があっけにとられたように見送っている中で加賀美一人、くわえた煙草にゆっくりと火を移していた。

（断言したっていい！　あの男は、表へ出るや否や泣きだしたに違いないんだ……）

何時《いつ》の間にか、窓に映っていた顔も消え、凍てついた道を、重い鋲靴がこつこつと遠ざかってゆく音が聞えて来た。

×

それから三日目。

その事件の報告と共に、被害者の写真をうけとった時、加賀美は、それがあの晩の男――五人の子供の父親であることを一目で知った。

彼自身――捜査課長自らN署の捜査本部へ向いていったのも、彼にそうした予備的興味があった事が大きな原因の一つであったであろう。

武蔵野電車のN駅から南へさがると、間もなく人家が絶えて一望の畑地続きになる。この辺りは、東京近郊でも珍しいくらい武蔵野の風貌を伝えている所で、起伏の多い畑地の所々に、点々と冬枯れた雑木林がのこっていた。そうした雑木林の一つが、事件の現場であった。発見者は附近の農夫である。被害者は、上着を附近に脱ぎすて、上半身はシャツのまままうつ向けに崩れるように仆《たお》れていた。

胸に一個所、背中に二個所匕首《あいくち》でやられたらしい刺傷があった。あたりの叢《くさむら》は一面に踏みにじられ、血潮が点々と飛散していた。道路から、その叢までくる間に、少し砂土の露出している個所があるが、そこには二種類の靴の跡が明瞭にのこっていた。一つは勿論《もちろん》被害者ので、もう一つは、軍靴《ぐんか》らしい鋲《びょう》の一面にうちつけてある靴の跡だった。

ズボンのポケットから小銭が六十銭ばかり。ほかに何一つ所持品はなかった。但し、ぬぎすててあった上着のポケットから一つの手紙が現われた。こんなことがかいてある。

良子よ。

お前も薄々感附いていたかも知れないが、私は少し深入りしすぎてしまった。どんな事にと聞かれても、それははっきり云わない方がお前の為《ため》でもあるし、私の為にもよいように思う。とにかく、私は、あせって少し深入りしすぎた。この頃の、私の挙動に、多分お前も案じていてくれたろう。どうも今日外出してから妙に胸騒ぎがしてならないのだ。それで急にこんな手紙をかいておく気になった。もしも――もしもだよ。もしも私が殺されるような事があっても、どうか誰も恨まないで下さい。唯、私が至らなかったからだ。唯、私がわるいので、誰も恨みようがないからだ。どうか、私を許して下さい。良人として何一つ満足にしてやれず、苦労ばかりかけて来た私を、本当に許してやって下さい。若《も》し、出来るなら、私は草葉のかげからお前達の倖せを力一ぱい祈っていましょう。どうか子供を――子供をたのみます。

ああ、五人の子供！　それ丈が、私のたまらない気がかりだ！　慾を云うようだが、素直な、立派な子に……誰も恨まず、誰もたよらず立派な、本当に素直な子供に……頼みます。頼みます、頼みます！

郵便局の窓口で、ペンをかりて書いているのだが、人目があってもう書けない。これで切りますが、もしもこれがお前の手にはいるようならその時は、私はこの世にいないことだろう。

では、くれぐれも身体に気をつけて……くどいようだが、たのみますよ、五人の子供達を……では、この世に二つとなく愛したお前と子供達。さようなら――

信二郎

読んだ刑事の中でも、子供のある連中など、唇をかんだ。

「畜生め！　五人の子供さん達、待っていろよ。俺がきっと犯人をふんづかまえて敵討《かたきう》ちをしてやるから！」

その手紙の上書きから、被害者の身許はすぐ知れた。

雑司《ぞうし》ケ谷《や》五丁目の坂田信二郎――

兇器は附近から発見されなかったが、その代り犯人が置きすてていったと思われる、憎々《にくにく》しいばかりの捨台詞《すてぜりふ》が残っていた。

被害者の胸元にとめてあった『きんし』の袋を拡げて、その上に燐寸《マッチ》のすり殻でかいた、こんな文句である。

「裏切者を処刑す」

勿論、被害者の手蹟とは違っていた。

×

加賀美がN署の捜査本部についたのは、その日の午後のことであったが、課長自身の出馬を迎えて司法主任はひどく緊張した。

「一寸、腑《ふ》に落ちない奇妙な所があるんですが……というのは、致命傷は左胸部の心臓をねらった一突きなんですが、その外に背中に二つ軽い突傷があるんです。一つは、ほんの切先が辷《すべ》った程度のもので、もう一つは一寸ばかり刺してありますが、妙なことに、脱ぎすててあった上着の背部には一つ丈しか突傷のあとがないことなんです。合せて見ると、その一番浅手の傷と上着の傷とがぴったり合うんですよ。それから考えると、つまりこんなことになると思うんですが……先《ま》ず、背中を一突きやられたそのあとで、被害者が、自分で脱いだか脱がされたかして上着をとった。そして、また一突き背中をやられ、最後に胸を突かれたという順序です。どうした事情か、よくのみこめんで困っている所ですが……ああ、死亡時刻ですか？　それは、先ず、前夜の、五時頃から七時頃までの間ということになって居《お》ります。それから、兇器ですが、今しがたやっと発見されました」

司法主任は、テーブルの上の新聞紙包を叮嚀《ていねい》に拡げて、中にあった匕首をしめした。

「御覧の通り、白柄《しらづか》造りのありふれた匕首です。現場から一丁ばかりはなれた叢の中で発見されました。近所の野良犬が、何かしきりに嗅ぎまわっているのを、刑事の一人が見つけて、やっとこれを発見したという訳です。昨夜、夜半頃にこの辺りに通り雨がありましてね。そのためこんなに血は洗いさらされていますが、それでも血糊《ちのり》の脂《あぶら》が光っていますし、柄の中には、こんなに赤黒くしみこんでいます。はあ、傷口とぴったりです。指紋は絶望ですが、しかし、これが兇器に使われたことは確実だと思います。……ところで課長、現場においでになりますか。死骸を御覧になりますか？　それとも、被害者の細君にお会いになりますか？

丁度《ちようど》今、ここへ出頭して来ているのですが……」

加賀美は、被害者の妻に会うことにした。

一人の子を背に、二人の手を引いて、隣組長の横山という人に附添われながら、良子という婦人は、その婦人は、真赤に泣きはらした目を伏せたままはいって来た。

先夜見た時より、またがっくりとやつれた、いたいたしい姿だった。

良子は加賀美の問いに答えてこう陳述している。

「私共は十二年前に結婚いたしました。その頃宅は小さいながら印刷業を営み、人様並の倖せな暮しをしていたのでございます。その内、間もなく召集をうけ入隊いたしました。始めは内地勤務が主で、休暇の度に帰宅しては家業の方を見てくれる具合いでございましたから、どうやら、人々のお働きで家業もやって行けましたし上の三人の子供もその頃に出来たような訳でございます、その内、今度の太平洋戦争が始まり同時に宅は中華の方へ参りました。そんな訳でもう家業の方も駄目なので、そっくり人手に譲り、その僅《わずか》なお金も、女の暮しのもとでには確かなものがよかろうと政府でしきりにすすめて下さいました満洲の株券にかえて、宅がすっかりきまりをつけてくれたのでございます。そうする内、三年前になって、宅は傷病のため帰還して参りました。弾丸が肺へはいったまま、場所がわるくて手術が出来ないとか、随分永くあちこちの病院にいたようでございますが、結局駄目で、帰って参ったのでございます。その弾丸《たま》傷のためでございましょう、悪性の肺結核にかかり、もう二度のおつとめも出来ないばかりか、一年の内、三分の二は寝てくらすような身体になって居りました。

そこへ、昨年空襲で、三度つづけて罹災いたしました。最初は本所《ほんじょ》で、次には芝《しば》で、三度目は雑司ケ谷の今いるところで焼けたのでございます。その三度の罹災で丸裸体《まるはだか》になって了いましたが、それでも、一人の子供にも怪我をさせず一家七人そろって生きのびることの出来たのをどんなにかありがたく思ったことでございましょう。そうしている間に、終戦となりました。私共の、唯一つの願いであった満洲の株券が駄目になってしまいました……。それからの暮しは……全く、お恥かしくて、私……扶助料も頂戴しては居りましたが、でも、物は高くなるばかりで……売れる丈のものは、それこそ、お恥かしい限りのものまで売りつくしましたし、私も働ける丈は働きました。けれども、五人の子供を抱え……、本当に、課長さま、五人の子供を抱えましては……私、課長さまの前で、申訳ないことでございますが、闇屋というものをやって見ました。でも、宅の看護ということもやらねばなりませんし……本当に、本当に……女って、どうしてこんなに弱いものなんでございましょう、課長さま。……その内、とうとうたまりかねたのか、病気の宅が、何か仕事をすると云い出したのでございます。云い出せば、決してあとにはひかない人でございました。一寸でも働けば、すぐ悪くなる宅が、どうしても何かやるといい出したのでございます。一ケ月程前からでございましょうか……とても、うまいもうけ口を見つけたといいました。そして資本をつくるのだといって、あの人の少しばかり残っていたかけがえのない外套や洋服をのこらず売ってしまいました。そして、あの人はあの人は……」

云いながら、思わずハンケチの中に顔をしずめてしまった良子のあとをひきとって、隣組長が代って話した。

「坂田さんの奥さんの仰有《おつしや》るとおりです。こんな良く出来た御夫婦はめったにないと、よく隣組中話しあったものでございます。ところが、この頃になって、御主人の……坂田さんの様子が少しかわりました。会うと、大金のもうかる話ばかりです。ガソリンと砂糖があるのだが何処かへ世話してくれんか等と仰有るのです。それもトラック一台位の取引きでないと駄目だとか……」

「そうなんでございます。課長さま……その内、だんだん、私心配になって参りました。というのは、宅の様子が変にかわって参ったからでございます。外から戻ってくるなり、急に雨戸をしめて、誰かつけて来た者はないか、外を見てくれ等申します。時には、片目の男がたずねて来ても、決して会って話をしてはいかん等と、妙なことばかり申しまして……それに、私の案じました通り、身体はどんどん悪くなって参りますし……この三、四日は、様子がますます変で、そわそわと妙におちつきのない人になってしまいました」

側から、司法主任が加賀美の耳許にささやいた。

「闇屋関係です。ことによると、強殺関係があるかも知れません。目下、片目の男という奴を極力追及して居ります」

加賀美は、じっと良子を見つめていた。

テーブルの上の匕首を示しながら、

「これに見覚えありませんか？　これは御主人のものではなかったですか？」

良子は、じっとそれを見て、それから静かに首をふった。

「いいえ、存じません」

「ところで、もう一つ……」

加賀美は、一寸視線をそらし、何気ない調子できいた。……が、これは、彼が極めて主要な質問をする時、無意識にやる彼のくせだった。

「あなたは、右頰に古い傷痕のある、若い男を御存知ありませんか？」

「頰に傷痕のある……」

良子は、加賀美の態度の中に何かを感じると思わず目を伏せて戦慄した。

「そ、それは私の弟のことではございませんでしょうか。弟は小泉伸吉と申しますが……満洲に出征しておりまして、三月程前に帰って参りましたが……何の因果か、あれも胸がわるくて、今のうちしっかり療養しなければいけないと固く申しつかっているのですけれど……あれが、丈夫でさえいてくれたら、宅にも私にもどんなにか頼りになりましたでしょうに……」

「その、弟さんは、昨夜は何処に？」

「わたくし共に泊りました。五時頃参りまして今朝方九時頃帰って行きました。神田のお友達のところに厄介になっているんでございます」

そばから隣組長が傍証した。

「その通りなんです。昨夜、五時半頃、家で風呂をたてたので、お呼びして、はいってもらいました。それから常会があって、九時頃までずっと家にいらっしたんです。今朝は、八時頃でしたか、私が畑をやっていると、小一時間ばかり種まきを手伝ってくれました」

しばらくの間、加賀美はむっつり口をとじたまま良子を見つめていた。

ああ、この女は何かかくしているな！

だが、彼は、口では別のことをいった。

「どうも御苦労さま。ありがとう……」

×

加賀美が、被害者の死体を見た時もらした一言は、後になって重大なる意味のあることが分った。

死体は、発見当時のまま、胸に嘲笑するような文句をかきつけた『きんし』の袋をのせたまま、署の一室に横たえられていた。加賀美はその、かきつけた文字を凝視しながら呟《つぶや》いたものである。

「この辺には昨夜夜半に通り雨があったというんじゃないか、え？」

丁度、その時、現場で調査を継続していた刑事の一人が、勢いこんでとびこんで来た。

「ああ課長。現場附近からこんなものが現われました。死体のあった位置から七、八間《けん》はなれていた叢からです。野良犬の奴が、しきりに草の根本をほっているんで、しらべて見たら、これが出て来たんです。明かに埋めて間もないものです。上から、草をかぶせてうまくかくしてあったんですが……」

それは、一枚の新聞紙……東北地方で出ているK新報を二つ切りにしたものと、それに一枚の竹の皮であった。

司法主任は眉をしかめた。

「何か、喰物を包んであったようだよ。加害者がもって来たものだろうか？ それとも被害者が？ 一体、何故《なぜ》、現場附近に埋めかくしたのだろう？ 誰がもって来たにせよ、そこへかくすくらいなら、何処か遠い所へ序《ついで》にすてて来たらよさそうなものだのに……」

加賀美は、むずかしい顔をして一言いった。

「至急その出所をつきとめるんだ」

×

翌朝、加賀美の登庁を待ちかねるようにしてN署の捜査本部から電話報告があった。

「課長、昨日の竹の皮の出所がわかりました。あれは池袋駅前のS牛肉店から出たもんです。主人の話では、たしかに被害者本人と思われる人物が、牛肉を百匁《もんめ》買ったそうで……何故、よく憶えていたかといいますと、その男は、有金全部はたいても五十円に足りなくて、結局、四十五円がとこ、半端に買ったというのです。それも細かく切ったのではなく、何でもテキにするのだから塊《かたまり》のまま、くれといって……つまり被害者らしい人物は四十五円の牛肉をかってその竹の皮包を更に新聞紙で包んでもらって受取ったという訳です。だがどうして、それが現場附近にうめてあったのでしょう？　何故誰がそれをうめたのか？　どうも、それがさっぱり……」

加賀美は、受話器を抛り出すと、そのまま帽子をひっつかんで、のっそり警視庁を出ていった。

間もなく、彼は、雑司ケ谷五丁目にあらわれる。空襲被害のひどかったこの辺り、点々と建った見すぼらしいバラックの中でも、坂田の小屋は殊更《ことさら》、小さく哀れなものだった。

加賀美は、しばらくの間、その戸口に棒立ちになっていた。幼い子供の舌足らずの唄がきこえてくる。

どこかは来たのかとんできた木の葉
くゆくゆまわって蜘蛛のしゅにかかう……

×

加賀美は戸をあけた。狭い土間につづいて古茣蓙《ござ》をしいただけの六畳一間。それが、ついこの間まで、七人の親子のすんでいた家だったのだ。

唄がやんだ。幼い子供が、きょとんと彼を見上げた。兄や姉達は何処《どこ》か表で遊んでいるのだろう。乳呑児を抱いた良子が、突然の課長の出現に、びっくりして坐り直した。その側に、あのレストランの窓硝子に見た、右頰に傷痕のある男……小泉伸吉が、きっとした目をあげて睨《にら》みつけるように加賀美を見ていた。

加賀美は、無言で帽子をとり、軽く頭をさげながら、土間にぬぎすててある、鋲をうった軍靴をしげしげと見おろしていた。

見すぼらしいといっても、これほどまでに哀れな人の住居を、これまで一体見たことがあるだろうか。

家具や世帯道具らしいものは何一つなく、唯僅に人の部屋らしく見せているのは、壁にかかった古び切った子供の着物の幾枚か。

それに、もう一つ、額縁もなく、直《じか》に糊《のり》で壁にはった、一枚の『陸軍軍曹坂田信二郎に授与せられたる感状――』

挨拶の後、加賀美は無愛想な声で、こんなことをたずねた。

「御主人は生命保険をかけて居られましたか？」

「はア……」

良子は、顔を伏せたままおどおどと答えた。

「以前は、人並な暮しをして居りましたものですから……それに、宅は、本当に私や子供のことを、涙の出るほど深い心で案じていてくれましたもので……もしも、自分が戦死でもするようなことがあってはとそれで保険に……、その頃は、もう大口契約はむずかしかったそうでございますが、伝手《つて》がございまして、どうやらこうやらかけましたような訳でございます。けれど、それも後になりましては、全く重荷のような事になりました。仕舞《しま》いには、とうとうそれがとどこむ丈でも本当に血の出るような苦しみでございました。ここ半月ほど前にやっと納めたようなこおるようになり、最後のなどは随分おくれて、ここ半月ほど前にやっと納めたような有様でございました。金額は二万円でございました」

「あの匕首を、貴女は御存知ないと仰有ったが……しかし、本当にそうですか？」

加賀美の視線をうけて、良子はわなわなと震えた。

「は、はい……それ……昨日は！　嘘を申上げて誠に申訳ありませんでした。実は、あれは宅が十日ほど前に何処からか買って来たものなんでございます。わ、わたくし……」

それまで、野獣のように目を光らせながら加賀美を睨み据えていた伸吉が、矢庭《やにわ》に声荒く喚きたてた。

「それは、僕が姉さんに云ったんです。それを口外するなと、姉さんにきびしく云いつけておいたんです。課長さん、一体、それがどうしたというんですか！」

悲しみに打ちひしがれた女と、野獣のように忿怒《ふんぬ》にもえ立っている男と、二人を前にしながら、加賀美は、全然別なことをぼんやりと考えていた。

ここに飢えて死にかけている六人の母子がいる。しかも、たった一枚の『感状』を壁にかけて……

これこそ、この日本の持つ、最も同情すべき犠牲をこうむった家庭の一つではないだろうか。しかも、彼はいっているのだ。

誰も恨まないように……決して、世間を恨まないように……そして、子供を素直な、立派なものに育ててくれるように……それだけが頼みです、頼みです、頼みです……

この戦争の、最も悲惨な犠牲者の一人がここにいた。

彼は、誰も恨まず、誰にも感謝し、そして誰からも愛されていた。しかも、彼は餓死に瀕《ひん》している五人の子供と一人の母親に最低の生活だけは与えてやりたいと願った。そして彼は二万円の保険をかけている。彼は苦心し、様々の策を用いて、あたかも自分が悪人共の仲間にはいり、その危害をうけるかの如き外観を作った。そして、その持金の最後を使って、とあるレストランで実につつましい、ささやかな最後の宴をはった。

×

さて彼は、その日池袋で全部の金をはたき、背水の陣をしいて、牛肉の一塊をかった。電車で、N駅まで行き、とある雑木林の中にはいり、夜のくるのを待った。

それから、彼は先ず、あたりの叢をふみ荒し牛肉をつつんで来た竹の皮や新聞紙を、注意深く附近に埋めた。次に先ず、地上へ、匕首を逆立てたまま埋め、その上へ仰向《あおむ》けに自ら仆れたが、匕首はうまく刺さらない。

そこで、邪魔な上着を脱ぎ、もう一度それをくりかえす。彼は、どうしても、背後から刺された痕跡を作る必要があったのだ。

三度目に、今度は、自らの手で、自分の心臓へとどめをする。が、まだ、彼にはやらねばならないことが残っていた。彼は、死力をふるってこの匕首をぬき、用意の牛肉の塊にさしとおし、一匹の野良犬に投げ与えた。恐らく、何かの方法でそこまで犬をおびきよせておいたのであろう。

彼は、犬の習性を知っている。犬が大きな、獲物をうると、それを住みなれた所までもって来てから喰うということを……。

犬はその通りやった。一晩の内に牛肉を喰いつくし、あとには雨に洗らわれた匕首丈が残っていた……。

何故、彼はこんなことをやったのだろう。勿論、自殺という行為が保険金の受取りに支障をきたすことを恐れたからだ。だから、あくまで他殺と見せねばならなかったのだ。

彼は、自分のいくばくもない余命をすてて、六人の母子の命をすくおうとしたのだ。それが、彼にのこされた唯一つの道だったのだ。それ一つが、その方法だけが、六人の命をささえうる方法だったのだ。そうして、彼は、その最後のおくりものを六人の母子に与えようとした。

ところで、ここに、彼の自殺を証明する積極的証拠があるだろうか。いや、何一つ、ありはしない。例えあったとした所で、もし、それが明るみへ出たら、そこにあらわれるものは、尨大《ぼうだい》な資本を有する保険業が、当節僅にすぎない二万円の利益を得、一方六人の母子に死が迫ってくるのだ……。

「あの、もしや宅が、何か悪い人達の仲間でもあったという、証拠が出て来たのではないでしょうか?」

むっつり口をつぐんでいる加賀美を恐ろしそうに見上げながら、心配そうに良子がいった。

唯一枚の、『感状』を壁にはった家……五人の子供……。

加賀美は、吐息《といき》と一緒に、鈍《にぶ》い低い声で、呟いた。

「御主人は立派な人でした。……」

彼は一寸会釈し、それからむっつりと戸口を外へ出ていった。

×

しばらく行くと、加賀美は、彼を追ってくる足音をきいた。

「課長さん！」

伸吉が立っていた。真赤に充血した顔を奇妙に硬張《こわば》らせていた。

「あなたは……あなたは……」

彼は息を切らせ、どもりつづけた。

「私に御用がないのですか？　私を署へ引張るのではないのですか……私は、兄の挙動に不審をいだき、もしや、と思ってあとをつけて注意していたのです。義兄《あに》は、私が、その自殺をさまたげる事を知って、極度に警戒しはじめました。とうとう、あの日兄が牛肉を買い、匕首をポケットに入れて電車にのるのを見ました。私は危い！　と思いました。だがその時は電車がこんでつい、一台のりはぐってしまったのです。兄がN駅まで切符を買ったことは分っていました。ですから、すぐ次の電車であとをおいましたが、もうその頃は夕暮が迫って兄の行方をさがすことが不可能になりました。私は一晩、姉のところへとまり、次の朝、暗いうちに一番電車でNへ行き、それからやっと、兄の居所をつきとめたのです。でももう、その時は全く手おくれになって了っていました。

私に一体何が出来たでしょう。いや、私は何をしなければならなかったでしょう。私はこう考えました。もう義兄は死んでしまった。こうなっては、義兄の死を生かし、是非とも、あとの六人の親子を救わねばならん！　それには、出来るだけ他殺らしい風を作っておこうと思いつきました。そこで、あたりに軍靴のあとを故意に押し散らし、その上、義兄の胸へあの「裏切者云々」のまことしやかな紙をのこして来たのです。私……私は、万が一にも、義兄が自殺だということになりそうだったら、自分が義兄を手にかけた犯人だと、自ら名乗って出る決心だったのです、課長さん！」

「皆わかっている！」

加賀美は、ぶっきら棒にいった。まるで怒っているような表情だった。

「あの、『きんし』の、燐寸の燃軸《もえじく》でかいた文字が、少しも雨に流れていないなんて、何てまずいことなんだ。もし、加害者が、前夜あれを残していったとしたら、当然夜半の雨で……」

加賀美は、皆までいわず、そのまま、踵《きびす》をかえして、大股に歩み去っていった。取りつく島もないような荒々しいそぶりで……

彼は、胸の中で呟きつづけている。

一人の母親。

一人の療養を要する弟。

それに、五人の子供だ……

俺に一体何が出来るというのか？　え、一体何が……

警視庁へ戻ってくると刑事の一人がきいた。

「課長、どうでした。事件は？」

「迷宮入りだ。つまらんね……」

そして、帽子を抛り出すと外套のまま、むんずと椅子へかけ、呶鳴《どな》るようにいった。

「さア、報告をきこう。新しい事件はどんな奴だ？」

加賀美の帰国

ことわっておくが警視庁捜査一課長加賀美敬介氏は帰化人である。フランス警視庁のすけたストーブの前でむっつりパイプをくゆらしていた主任警部メーグレ氏を、小生がうむを云わさず強引に引っぱって来て任命した訳である。

戦争中の話だが、日毎にはげしい空襲で右往左往している最中、私の古い友人の一人が、何の前ぶれもなくひょっこりやって来た。標札を見かけて偶然寄ったのだという。駆逐艦に乗っているが、今度出航したらもう多分生きては帰られまい等と、昔は元気だった男が妙に沈んで話した揚句、側の書棚を見廻して、何かとっときの素晴しく面白い本を二三冊くれんかねと餞別《せんべつ》のさいそくであった。

もとは学校の教科書以外はおよそ本など手にしたことのない没趣味な男だったので私は今《いま》更《さら》本をくれといわれたのが不審でならなかったが、いや、命の先が知れてくると此の頃何となく本がよんでみたくてたまらなくなることがあるんだ、読むか読まぬかそれは分らぬがとにかくくれんかね、但《ただ》し肩のこらん面白い奴でないとこまる――そんな話をきいている内に私も何となくしんみりとなり、その頃はあちらこちらと慰問用に多量の本を供出して了《しま》い、小説類や軽い読み物の類は殆んど残ってはいなかったのであるが、とぼしい書棚をさがして、キューリー夫人伝とクライフの微生物を追う人々とシムノンのモンパルナスの夜を提供した。

その後空襲にあけくれして、その男のことは間もなく忘れて了っていたが、すると飛んでもない頃になって突然手紙が舞いこんで来た。貰った本は三冊共よんだという。どれも夢中でよんだが、ことにメーグレ氏には惚れこんだよ、フランス人というと皆アドルフマンジウ式の弱々しいしゃれ者ばかりかと思ったがメーグレ氏には感嘆した。惚れた。戦争になったら一番早く潜水艦から脱走するとばかり思っていたアメリカ人が、その潜水艦でいよいよ以てねばりにねばってくる闘志にあきれたと同じように感嘆した。どうも、僕等は大分見損っていたものがあるようだ、などと感想があって、最後に、それにしても気がついたら貴様は俺に三冊とも外国の本ばかり読ませやがったじゃないか、畜生！　と結んであった。畜生といった男はもうその頃戦死していたのである。

しかし私は故意に外国の本ばかりやった訳ではない。手ばなしかねて最後まで残しておいた本の中で一番面白いものがその三冊だっただけである。事実、クライフの本と一緒にモンパルナスの夜も、戦争中徒然《とぜん》の折幾度よみ直したか知れない。私もメーグレにほれていた。

戦後、私は急に探偵小説がかきたくなり三〇〇枚の「高木家の惨劇」をかきおろしたが、その時、メーグレ氏を強引に帰化させた。当時、江戸川氏に、これをかくときっと非難の的になりますよ。しかし、これをかいていかんというなら、僕は探偵小説なんか書かない——などと、私はまるで駄々っ子のようなことをいったが、江戸川氏もさぞ驚いたことだろう。どうやら、探偵小説を書きたいよりも、惚れたメーグレ氏への恋文をかきたかったのかも知れない。

ただ、メーグレ氏の帰化について少し註文があった。それは、加賀美課長におかれては例のフランス流の探偵法でなく、もっと本格探偵小説風の捜査法をやってもらいたいということである。シムノンのメーグレ物には本格がない。恐らく、あの書き方では本格物が極めて困難だからであろう。本格物はあっても短篇で、メーグレは出ず味も違う。私は無理矢理に加賀美氏にそれを押しつけようとした訳である。随分迷惑なことだったであろうが……

それかあらぬか、加賀美氏の辞意並に帰心ようやく矢の如しである。近く送別の宴を張らねばなるまいと思っている。

加賀美氏は私に探偵小説をかく情熱を与えてくれたものと思っている。氏が存在せねば私は書かなかったかも知れない。従って彼が警視庁から姿を消すと共に、私の情熱も一応峠をこすだろう。少くとも、探偵小説に対する考え方が変ってくるかも知れない。そして、これからはもっとつまらん探偵小説ばかりをかくようになるかも知れない。

「怪奇を抱く壁」について

私は中学生時代から探偵小説をかいているが、いずれも余技的なもので、それで職業作家になろうなどと考えたことは一度もなかった。一応作家という名がついてから、探偵小説をかきだしたのは終戦後のことで、その第一作が怪奇を抱く壁である。昭和二十一年、旬刊ニュースに発表した。

当時は、江戸川乱歩氏や横溝正史氏、そのほか仲間の人達もみんなすばらしく張切っていて、会うたびに、よくこんなに話のたねがあるものだと感心するほど、口角泡をとばして探偵小説論をやったものであった。私も、書くことが楽しくて夢中だったことを懐しく想いだす。

怪奇を抱く壁は、加賀美警部シリーズの第一作で、読みかえしてみると、町の様子や金の価値など大分違ってきていて、その点少し、ちぐはぐなものを感じるが、それはそれなりに、私にとっては懐しい作品である。

解　題

角田喜久雄の加賀美敬介捜査一課長シリーズは、昭和二十一年から二十三年にかけて様々な雑誌に発表された。作中には事件の発生時期が明確に記されており、本書ではその時系列に添って全短篇七作を配列、昭和二十一年（一九四六）の加賀美敬介の事件記録を再現し、付録として関連エッセー二篇を収録した。

『高木家の惨劇』『奇蹟のボレロ』の二長篇も含め、シリーズ全作品を発表順に並べると以下の通り（丸数字は、作品内の事件発生の日付順）。

「怪奇を抱く壁」――「旬刊ニュース」第16号、昭和21年9月 ③

「Yの悲劇」――「新青年」昭和21年11月号 ⑥

「緑亭の首吊男」――「ロック」第6号、昭和21年12月 ②

「髭を描く鬼」――「旬刊ニュース」第20号、昭和22年1月 ⑦

「黄髪の女」――「ロマンス」昭和22年2月号 ⑧

「五人の子供」――「物語」昭和22年2月号 ⑨

「霊魂の足」――「宝石」昭和22年2・3月合併号〜4月号 ④

『高木家の惨劇』――「小説」第1号、昭和22年5月。初出時の題名は『銃口に笑ふ男』①

『奇蹟のボレロ』――「ロック」第11号〜17号、昭和22年5月〜23年1月 ⑤

「終戦の年」昭和二十年十一月七日に始まる『高木家の惨劇』は、加賀美捜査一課長の事件簿の最初に位置するものであり、二十一年春、発表の当てもないまま、二十日ほどで一気に書き上げられた。江戸川乱歩『探偵小説四十年』に、二十一年六月六日「角田喜久雄君来訪、長篇探偵小説の原稿見てくれとのことにて、預かる」とあるのが、この作品である。長篇三百枚が「小説」誌（かもめ書房）に一挙掲載されるまでに一年を要したが、その間に「怪奇を抱く壁」をはじめとする加賀美物の短篇が次々に執筆され、雑誌に掲載されていく。これらの作品も、発表順と執筆順は必ずしも一致しない可能性がある。

『奇蹟のボレロ』事件は九月とだけで年の記載はないが、作中にある加賀美の子供の年齢から『高木家』事件の翌年、昭和二十一年と推定した。一方で二十二年を示唆する記述もあるが、あるいはこれは連載中に執筆時の現在と混同したものか（『奇蹟のボレロ』国書刊行会版の新保博久氏の解説を参照）。

なお、加賀美が統率する警視庁刑事部捜査一課は、殺人、強盗、暴行、傷害、性犯罪、誘拐、放火等の犯罪捜査を担当。捜査一課長は現在では警視正の役職だが、作者は「怪奇を抱く壁」再録時に付したコメントでは「加賀美警部」と呼んでいる。

終戦後、小説・読物雑誌が雨後の筍のように創刊され、戦時中抑圧されていた探偵小説がその誌面を飾った。これらの雑誌の多くは数年で姿を消すことになるのだが、戦前作家の復活と有力新人の登場によって探偵小説界はにわかに活況を呈した。その先陣を切るように登場した加賀美捜査一課長シリーズは斯界の注目を集め、「怪奇を抱く壁」「緑亭の首吊男」「霊魂の足」の三篇が、第一回探偵作家クラブ賞（昭和23）短篇部門の候補作となった。以下、各収録作の事件発生時期とその背景、掲載誌等について簡単にまとめておく。


「緑亭の首吊男」 昭和二十一年一月七日、神田のA町の酒場緑亭に、一年前に失踪した主人がいきなり帰ってきたことに端を発する事件。A町は「辛くも空襲の災害をまぬがれた」という記述から淡路町か（旭町＝現・内神田の可能性も）。空襲の焼跡、闇屋、汽車の殺人的な混雑など、終戦直後の東京の状況が描かれているが、事件の遠因も戦争末期の空襲時の混乱にあった。

印象的なタイトルは角田が愛読したシムノンの

メグレ物『聖フォリアン寺院の首吊男』（戦前訳の邦題）を想起させる。なお、「緑亭」は初出誌「ロック」では「りょくてい」のルビがあり、『緑亭の首吊男』（鷺ノ宮書房、昭和22）、『蜘蛛を飼ふ男』（岩谷書店、昭和25）収録時にはルビなし。今回の底本である桃源社版（昭和31）では「みどりてい」となっている。また、四三頁に「昨年の大晦日」とあるのは作者の勘違いで、ここで言及されている事件は昭和十九年末の出来事なので、正しくは「一昨年の大晦日」である。

掲載誌の「ロック」（筑波書林）は戦後もっとも早く出発した探偵小説専門誌で、昭和二十一年三月創刊。第三号から横溝正史『蝶々殺人事件』、続いて角田『奇蹟のボレロ』の長篇連載があり、江戸川乱歩と木々高太郎が探偵小説芸術論争を展開するなど、探偵小説読者の注目を集めたが、昭和二十四年八月、わずか三年余で終刊となった。『緑亭の首吊男』（鷺宮書房、昭和22）に初収録。雑誌初出と単行本版を比べると、部分的に大幅な加筆が施されている。底本の桃源社版には報告書や手紙等の前後の一行アキに不自然な箇所があり、初出誌および他の刊本にもとづいて修正した。

「**怪奇を抱く壁**」三月、上野駅地階の食堂で、眼鏡の男がベロア帽の男の古トランクをすり替える現場を、加賀美は目撃する。興味を惹かれた加賀美は眼鏡の男を尾行して上野の街へ。当時の上野は、地下道に多くの浮浪者が住みつき、焼跡に出来た闇市（現在のアメ横周辺）は戦後の人々の暮らしを支える一方で、様々な犯罪の温床ともなった。この事件もまた戦争の影が色濃い。『戦後値段史年表』（朝日文庫）によると、昭和二十一年の公務員初任給が月五百四十円。貨幣価値の変動の激しい時期ではあるが、ハンドバッグの情報提供の賞金三万円や、トランクの中身の六十万円がいかに途方もない金額であるかがわかる。なお、冒頭のトランクすり替えのくだりに『聖フォリアン寺院の首吊男』の明白な影響を瀬名秀明氏が指摘している（WEB連載「シムノンを読む」第32回）。

掲載誌の「旬刊ニュース」（東西出版社）は昭

和二十一年一月創刊。アメリカの通信社と契約し、世界のニュースを写真とともに紹介するグラフ雑誌として出発したが、やがて日本人作家による読物の比重が増えていき、度々探偵小説特集を組んでいる。ちなみに本篇が掲載された号には、加賀美のモデルとなったシムノンのメグレ物『夜の十字路』（秘田余四郎訳）の連載第四回も載っている。

加賀美物の最初に活字になった作品で、作者自身も度々本作への愛着を表明している。『怪奇を抱く壁』（かもめ書房、昭和22）に初収録。

「霊魂の足」　梅雨時、加賀美が公務旅行中に立ち寄ったN県N市で遭遇した事件。舞台は、柳と堀川で知られるという記述から、かつて「柳都」「水の都」と呼ばれた新潟市と推定される。事件現場の花屋「マドモアゼル」があるF町は、古くからの繁華街である古町《ふるまち》か。同地区には近世に整備された堀割が幾筋も走っていたが、昭和三十年代に埋め立てられて姿を消した。

母子三人による家庭的な経営のマドモアゼルだが、戦傷で両眼を失明した次男が二人の戦友とともに復員してきた時から、不穏な空気が漂い始め、やがて殺人事件が勃発する。

題名「霊魂の足」の由来として、一九二〇年代アメリカの霊媒ミナ・クランドンの心霊現象が言及されている。長篇『奇蹟のボレロ』ではやはり奇術トリックで数々の心霊現象を実現したダベンポート兄弟の例が参照されており、この方面への作者の関心が窺える。

掲載誌の「宝石」（岩谷書店）は昭和二十一年四月創刊。創刊号から連載開始した横溝正史『本陣殺人事件』は本格長篇時代の幕開けとなり、その後も高木彬光、香山滋、山田風太郎、島田一男ら有力新人を次々に送り出して戦後の探偵小説ブームを牽引。昭和三十九年五月の終刊まで、経営的な困難を抱えながらも、探偵小説の牙城であり続けた。

『霊魂の足』（自由出版、昭和23）に初収録。現場見取図も同書から採った。

「Yの悲劇」　十月、加賀美は自分を狙った掏摸《すり》を秋葉原駅で捕まえる。男の目当てはポケットの中のスペードの三のカード、数日前に木挽町で起きた事件の証拠品だった。木挽町は銀座東部・歌舞伎座周辺の旧町名。専ら連込み専用の安ホテルを下宿代りにしていた男が自室で撲殺された事件である。被害者はかつて満洲はじめ広く海外を巡業した新グランギニョール劇団の座長兼俳優で、三か月前に上海から引揚げてきたばかりだった。劇団名は二十世紀初めのパリで人気を博した恐怖残酷劇場にちなむ。

なお、作中でバーナビイ・ロス『Yの悲劇』の真相が明かされている。ロスがエラリー・クイーンの別名義であるという確定的な情報が日本に入ってきたのは終戦後で、本作発表の数か月前に江戸川乱歩が「ロック」「改造」掲載の随筆で触れている。

掲載誌の「新青年」（博文館）は、大正九年一月創刊の総合娯楽雑誌。探偵小説を読物の主軸に据えて人気を博し、江戸川乱歩はじめ多くの探偵作家を輩出した。角田の同誌初登場は「あかはぎの拇指紋」（大正15年1月）で、まだ十九歳だった。戦後、社長の公職追放等により博文館は解体、「新青年」も戦前の隆盛を取り戻すことなく昭和二十五年七月終刊。

『怪奇を抱く壁』（かもめ書房、昭和22）に初収録。

「髭を描く鬼」　十月下旬、杉並区大宮（八幡宮）前の「空襲をまぬかれた一劃」に建つ洋館で、資産家の主人が殺される。奇怪なことに、死体の鼻下には墨汁で八の字髭が描かれていた。事件現場にいた被害者の弟は素行の悪さのため勘当されて大陸へ渡り、満洲ゴロをしていたが終戦で帰国した人物。もう一人の容疑者の従弟は新宿辺の無頼漢仲間では一寸顔の売れた道楽者で、いずれも被害者とは確執があった。

「怪奇を抱く壁」につづく「旬刊ニュース」掲載作。「新年読物特大号」と銘打ち、火野葦平、丸木砂土、佐々木邦らが執筆者として名を連ねる誌面からは、すでにニュース雑誌の面影は薄れている。

『怪奇を抱く壁』（かもめ書房、昭和22）に初収録。

「**黄髪の女**」十月三十日、中央線の大久保駅近くの柏木三丁目（現・北新宿）の焼野原で女性の他殺死体が発見される。女は珍しい黄髪だった。恐るべき住宅難、上海からの引揚げ者、戦災遺児の収容施設など、本篇でも戦後の世相が垣間見える。

　掲載誌の「ロマンス」（ロマンス社）は、昭和二十一年六月創刊。講談社出身の熊谷寛が東京タイムズ社出版局に移籍して始めた娯楽読物雑誌で、すぐにロマンス社として独立、人気作家を多数擁して最盛期には発行部数八十万部を誇った。破格の原稿料でも有名だったが、放漫経営に加え、時代の変化を読み切れずに忽ち凋落、昭和二十五年には経営破綻し、ロマンス出版社とロマンス本社に分裂した。

『霊魂の足』（自由出版、昭和23）に初収録。

「**五人の子供**」十二月二日、池袋駅近くのレストランで、加賀美は五人の子供連れの夫婦ものに目をとめた。その三日後、武蔵野電車のN駅南の雑木林で父親の死体が発見される。池袋を起点とする武蔵野鉄道（電車）は昭和二十年九月に西武鉄道と合併、現在の池袋線にあたる。N駅は練馬駅かその隣の中村橋駅で、当時、周辺には畑地が広がっていた。

　死体の胸元にとめてあった「『きんし』の袋」は、大衆向け煙草「金鵄《きんし》」のこと。「ゴールデンバット」という銘柄が戦時中「敵性語」とされ、昭和十五年から二十四年までこの名称で販売されていた。

　戦争で仕事も家も財産も健康も失った男の一家が住む見すぼらしいバラックは、「この戦争の、最も悲惨な犠牲者の一人」である男の陥った状況を端的に示しており、壁に貼られた軍隊の感状が哀れを誘う。

　掲載誌の「物語」（中部日本新聞社）は昭和二十一年十二月創刊。

『怪奇を抱く壁』（かもめ書房、昭和22）に初収録。

＊

「加賀美の帰国」「真珠」昭和23年6月号掲載。同誌（探偵公論社）は昭和二十二年四月創刊、翌二十三年八月終刊、わずか七号の短命に終わった探偵小説誌。

戦時中にいきなり訪ねてきた旧友に角田が貸した三冊は、ジョルジュ・シメノン『モンパルナスの夜―男の頭―』（永戸俊雄訳、西東書林、昭和10／再刊・春秋社、昭和12）、エーヴ・キュリー『キュリー夫人伝』（川口篤他訳、白水社、昭和13）、ポール・ド・クライフ『微生物を追ふ人々』（秋元壽恵夫訳、第一書房、昭和17）か。

シムノン『男の首』のジュリアン・デュヴィヴィエによる映画化『モンパルナスの夜』（一九三三）の日本公開が昭和十年（右訳書の邦題はこれに合わせたもの）。角田のメグレ物への傾倒は当時からで、「新青年」昭和十二年新春増刊号の「海外探偵小説十傑」アンケートでは、シムノン『男の頭』を第一位に選び、「シムノンの作風には非常に惹かれているので、殊に『男の頭』は近頃読んだ内外の大衆物の中で際立って印象に残っている。厳格な探偵小説論から云えば色々難点もあろうが、その迫力と後味のよさは私の好みに合うのか、忘れられないでいる」とコメントしている。

なお、文中にあるアドルフ・マンジュウは無声映画時代から活躍したハリウッドのスターで、洒落者の代名詞的存在だった。フランス人の父親をもつが本人はアメリカ生まれ。「フランス人という」と書かれているのは『巴里の女性』『モロッコ』などで演じた役柄のせいか。

「怪奇を抱く壁」について「別冊宝石」38号（昭和29年6月）掲載。作家たちの自薦作を集めた特集企画に寄せたコメント。

「怪奇を抱く壁」発表に先立つ昭和二十一年六月に探偵作家の親睦会「土曜会」が始まり、角田は、江戸川乱歩、城昌幸、水谷準らとともに、その第一回から参加している。翌二十二年六月には「探偵作家クラブ」が発足。クラブ主催の警視庁見学や映画試写、講演会など、角田も他の作家と同席する機会が多くなっていた。当時の探偵小説界の熱気がこの小文からも窺える。

本書は、シリーズ全短篇が初めてまとめられた『角田喜久雄探偵小説選集』第四巻・第七巻（桃源社、昭和31）を底本とし（「霊魂の足」のみ第四巻、他は第七巻収録）、疑問個所については初出誌、『角田喜久雄全集』（講談社）等の刊本を適宜参照した。

新字を採用し、促音、拗音は小書きに統一、読みやすさに配慮してルビを適宜追加、整理した。原則として作者の用字を尊重したが、数字の「拾」「廿」「卅」は「十」「二十」「三十」とし、明らかな誤字・脱字等はこれを正した。括弧の処理など最低限の体裁上の統一を施している。

本文中には現在からすれば穏当を欠く語句・表現も見られるが、発表時の時代的背景と、著者がすでに他界し、古典として評価すべき作品であることに鑑み、原文のまま掲載した。

（編集＝藤原編集室）

解説

末國善己

角田喜久雄といえば、豊臣秀吉《とよとみひでよし》が隠した財宝のありかを示す四枚の将棋駒の争奪戦を描く『妖棋伝』（一九三五年〜三六年）、髑髏銭の争奪戦に巻き込まれた美男剣士・神奈三四郎を主人公にしているが、それ以上に悪役の銭酸漿が強烈な印象を残す『髑髏銭』（一九三七年〜三八年）、公儀隠密が平家の財宝があるという将棋谷を探す『風雲将棋谷』（一九三八年〜三九年）などの時代伝奇小説を思い浮かべる方が多いのではないか。

一九〇六年に神奈川県横須賀《よこすか》市に生まれ、すぐに浅草《あさくさ》に転居した角田は、父親が活版印刷所を経営していたこともあり、少年時代から曲亭馬琴《きょくていばきん》、山東京伝《さんとうきょうでん》などの江戸戯作から、トルストイ、ドストエフスキーなどのロシア文学、黒岩涙香《くろいわるいこう》の翻案探偵小説までを読み漁り、俳句、和歌、新体詩などの投稿も積極的に行っていた。角田は時代小説作家のイメージが強いかもしれないが、東京府立三中（現在の両国高校）に、コナン・ドイルのシャーロック・ホームズものを語ってくれる英語教師がいて、その影響でミステリの虜《とりこ》になり、中学三年だった一九二三年に「新趣味」に応募した「毛皮の外套を着た男」が入選。一九二五年には「キング」に「罠の罠」（奥田野月名義）が掲載され、一九二六年には「発狂」で第一回サンデー毎日大衆文芸賞を受賞するなど、探偵小説作家として創作活動のスタートを切っている。

時代小説に進出するのは、一九二九年に発表した「倭絵銀山図」（後に『白銀秘帖』に改題）が最初で、報知新聞の映画原作用小説に応募するも差別問題で日の目を見なかった『妖棋伝』を雑誌に連載して大ヒットしたことで、時代小説に軸足を移すことになる。ただ代表作の『髑髏銭』には、警戒厳重な柳沢吉保《やなぎさわよしやす》邸から三四郎とヒロインのお小夜が脱出する一種の密室トリックや、凄腕の盗賊・仙十郎が轟音がする爆薬を使って吉保の蔵の錠前を破ったホワイダニットなどミステリのトリックが大胆に導入されているので、角田自身は現代の読者が考えるほど伝奇小説と本格ミステリを区別していなかったかもしれない。

角田が再び現代ものの探偵小説に積極的に取り組み始めるのは、敗戦後の日本を占領統治したGHQの文化統制によって、封建道徳を助長するとして剣豪小説や仇討ちものが禁止される一方、戦中とは裏腹に探偵小説が民主的なジャンルとして歓迎された一九四六年である。ジョルジュ・シムノンの『メグレ警視』シリーズのファンだった角田は、メグレをモデルに加賀美敬介捜査一課長を創出し、終戦直後の探偵小説ブームを支えた。高木彬光《たかぎあきみつ》は、横溝正史《よこみぞせいし》が生んだ金田一耕介と加賀美敬介のイニシャルがK.Kであることから、自作の名探偵のイニシャルもK.Kになるように神津恭介と名付けたといわれるほど影響力があった加賀美だが、現在では決してメジャーではない。その加賀美ものの全短篇を収録した本書『霊魂の足 加賀美捜査一課長全短篇』は、戦後の探偵小説史に新たな光を当ててくれるのである。

戦時中に各地を転々としていた野田松太郎が、経営していた東京神田の酒場・緑亭で自分を脅迫していた橋本喬一を殺し、遺書を残して縊死した「緑亭の首吊男」は、『メグレ警視』シリーズの『サン・フォリアン寺院の首吊人』（一九三一年）を思わせるタイトルだが、特にストーリー上の繋がりはない（角田は時代小説の名手だったので、佐々木味津三《ささきみつぞう》『右門捕物帖』の一篇「首つり五人男」を意識した可能性もある）。ただ、メグレと同じく加賀美がビール好きとされ、やつれた中年男が重要な役割を果たし、松太郎と喬一の「検屍所見」、関係者の「陳述」で事件を分かりやすく整理する手法は、『サン・フォリアン寺院の首吊人』を彷彿させる。一九四七年に酒の特別配給が中止され自由販売された時のビール大瓶一本は百円と高額だった。そのことは、一九四八年にコクカ飲料（現在のホッピービバレッジ）が、焼酎を割ってビール風にするホッピーを発売したことからもうかがえる。この時代にビールを愛飲している加賀美は、当時の読者には贅沢な人物に映っていたように思える。

『サン・フォリアン寺院の首吊人』は、戦前に『聖フォリアン寺院の首吊男』（伊東鋭太郎《いとうえいたろう》訳、一九三七年）のタイトルで翻訳され、江戸川乱歩《えどがわらんぽ》の『幽鬼の塔』（一九三九年〜四〇年）は同作の翻案でもあるだけに、ミステリ好きには広く知られていたはずだ。

角田はエッセイ「ルブランと髷物」（一九三七年）で「生れて始めて読んだ探偵小説が、

ルブランの奇巌城』で「出発期に強くうけた影響は仲々抜けるものではない」「ルブランとビーストンとルヴエルの色合い」は「私の筆の中に濃く残っている」と書いているが、「緑亭の首吊男」のトリックはルブランの『アルセーヌ・ルパン』シリーズの一篇『ルパンの脱獄』（一九〇六年）を想起させるので、ルブランの影響も感じさせる。

太平洋戦争の敗戦の混乱が続く一九四六年、NHKラジオで行方不明の家族や知人の消息や情報を求める「尋ね人」がスタートした（前番組の「復員だより」、後継番組の「引揚者の時間」などと併せ通称「尋ね人の時間」）。こうした尋ね人は、全国に多くの読者を持つ新聞の広告欄でも盛んに行われていた。井手洋子の居場所と彼女が持つ「ワニ皮のハンドバッグ」の所在を知らせてくれたら多額の謝礼を出すという新聞広告が発端となる「怪奇を抱く壁」は、新聞の尋ね人欄が注目されていた当時の世相を使い、魅惑的な謎を作っている。

敗戦直後の日本は、生活物資の不足で物価が上昇、戦中の金融統制が終わって預金の引き出しが集中、旧軍人への退職金の支払いといった臨時の軍事費も増大したことから紙幣の発行量が急激に増えハイパーインフレになった。一九四六年二月、幣原喜重郎《しではらきじゅうろう》内閣は、五円以上の紙幣（旧円）を強制的に預金させて全金融機関を封鎖、新たに発行した紙幣（新円）に限って月々一定量の引き出しを認めるインフレ対策を発表した（いわゆる新円切替）。これにより戦前の現金資産は、ほぼ無価値になった。本作の背景には、戦後のハイパーインフレによる社会の混乱が置かれており、当時の読者は生々しく感じられただろう。

穴が掘られたままキャバレーへの改装工事が中断し、その穴に沿って転落防止の柵が張られたビルの地階で男が射殺される「霊魂の足」は、驚愕の表情を残した被害者の足許に畳んだ洋傘が置かれ、現場に発火薬だけが燃えた燐寸が散乱するなどの奇妙な状況が描かれる。ビルの地階では大滝加代、長男の隆平、妹のマユミが花屋『マドモアゼル』を経営していたが、失明した二男の正春が二人の戦友と復員し、放置されていた花屋の奥の改装を始めた。被害者は正春が連れてきた戦友の一人で、射殺された時にビルが意図的に停電させられていた事実も判明する。正春も疑惑を持たれるが、視覚に障害があるため犯行は難しかった。

N県警の泉野刑事課長と加賀美が、現場に残された不可解な証拠を独自に解釈しながら、それぞれに推理を組み立てる推理合戦を行う本作は、多重解決ものになっている。

宝の争奪戦を題材にした伝奇小説が多い角田らしく、本書の収録作にも宝探しものがあり、殺人事件と隠匿物資がからむ本作もその一つ。ただ一九四七年頃から、戦時中に国が民間から接収した貴金属、ダイヤモンドなどの行方が国会で議論された史実を踏まえるなら、本作の宝探しは物語を彩る伝奇的な趣向ではなく、かなりリアルな設定だったといえる。

木挽《こびき》町のタチバナホテルの一室で、かつては新グランギニョール劇団の、近年は太平洋劇団の座長だった男が撲殺される「Yの悲劇」は、部屋の扉には鍵が掛かり、廊下には四人の人間が立っていて犯人の逃走が不可能な密室殺人が描かれる。凶器はマリヤの立像だが、犯人は台座の裏面で殴打する不便な殺害法を選んでおり、被害者の部屋から流れていたレコードの曲「タンゴ月夜の薔薇」も不気味な雰囲気を盛り上げていく。犯行現場は、部屋の内側のドアノブにあるボタンを押して外に出ると自動で鍵がかかるシリンドリカル・ロック（円筒錠）で閉ざされていた。この錠は一九二〇年代にアメリカ企業のシュラーゲが開発したが、日本で普及するのは公団住宅に採用された一九五〇年代以降である。そのため角田は、まだ日本では珍しく、新式だった錠に目を付けたと考えて間違いあるまい。

タイトルからも分かるように、本作のトリックはバーナビイ・ロス（エラリー・クイーンの別名義）の『Yの悲劇』（一九三二年）から着想を得ている。戦時中の悲劇が戦後の惨劇の引金になる展開や『Yの悲劇』の影響が濃厚など、本作は横溝正史の代表作『獄門島』（一九四七年〜四八年）と関連性が深いので読み比べてみるのも一興だ。なお「霊魂の足」にも『Yの悲劇』を思わせる仕掛けがあり、角田の同作への強い思い入れが見て取れる。

空襲の被害に遭わなかった東京郊外の洋館で、資産家の須川正秋が殺される「髭を描く鬼」は、被害者の顔と抱いていた人形、さらに妻の信子と養女の圭子の写真にも墨で八の字髭が描かれるという陰惨なのか、ユーモラスなのか判然としない事件となっている。江戸時代に武士に仕えた奴は撥鬢《ばちびん》頭に鎌髭が定番で、自前の髭がない場合は油壺で書くこともあった。角田は時代小説を書いていたので、こうした考証から本作の謎を考え出したのかもしれない。

正秋は、圭子を正式に籍に入れ全財産を相続させようとしていたことが判明し、相続にからんだ殺人の可能性が浮上する。これは現代人が見ると違和感はないが、明治中期に制定された旧民法では、戸主（家長）の財産は直系卑属（原則は長男）の単独相続が基本で、女性（妻や娘）には相続権がなかった。これが男女平等を定めた日本国憲法施行による応急措置法で改まったのが一九四七年なので、本作は戦後社会の転換をいち早く捉えた作品なのである。

有力新聞に掲載された「黄色い頭髪の婦人」に「断然多」い「収入」を約束する「伯林マネキンクラブ」の広告が発端となる「黄髪の女」は、明らかに、赤毛の男性に大英百科事典を書き写す簡単な仕事で高額の報酬を渡す謎めいた組織が登場するコナン・ドイル『シャーロック・ホームズ』シリーズの一篇「赤毛組合」（一八九一年）を意識している。

マネキンガールは現在でいえばモデルで、昭和天皇の即位の大礼を記念して一九二八年に上野で開催された大礼記念国産振興東京博覧会で、高島屋が女性店員に商品を着せたのが起源とされる。博覧会で評判になったマネキンガールはほかのデパートも起用するようになり、一九三〇年代には山野《やまの》千枝子《ちえこ》と駒井《こまい》玲子《れいこ》がそれぞれ設立したマネキンガールの派遣会社・東京マネキン倶楽部（名前は同じだが別組織）が業界を牽引し、ブームを起こしている。一九四七年に職業安定法が制定されたことに伴い当時の労働省（現在の厚生労働省）が定めた施行規則で、「専門的な商品知識及び宣伝技能を有し、店頭、展示会等において相対する顧客の購買意欲をそそり、販売の促進に資するために各種商品の説明、実演等の宣伝の業務」として「モデル又はマネキン」が定められ、マネキンは正式な職種名になる。金髪の女性が扼殺され、加賀美が「伯林マネキンクラブ」の周辺を調べる本作には、戦後の風俗が反映されていたのである。

池袋駅近くのレストランに入った加賀美が、五人の子供と食事を楽しむ夫婦を目にする「五人の子供」は、その一家の父親が自分の死を予告する手紙を残し、犯人に「裏切者を処刑す」とのメッセージを書かれて刺殺される。戦中戦後の混乱で被害者が見舞われる運命の変転が悲劇的なだけに、加賀美が「黄髪の女」以上の人情を見せるラストが心にしみる。

横溝正史は「『本陣』『蝶々』の頃のこと」（一九六九年）の中で、ロジャー・スカーレット『エンジェル家の殺人』（一九三二年）から着想を得て『本陣殺人事件』（一九四六年）を書いたため、後に江戸川乱歩にいわれるまで『シャーロック・ホームズ』シリーズの一篇と似ていることに気付かなかったと書いている。本作のトリックは、乱歩が指摘したホームズものの一篇を思い起こさせる。意識的か、無意識かは不明ながら、同じホームズもののアイディアから日本の戦後ミステリ史がスタートしたのは興味深い。

二本のエッセイ「加賀美の帰国」「『怪奇を抱く壁』について」は、加賀美シリーズの誕生秘話や創作の裏側がうかがえる。

本書を読んで角田の探偵小説に興味を持った方は、加賀美ものの長篇や探偵小説的な伝奇小説も手に取って、その奥深い世界に触れて欲しい。

検印
廃止

著者紹介 1906年横須賀生まれ。22年、「毛皮の外套を着た男」が〈新趣味〉誌の懸賞当選。その後、探偵小説から時代伝奇小説に転じて『妖棋伝』等で絶大な人気を博す。戦後、『高木家の惨劇』他の加賀美敬介物で探偵小説に復帰。94年没。

霊魂の足
加賀美捜査一課長全短篇

2021年10月15日　初版

著者　角《つの》田《だ》喜《き》久《く》雄《お》

発行所（株）東京創元社
代表者　渋谷健太郎

162-0814/東京都新宿区新小川町1-5
電話　03・3268・8231-営業部
　　　03・3268・8204-編集部
URL　http://www.tsogen.co.jp
暁印刷・本間製本

乱丁・落丁本は、ご面倒ですが小社までご送付ください。送料小社負担にてお取替えいたします。

ISBN978-4-488-41021-6　C0193